무대 위의 야설

무대 위의 야설

초판 1쇄 인쇄 2025년 5월 20일
초판 1쇄 발행 2025년 5월 25일

지은이 황현욱
펴낸이 金泰奉
펴낸곳 한솜미디어
등 록 제5-213호

편 집 김태일
마케팅 김명준

주 소 (우 05044) 서울시 광진구 아차산로 413(구의동 243-22)
전 화 (02)454-0492(代)
팩 스 (02)454-0493
이메일 hansom@hansom.co.kr
홈페이지 www.hansomt.co.kr

ISBN 978-89-5959-595 2 (03810)

황현욱 장편소설

무대 위의 야설

한솜미디어

| 책머리에 |

사랑과 미움, 만남과 헤어짐, 생(生)과 사(死), 전생과 내생, 다른 차원 간의 단절은 정녕 피하지 못하는 운명인 것인가? 어떤 이유나 속성으로 그리 되는 것일까? 뚫거나 헤쳐서 혹은 이음을 만들어 소통하고 왕래할 수는 없을까? 생과 사, 혼령과 육신, 마음과 마음, 시간과 시간을 막아서서 공포, 두려움, 안타까움, 어긋남 등으로 관계를 불연(不連)케 하는 것은 무엇일까? 영혼과의 관계를 소재로 하여 그들 사이의 연결되지 않는 소통, 바람, 사랑 그리고 그것들이 서로 비껴야만 하는 불연(不連) 속성(屬性)의 원천에 관한 판타지 글을 쓰고자 했다.

그런 소재는 그동안 알고 믿어 오던 것들과 달리 생소함이 있어 그에 따른 전개 또한 역발상적인 것이 되어야 하는 것이라며, 자칫 어쭙잖은 소설이 될 수도 있을 거라 그만두라는 권고를 받았었다. 실제 가능한 서사라고는 하지만 딱히 그러하리라는 뒷받침될 근거가 있는 것도 아니고 얼핏 보아 흔히들 들먹이는 혼령을 소재로 한 진부함이 보이기도 하고, 판타지에서 으레 등장하는 외계니 다른 생명체니 하는 것들이 예외 없이 나타나 보이리라는 앞선 걱정 탓이었으리라 싶다. 솔직히 그런 만류를 아랑곳하지 않은 채 고집을 꺾지 않은 저변에 어떤 특별한 까닭이나 이유가 있었던 것이 아니었다. 그저 어눌한 생각에 흥미 면에서는 공감대를 조금 더 얻어낼 수 있을 것이라는 알량한 기대와 AI의 시류를 타면 허구적이고 공상적인 것이라고 해서 다 같은 부류로 취급되지는 않을 게라는 일종의 반발 같은 나름의 고집이었다. 그러니까 이 글은 처음에는 소설로서의 기획이 아니라 전설 같은 우화였다는 것을 밝힌다는 것이 너무 장황해진 것 같다.

가끔은 누구나 자신이 미치고 싶은 생각이 들지 않을까 하는 생각이 꽤나 오랫동안 머리를 괴롭혔던 것 같다. 미쳐버려서 세상의 혼돈에서 벗어난 채 저만의 사고 속에서 행동하며 지내고 싶은 생각이 든 적이 없는가? 솔직히 요지경 삶을 보여 주고 싶은 마음이 든 한 구석으로 스스로 자신의 혼돈에서 벗어나고자 하는 바람이 뒤죽박죽 엉켜 줄거리를 이어 가고자 급급해하는 졸렬함이 있었다고 고백한다. 걱정은 순서나 전개가 얽혀 독자들에게 이 글이 세상을 대하게 되는데 도움이 될 수 있을까 하는 것이다. 또한 자칫 혼돈으로 빠져 들게 하지나 않을까 하는 걱정도 든다. 하지만 어떠랴! 그렇게 미친 것 같이 혼돈해져 보아야 맑은 사고의 가치를 헤아릴 수 있는 계기가 될 수도 있을 것이니. 또한 이 소설에는 얼마간의 종교적, 정치적 이야기가 있는데 이것 역시 전적으로(?) 그럴 수 있겠구나 추측하고 가공한 것이니 혹시 어떤 색깔론적인 의도가 깔려 있지나 않나 하는 의문을 가지지 않길 바란다.

우주계의 기원이 창조였나, 자연발생이었나는 이 글을 읽으면서 독자가 알아가는 것이겠지만 이 글을 읽는 동안만은 천지만물과 인간이 신에 의해 창조되었다는 것을 부인하지 말자. 신은 우리가 로봇을 만들고 복제 인간을 만들듯 그렇게 인간을 만들었다고 생각하라. 그러기에 우린 어떤 것도 우리 마음대로 할 수 있는 것이 없고 그는 우리 인간을 마치 애완동물을 바라보는 우리 인간처럼 인간들의 삶을 즐기거나 애처로워 하지만, 인간의 생명과 삶을 그만이 자기 마음대로 할 수 있다고 생각한다. 왜냐하면 그는 창조주이니까. 그래서 우리는 죄나 악에 대한 최종 책임 또한 없다고 주장할 수 있다. 오히려 신의 필요에 의해 아니, 적어도 필요에 의하지는 않았다 하더라도 신의 또 하나의 창조품인 선과 악의 다툼 사이에서 인간이 이데올로기나 종교, 국가 이익을 위한 전쟁에서 소모되어 잃어버리는 병사의 목숨처럼 우리가 그렇게 희생되고 있는데 대해 울분을 토로해야 하고 보상을 받아야 한다고 말해야 했다.

대부분의 인간들은 모든 만물이 다 인간만의 복된 삶을 위한 부속물일 뿐으로 인간이 세상 삶의 중심이라고 고집하며, 세상만물이 공존하는 가운데 더욱 건강하고 축복받는 세상이 영위되어질 수 있는 천지창조 원리 자체를 부인하려 한다. 인간이 없어지는 것이 곧 세상의 멸망이라고 감히 외치고 인간이 아니면 그 어느 것도 만물의 영장이 되어서는 안 되고 될 수 없다고 확신하며 고집하고 있는 절대적인 이기를 마치 세상이 운영되는 법칙인양 주장하고 있다. 과연 그런 것일까? 신이 만물을 만든 것이 오로지 인간만을 배불리고 제멋대로 천지자연을 망가뜨리고 질서를 어지럽혀도 되도록 하는 그런 특권을 인간에게 부여했을까?

인간의 삶보다 더 연극적이고 꿈만 같은 게 있을까? 각자 나름대로의 포부를 가지고 계획을 세워 하루하루를 진실하게 많은 이웃들과 부대끼며 살아간다지만 실상은 아무것도 제 마음먹은 대로 할 수 없고 단 일초 앞의 일조차 알지 못하면서 대부분 백년을 채 못살고 죽어가는 것이 인간의 삶이다. 모두가 똑같이 생겼다고 싶지만 어느 것 하나도 같은 게 없다. 많은 것을 안다고 하지만 사실 손을 꼽아 보면 평생에 취하고 터득하는 지혜는 A4 용지 몇 장을 채우기에도 모자라고 그것이 혈연이나 지연 등 어떤 인연으로 만난 것이든 아는 사람의 수가 몇 백을 넘기기가 어렵다. 크고 훌륭한 인물이 되어 세상을 위하고 문명발전을 리드했다고 싶지만 따지고 보면 거대한 우주계 속의 한낱 점이나 데이터에 지나지 않는 것이 아옹다옹 그리도 사연이 많고 복잡하다. 확실한 게 없고 정해진 것이 없다. 현실인가 싶으면 꿈이고 가상이기를 바라는데 현실인 것이다. 이것이다 싶어 붙잡아 눈을 떠 보면 막대기 귀신인 경우가 허다

하다. 꿈도, 현실도, 가상도 아닌 세상에 살면서 진리를 찾으려 들고 선악을 구분하려 든다. 이런 우주계를 누군가가 들여다본다면 어떨까? 미니츄어된 궁궐 속에서 지니와 마법램프를 가지고 노는 알라딘과 공주를 지켜보는 듯한 재미가 있을까? 아니면 컴퓨터 속의 게임을 즐기는 맛이 들까? 이도저도 아니라면 인간 내면에 자리한 심령을 통해 그들의 갈등과 번민을 들여다보게 되는 것일까? 그런데 들여다보는 그는 또 누구일까?

천방지축으로 종횡무진 두서없이 펼쳐지는 이야기지만 비방하거나 회유, 기만, 세뇌하지 않는 내용을 만들려 애썼으니 그 속에 묻혀 잠시나마 고달프거나 별 재미없는 일상을 벗어나 크나큰 미지의 세상인 태계를 누비며 때론 긴장과 두려움에 쫓기다가 혹간 낄낄대고 웃다가 끝장을 덮었을 때 작더라도 뭔가 가슴에 남겨지는 것이 있기를 바란다.

무대 위의

야설

| 무대 위의 야설 / 차례 |

등장

닥터 드롤(Drol) : 순수 선 만을 세상에 존재케 하고자 하는 네배흐(Neveh) 월드 지도자, 레그나(Legna/네배흐 백성)에게 쓰일 영(靈)을 배양하기 위해 그 숙주로 네이머(Namuh)와 배양지로 블루마블(Ebolg) 그리고 네이머가 살아가는 환경으로 천지만물을 만들었다. 호칭이 정확히 정해지지 않고 저, 신, 하나님, 창조자, 디벨로퍼, 프로듀서 등 장소와 환경에 따라서 다양하게 불린다.

노메드(Nomed) : 네배흐의 천사장이었으나 닥터 드롤의 선 지향 정책에 맞서 힘에 의한 지배원리를 태초의 창조섭리로 믿으며 악의 상대적 가치와 필요성을 주장하여 르레(Lleh) 라이렙(르레 악령)을 통치하게 되는 악의 통치자, 매사에 닥터 드롤과 부딪히게 된다.

수제이(Susej / 제이슨) : 네배흐의 레그나 숙주 개발 연구학자, 사랑을 찾기 위해 블루마블로 도망쳐서 제이슨 몸속으로 들어왔다가 한스 교수의 영혼개발 연구에 휩싸이고 나중에는 예수 행각까지 하게 된다. 그가 들어와 앉은 레그나 숙주(네이머) 제이슨 일병의 이름으로 불리우기도 한다.

머디우(Modsiw) : 네배흐에서 레그나로서 수제이의 연인이었으나 추방되어 인간의 목사로 거듭나고서부

터 네배흐에서의 기억을 하지 못해 사랑이 어긋나게 되는 인물.

한스(Hanns) 교수 : 인간의 영혼을 창조하려는 생명 공학자, 태계와 영계를 두루 통하여 인간과 영혼의 기원을 찾아내려 한다. 신이 있고 창조론을 믿으면서도 신의 구원에 관해서는 신의 필요성에 의할 뿐이라며 부정적인 사고를 가지고 있다.

스튜어트(Stuart) : 본시 연극배우지만 이미 죽은 영혼으로 혼령의 세상을 떠돌며 영계를 깊이 알아가는 주유천하 여행자, 항시 무언가 새로운 인류 삶에 도움이 되는 것을 찾아내고자 한스 박사와 소통하며 극의 전반을 매끄럽게 이끄는 엉뚱한 사고의 소유자.

레그나(Legna)와 라이렙(Laireb) : 블루마블과 존재적 위치나 형성의 차원이 다른 영계라 일컫는 곳의 존재로서 선과 악의 천사 또는 영혼.

네이머(Namuh) : 라이렙과 레그나의 어린 영의 배양을 위해 닥터 드롤에 의해 블루마블에 만들어진 숙주로 스스로 만물의 영장이라 믿으며 인간이라고도 불린다.

네배흐(Neveh)와 르레(Lleh) : 영계, 인간들이 천국이니 지옥이니 하는 곳으로 기(氣)나 사고(思考)의 흐름으로 형성되는 차원 또는 심성으로 두 곳을 합해 태계(太界)라 이르기로 한다.

출현

연극배우 스튜어트가 언젠가부터 혼령과 신체가 분리되는 유체이탈 순간의 혼령 영상을 잡아 보겠다고 여기저기 병원을 전전하고 있다고 하더니 얼마 지나지 않아 이번에는 죽음, 혼절, 접신, 의식불명, 정신수련 등을 통해 여러 차원의 혼령 세상으로 여행을 할 수 있는 연극에 출연하기로 했다는 전갈이 있었다. 그 소식을 접했을 때 한스 박사는 그가 워낙이 엉뚱한 데가 있는 사람이라 또 무슨 색다른 일을 벌이려나보다 생각할 뿐이었다.

스튜어트는 또 분산 컴퓨팅 기술을 활용하여 외계로 전파를 송출해서 반응하는 신호를 잡는 일종의 다중전파 햄을 취미로 하고 있었다. 그는 생명체가 존재할 가능성이 높은 행성의 주파수 대역의 신호를 분석하여 외계 생명체의 유무를 알고자 하는 것이었다. 그런 그가 우연히 얻게 되었다는 음파 샘플을 보내왔다. 음성 파장은 확실한데 인간의 것은 아닌 것 같다고 했다. 한스 박사는 그 소리가 정신이상 환자가 지르는 괴성의 파동 흐름과 흡사한 주파수 대역을 가지고 있다는 것을 알 수 있었지만 그것은 절대적으로 우연히 얻게 된 결과일 뿐이었다. 신입 조수가 한스 박사 책상 위에 두었던 스튜어트의 음파 샘플을 정신병동 환자의 것으로 착각하여 실험실에서 주파수 그래프를 분석하던 중, 한스 박사가 그것을 어디서 들었던 듯하다 싶었고 그려지는 그래프 사이클이 코마환자의 그것과 아주 흡사하다는 것을 감지하게 되어 두 그래프를 오버랩 시켜서 그 흐름의 유사성을 알게 되었던 것이다.

"이건 필시 외계에 인간과 소통할 수 있는 어떤 존재가 있다는 것이잖아?!"

어떤 것 하나 확실하게 증거로 내밀 수는 없었지만 한스 박사는 인간이 소통 가능한 미지의 존재에 관한 생각이 추측을 넘어 점차 확신으로 굳어지는 것이었다.

"하지만 보이지도 볼 수도 없으니. 다른 차원의 존잰가?"

"아무래도 자네 말대로 인간의 한 평생이란 게 생명 태동과 함께 우리 몸으로 들어오게 되는 혼령의 숙주로 살게 되는 것 같아."

처음 한스 박사가 심각하게 인간이 외계 존재의 숙주일 것 같다는 얘기를 꺼냈을 때 아무도 귀담아 듣지 않던 말을 느닷없이 스튜어트가 동의하고 나섰던 것은 그리 오래 전의 일이 아니었다.

"한스 박사, 누군가가 그것이 신이든 외계 존재든 인간에게 생명을 주는 어떤 무엇이 그들의 필요에 의한 혼령을 우리 몸에 넣어 양육시키다가 그들이 필요로 하는 시점에 꺼내 가버리는 것 같다면 말이야."

연극배우가 말하는 혼령에 관한 얘기이다 보니 주변 친

구들은 그저 생명 공학자인 한스 박사 흉내를 내는 것이려니 생각하여 별 귀담아 듣지 않았다. 한스 박사는 중얼거리듯 계속해대는 스튜어트의 말에 나름 진지함이 있다고는 생각되는 것이었지만 일부러 아는 체를 하지 않았다. 스튜어트 스스로 좀 더 깨쳐 알기를 바라는 마음으로 스스로 치부해 버렸다.

'과학이든 문학이든 어떤 철학적 요소든 접하거나 만나는 개인에 따라 그 가치를 이해하거나 매기는 기준은 지극히 주간적인 것이니….'

하지만 사실은 스튜어트 역시 한스 박사의 혼령에 관한 얘기를 엉뚱하다고 생각하는 것이었고, 실제로는 한스 박사 자신의 연구 성과에 더 비중을 둔 일이라는 것도 알지만 인류 자존의 미래를 위한 연구라는 친구의 말에 막무가내 동조하기로 마음을 고쳐먹고 있다는 것을 한스 박사는 모르고 있을 뿐이었다.

어언 그가 새로운 연극에 참여하겠다고 떠난 지도 벌써 2년이 가까이 되고 있었다. 그런데도 2년이라는 시간이 그동안 간간이 소식 아닌 소식을 보내오고 있어서인지 한스 박사에게는 그와 그리 오래 떨어져 지낸 것 같지가 않았다.

극단 네배흐에서는 연극 극본을 공모한다고 했다. 천지만물의 기원과 그들 간의 소통에 관한 것이면 어떤 내용이든 괜찮다고 했고 극이 공연될 무대는 세상이라는 것이었다. 채택되는 극본은 배우 캐스팅에서부터 모든 비용과 진행을 극단에서 책임지고 막을 올려 공연이 되게끔 한다고 했다. 한 가지 조건은 제출되는 극본은 절대 내용을 고치거나 가감할 수 없으며 그것이 훌륭하여 우레와 같은 박수 속에 앙코르를 받든 어설프고 보잘것없어 야유와 손가락질을 받든 공연은 단 한차례 밖에 할 수가 없다는 것이었다.

"참 지랄 맞을 일이지 않아? 생이 좋든 싫든, 잘 나가든 못났든 한번밖에 살 수 없는 것도 억울한데 연극을 왜 한번밖에 무대에 올리지 못한다는 말이야."

"저러니 죽자고 최선을 다하리라 기대된다지만 이래도 그만 저래도 그만이니 적당히 싸지를 뿐이랄 것은 왜 인지하지 못하는 것일까? 아니, 짐짓 모른 체 하는 것인가?"

대다수가 불평을 제대로 내뱉지 못한 채 웅얼거리지만 응모자는 줄을 잇고 있었다.

참으로 다양한 극본들이 접수되었다. 마른하늘에서 떨어진 아이를 다리 밑에서 주워 왔다는 이야기, 텅 빈 곳에 작은 알갱이가 모여 모여서 커지고 변하면서 생겨난 물방울 얘기가 있는가 하면 벌레 하나가 어떤 구멍에서 펑하고 나타나 물만 마시고 공기만을 호흡하며 1,000일을 꿈틀거리다가 세상이 되었다는 이야기, 하늘이 무너지고 있어 급조할 수밖에 없었다는 천상 얘기도 있었고, 다른 모든 극본들을 비웃기라도 하듯 삶을 인터넷 세상에 그려낸 사이버 영상으로 끌어가는 것도 있었다.

특이하게도 모든 존재, 그것이 외계의 것이든 사이버의 그것이든, 천상이나 지옥 심지어 다른 시공, 판타지 속의 존재 등을 가리지 않고 모두가 소통되고 왕래를 하고 있어 극단에서 염려했던 단절의 불통에 관한 것은 보이지 않았다. 단지 차원적 서사가 실린 극본에서만 그 빌미가 생성되고 있었다.

아직 극본이 정해지지도 않았던 것 같은데 극단의 다른 부서에서는 그 극에 참여할 연기자를 뽑고 있었다. 그런데 공연이 한번 뿐인 것에 맞물려 배우는 반드시 일회용이어야 한다고 했고 일회용이니 만큼 다시 쓰이거나 고쳐 쓰일 것이라는 기대는 절대 해서는 안 되는 것이라고 했다. 또한 준비에서부터 공연이 완료되고 막이 내릴 때까지의 일체의 것을 누구에게나 도움을 받을 수 있고 연기 지도도 받을 수 있다고 했지만 어떤 결정도 스스로 해야 하며 책임이나 권리도 제 혼자의 몫이고 평가도 제 스스로 내려야 한다는 것이었다. 지망자들은 누구 하나 예외 없이 모두가 저마다 제가 가장 잘났다 고집하거나 내세우고 있었고, 그러기에 자신이 가장 훌륭한 연기자가 될 수 있을 것으로 꿈꾸고 믿어 의심치 않고 있었다. 그들은 하나같이 관심종자이었고 공주병이나 왕자병에 걸린 것이 아닌가 하는 생각마저 들게 하는 것이었다. 아니 과대망상증에 걸렸다는 게 더 맞는 말일까? 하나같이 속을 감추고 있는 것이지만 누구의 속에서도 저를 내세우고 싶은 불이 들끓고 있었다. 그래도 자신감이 넘치고 무엇이든 할 수 있을 것이라는 기대를 미리 꺾어 좌절시킬 필요는 없었다. 문제는 네배흐 극단 자체가 세상이라는 무대에는 처음 극을 올리는 것이고 접수된 극본들은 어느 하나 예외 없이 생소한 소재라는 것이었지만 주최측이나 응모자 너나없이 처음 접하는 장르의 극본이라서 그런지 어느 하나 없이 모두 훌륭하게 보여 어떤 극본이 세상에 더 맞을지 선별하기가 어려웠다. 배우들 또한 모두들 저가 제일 잘할 수 있을 것이라 하니 어느 배우가 좋고 어떤 연기자가 나쁘다고 미리 판단을 할 수가 없었다. 그러니 내가 그것을 가늠해 보겠노라 누구도 선뜻 나서지 못했다. 결국 막을 올려 그 뚜껑을 열고서야 우열이 가려질 게라 막연히 기대할 뿐이었다.

스튜어트는 혼령세상이라는 네배흐 속으로 들어가 보기로 했다. 만들어진 각본에 따라 연기하는 것이라 기대만큼 혼령을 접할 기회를 갖게 될지는 모를 일이었지만 언제 만날지 혹은 못 만날지도 모를 그를 앉아서 기다릴 수만은 없다는 생각이 들었다. 그런데 연극에 참여하면서 아니, 참여되면서부터 어떤 소재의 극본을 준비해야 하나 막막해 하던 것처럼 너무 막막했고 길을 알 수가 없었다.

"정말 그가 혼령을 다루는 것일까? 한스가 추정하듯 실제로 혼령이 인간의 생사를 따라 들고 나는 것일까?"

그럴 때 한스 박사가 꿈을 꾸어 보라고 했다. 점쟁이를 찾아가면 좀 더 많은 얘기를 들을 수는 있을지 모르겠지만, 제 점괘를 더 믿게 하기 위해 지어내는 내용이 있을지 모르는 것이고 그 점괘라는 것 또한 그리 확실하다 할 수 없는 것이라 차라리 꿈을 꾸어 스스로 판단하는 게 나을 것이라 했다.

한 마디로 꿈은 엉망이었다는 게 맞는 말이지 싶었다. 꽤나 괜찮다는 연기자를 기용하는 엔터테인먼트 사에서 오디션을 보다가 갑자기 뾰족이 높은 곳에서 떨어지지를 않나, 멋진 여배우를 안고 침실로 갔다가 그 짓을 하는 상대가 시체인 것을 알고는 화들짝 놀라지를 않나, 용상에 높이 올라앉아 신하로 분장한 연기자들이 줄줄이 들고 들어오는 돈다발을 세고 있지를 않나, 컴퓨터에 걸터앉아서 마우스를 흔들며 연신 호박마차를 만들고 있으면서도 머리 한구석으로는 새로운 버전을 그리고 있지를 않나, 정말 혼돈스러워 죽을 맛이었다.

꿈을 권유했던 한스 박사에게 불만을 토로했지만 그는 그런 꿈이 아니라며 오히려 스튜어트를 나무랐다. 수면이라는 매체를 통해 휴면 뇌세포가 잠재된 의식이나 기억들을 조합하여 연출되어지는, 잠을 깨면 깡그리 날아가 버리거나 현실성이 전혀 없이 혼미한 정신 속에 이성적 판단력을 잃어버리고 마는 어쩜 야바위 같은 그러한 꿈이 아니라는 것이었다. 스스로 계획을 세우고 준비하고 그 계획에 맞추어 한 걸음 한 걸음 나아가며 다가 올 것에 대비하고 기대하고 바라는 그런 꿈을 말하는 것이라고 했다. 이 꿈 또한 어긋나거나 기대를 저버리는 것이 대부분이지만 조금도 실망해 할 필요가 없다고 했다. 세상이라는 무대에 오르는 연극이나 그것에 출연하는 배우가 그들 자신이나 연극 그 자체를 위한 것이 아니라, 준비하며 고생한 과정이나 노력에는 관심조차 없이, 그저 무대에서 펼쳐지는 것만으로 기뻐하거나 짜증을 낼 뿐인 관객을 위한 것이니 모든 게 제 뜻한바 대로 또는 바람대로 이루어지든 않든 평가는 관객의 몫이라는 것이었다. 어떤 꿈이든 그대로 되리라는 기대는 거의 없는 것인 바에야 후자가 조금이라도 제 뜻을 실어낼 수 있으니 나은 게 아닐까 한다는 것이었다.

"어차피 두 가지 모두 그리 큰 확률이 없는 것이라면 뭣 때문에 준비하고 그것이 이뤄지도록 노력하는 고생을 하겠어? 그저 꾸어지는 대로 사는 게 편하지."

스튜어트는 쉬운 길을 택하기로 했지만 그것 또한 제 뜻대로 될까 고개가 갸웃거려졌다.

프롤로그 막이 열렸다. 무대는 조명을 일부만 밝힌 듯 어둑했고 막은 무대 중간에 반만 열려 있었다.

연말 자정이 3시간가량 밖에 남지 않은 로스앤젤레스 다운타운의 비컨 에브뉴 거리의 좀 어둑한 모퉁이에서는 늦은 시간인데도 여태 잘 곳을 정하지 못한 홈리스 여인 한명이 이따금씩 지나는 자동차를 향해 추파를 던지고 있었다. 얼핏 보기에도 입성이 허접한데다가 나이가 든 것을 알 수 있겠는데 어느 운전자가 차를 세우기나 할까 의구심이 들더니 멈칫거리는 차가 있기도 한 것이 원 나잇 스탠드 잠자리는 구할 성도 싶었다.

그때 차 한 대가 과속으로 달려오다가 반대편 차선으로

뛰어 들며 마주오던 SUV 차량을 정면으로 들이받았다.

“하나님도 너무하시지, 정성스레 하나님 섬기고 나쁜 일이라고는 벌레 하나 안 죽인 선량인데 이렇게 졸지에 죽게 하다니….”

TV 화면이 오열하는 노인 부부와 함께 고개를 숙인 채 어깨가 들썩일 정도로 울음을 참지 못하는 한스 박사를 비추며 지나갔다. 졸지 간에 친구 스튜어트를 잃게 된 것이었다.

느닷없이 병원 영안실까지 들이닥친 혼령 사자는 이럴 땐 명철한 두뇌를 준 신에게 감사해야 한다고 했지만 스튜어트는 아니다 싶었다. 얼마 전에 프로그램을 미리 업그레이드 시킨 프로그래머에게 고마워해야 하는 게 아닌가 하는 생각이 들었다. 이도저도 아니라면 세상이라는 무대에 연극을 올리겠다고 마음먹은 극단을 향해 아니, 연출자를 향해 고래고래 고함을 쳐야한다 싶었다. 그것이 감사해 소리를 치는 것이든 원망의 저주 섞인 괴성이든 고함을 쳐야 하는 게라고 속내가 들끓었다. 어떻던 스튜어트는 꿈을 꾸기 위한 길을 떠났고 관람객들은 이런 그를 두고 아까운 나이에 생을 마감했다고 슬퍼하고 있었다.

드디어 연극의 본 막이 열렸다. 하지만 어느 극본 하나를 정하지 못하고 배우조차 뽑기가 어려워 다들 제게 맞을 거라고 생각되는 극본을 찾아 제가 하고 싶은 배역을 맡아 제 나름의 꿈을 펼치려는 것이라 기상천외한 연극이 될 것이 뻔한 것이었지만 극단이나 극작가나 배우 누구 하나 빠지려 하거나 제 것을 포기하려들지 않으니 그 방법밖에 택할 수가 없었다.

"두고 보는 수밖에…."

혼령의 세상, 사이버의 세상, 선악의 세상, 창작 속의 세상 등이 나름의 극을 연출하여 저들의 자태와 능력을 뽐내며 창조되고 진화되기 시작하고 있었다. 이제 막간 간간이 피에로처럼 선과 악이 등장할 것이고, 종교가 고개를 내밀 것이며 끝내 극은 어둡고 밝은 양편으로 갈려져 또다시 세상에 의문과 기대를 그리고 예외 없이 아픔과 절망을 안기게 할 것이라는 것을 이제는 연극에 대해 조금이라도 관심이 있는 자들이면 누구나 다 알게 되었다. 그런데 한 가지 모두들 하나같이 입을 모으는 생각이 있었다. 극의 운용에 권력의 무게는 절대적으로 배제해야만 한다고들 외치고 있었지만 그 힘이란 게 결국 극을 지배하게 될 것이라는 것은 누구나 짐작하는 것이었다. 당초 오로지 몇몇 극단 스태프들만 짐작하거나 어렴풋이 알고 있던 그 힘의 엄습을 어느 샌가 슬금슬금 어느 누구 가릴 것 없이 인지하게 되었다. 하지만 그런 것을 입 밖으로 내뱉어서는 안 된다는 것 또한 눈치 채고 있었다.

인간들로부터 신이라 불리는 닥터 드롤이 심호흡을 하자 혼령의 세상이라는 네배흐 곳곳에는 무대를 뒤흔들다 못해 관중석까지 들썩이게 하는 토네이도가 일었고 사이버 세상이라는 컴퓨터 속에서는 바이러스가 세상을 빨갛게 뒤덮기 시작했다. 무대 위의 배우들이 비틀거리며 숨 가빠 하자 관중들이 덩달아 목을 틀어잡으며 숨을 헐떡이는 것이었다. 어느 샌가부터 모두들 구원을 바라며 신을 기다리고 목청을 돋우며 기다림을 외치기 시작했다.

"이곳으로 돌아오기 위한 여행을 시작하겠다던 그는 여행을 떠나긴 한 것인가? 떠났더라도 정말 여기 이 세상으로 연극을 보러 올는지…?"

한두 곳에서 신의 도래가 가까웠노라 소리를 내기 시작하자 배우들은 걱정이 많아지고 있었다.

"내가 무대에 서있는 동안에 신이 올까?"

"반드시 오게 되어 있으니 염려하지 말고 네 역할이나 충실히 하도록 해."

"꼭 올 것이라고? 그래도 걱정이야. 늦게 와서 내 역이 끝난 뒤라면 아무 의미가 없어지는 것이잖아?"

"너로서는 한번뿐인 연극이니 반드시 너라야 한다고 싶지만 그는 그렇지 않아. 연극은 끝없이 계속될 것이고 네 역을 기다리는 배우는 수도 없이 많아. 그에게는 네가 지금 맡은 역의 배우가 반드시 너여야 할 기대도 까닭이나 이유도 없어. 바람이나 기대는 인간들 제 스스로 만들어 내어 제 마음대로 이루어지기를 기도하고 원하는 것이지 그랑은 아무 연관이 없어."

"하지만 우연이더라도 그가 연극을 보러 왔을 때 세상에서 제 역을 치르고 있는 배우들은 그의 눈에 뜨이게 될 것이고 그것이 찬사든 혹평이든 그의 내림이 있을게 아니야?"

“내림? 그는 그런 거 아무 것도 없는 순수일 뿐이야. 기쁨이나 슬픔, 희로애락의 감정이 없고 사랑이니 미움, 찬사니 힐책 어느 것도 가진 게 없는 한 마디로 가슴이 없는 존재야. 그에게서 기대할 것이라고는 아무 것도 없다니까?!”

“네 말을 믿지 못하겠어. 그가 세상을 만들었고 온갖 만물을 창조한 당사자라면서? 그는 지극한 사랑의 표본이라며? 그런 그가, 비록 눈에 뜨여 보이지는 않는다고 해도 모든 삶의 원천이랄 수 있는 인간 내면인 감성을 알지 못한다는 게 말이 되느냐고?”

“모르는 게 아니라 애당초 그런 것이 없는 존재인 게야.”

“그래도 나는 기다려 볼 테야. 그가 절대 순수 그 자체라면 내 나름대로의 색깔을 들이대며 가장 멋진 것이라 고집해도 모를 것 아니냐고?”

“고집하면? 꿈 깨! 그래 보았자 달라질 것 아무 것도 없어. 되지 않을 바람에 젖어 있다가 지나 보아도 아무런 가슴 뜨거워지는 게 없는 것을 깨닫게 되면 오히려 전보다 더 아플 테니까.”

차원(次元)

혼령이란 역이라 스튜어트는 자유자재로 무대를 휘젓고 다니는 것이었지만 인기를 얻고 명성을 떨칠 딱 떨어지는 배역을 만나기는, 접한다는 게 더 맞는 말일는지 여간 험난하고 어려운 것 같지가 않았다. 그래도 다행스레 한 수도승을 상대역으로 만날 수 있었던 것을 그는 그나마 다행으로 여겼다.

몇 시간째 혼령의 실체를 알고 싶고 보고 싶다고 조르는 대본이 없이 애드리브로만 연기하는 것이었지만, 스튜어트의 말에는 아랑곳없는 듯 수도승은 그저 빙글거리며 마음대로 해보라는 제스처만 보내고 있었다.

"그렇게 놀리듯 웃고만 있지 말고 어디서부터 어떻게 시작해야하는지를 알 수가 없어서 그러니 조금 친절하게 가르쳐 줄 수는 없나요?"

약이 오를 대로 오른 스튜어트가 꽥 소리를 질렀는데도 그는 미동도 보이지 않고 계속 빙글거리고만 있더니 그만 가보라며 자리를 일어서는 것이었다. 무엇이든 궁금한 게 있으면 역할에 옮겨보라 해서 만난 것인데 아무 것도 아니잖은가? 이대로 헤어지면 언제 다시 이런 역을 만날 수 있을지도 모르는 것이라 평생 아쉬워하면서 영원히 풀어내지 못할지도 모른다는 조바심이 일기도 하고 너무나 긴 시간을 버텨 여기까지 왔는데 아무런 득실도 없이 헛수고를 하게 되는구나 스튜어트는 생각되었다. 화가 나서 그냥 돌아설 수가 없었다. 치미는 화를 삭이며 그는 수도승의 가랑이를 붙잡아야 했다.

"아무 것이라도 좋으니 한 마디만 해 주시오. 이 배역을 따내기 위해 먼 길을 와서 헛걸음을 하고 싶지는 않습니다."

"왜 삶을 어떻게 살아야 하는 것인지를 알고자 하는가?"

어지럽혀진 것을 치우는 것 같았지만 스튜어트의 눈길을 피하려고 딴전을 피우는 게 확실한 그는 여전히 눈은 딴 데를 향한 채 툭 던지듯 물었다.

"세상살이가 온통 자신의 의지라거나 독창성은 무시된 채 어떤 관습이나 흐름에 세뇌되어 그것을 따르느라 허둥댈 뿐인 것 같아요. 나 자신의 뜻대로 살고 싶어요."

"그런 게 삶이고 곧 세상의 실체인 걸, 아직도 그걸 못 알아보는 거야?"

아니, 이 무슨 귀신 씨나락 까먹는 것 같은 소리인가? 그런 게 삶이고 세상이라니? 그것이 무엇이라는 말인가?

"그것이라니? 그것이 무엇인데요? 아니 그보다도 삶은 무형의 유영이고 세상은 유형의 존재인데 어떻게 같다는 말인가요?"

저의 눈이 커지는가 싶더니 '호오! 제법'하는 표정이 되었다.

"점과 점을 이어 선이 이뤄지고 선들이 모여 면을 이루고 그 면들이 텅 빈 공간을 막아 세상을 만드는 것이잖아? 그 공간 속의 세상에서 보이든 보이지 않든 삶을 살아가는 것이고."

"막힌 공간을 세상이라 한다면 그 바깥의 공간은 무엇인가요?"

"바깥이니 안이니 하며 크기로만, 또는 보이고 보이지 않는 것으로만 구분하려 하지 말고 차원적으로 생각해 봐. 혼의 세상, 사랑의 세상, 지식의 세상, 예술의 세상 등등 네 마음의 세상도 포함하여서 말이야."

그는 마음이 바뀐 것인지 이제 스튜어트에게 자리까지 내어주며 얘기를 계속했다.

"공간적으로 존재하여 눈에 보이는 세상이야 누구에게나 다 같은 것인데 각자의 마음이, 살아오는 삶이 다르므로 해서 다르게 되는 것이잖아? 세상의 실체를 보고 싶다고? 이미 누구나 모든 것을 다 보아 오고 있고 알고 있어. 그런데 마치 세상과 삶이 따로 떨어져 있는 두 가지인양 생각하려니 복잡하게 혼동만 일으킬 뿐인 게지."

"그렇지만 우리가 혼령들과는 달라서 닫히거나 막힌 공간을 넘나들 수는 없는 것이잖아요?"

"그것이 혼동이야. 보이는 공간을 차원적 공간과 동일시 생각하는. 혼령들의 공간도 혼령들이 존재하는 세상이랄 수 있는 것이지만 인간 차원의 공간이 아닌 게야. 마치 마음의 세상과 몸을 의탁하고 서있는 이 세상이 다르듯이. 분명히 다르지만 결국은 하나가 되어야 하는 것이지. 그와 마찬가지로 삶은 무형이지만 유형의 세상에서 살아가고 있는 것이고….”

그는 또 삶이 곧 세상이고 마음이며 그것은 다시 천국이 되기도 지옥이 되기도 한다고 했다. 어느 곳이든 무엇이든 마음을 다하면 그것이 삶이고 거기에 허와 실이 공존하는 것과 같이 행, 불행이 수반되게 된다는 것이었다. 인간계, 우주계, 혼령계나 그 모든 게 뭉뚱그려져 있는 태계가 각기 다 따로 존재하는 것이지만 또한 하나라고 했고 팔딱이는 심장 하나로 마음의 세상이 만들어지는 것이지만 그것이 드넓은 우주계보다도 클 수도 같을 수도 있는 그래서 어느 것이 크고 넓은 개념의 차이를 가질 수 없는 것이라고 했다. 삼차원이니 사차원이니 하여 존재와 가치를 달리하고 다른 공간으로 구분하려 들지만 인간들이 인지하지 못하는 것일 뿐 그것들은 모두 하나로 통한다는 것이었다. 신체와 혼이 구분된다지만 그것은 하나이고 창조와 진화가 불연속성인 것이라 알고 있지만 그 또한 서로 떼어 놓고서는 어느 한쪽도 완성되지 못한다고 했다. 인간들이 사이버 공간을 가리켜 가상이니 허상이니 하는 것과 마찬가지로 신의 입장에서의 인간계 또한 시뮬레이션에 지나지 않는다고 했다. 결국 가슴이 세상이고 태계가 인간의 심장이며 천국이라는 것이었다. 삶이 선과 악이고 죄와 벌이며 행, 불행의 세상이라는 것이었다.

“삶을 알고 싶다면서, 세상을 보고 싶다면서 칸막이를 치고 벽으로 가리고 막아 버리고는 내 공간이라 움켜쥐어서는 그 어떤 것도 보거나 알 수가 없는 것이지. 바깥세상의 삶을 찾으려 하기 전에 나 자신을 먼저 열어서 막았던 담을 허물어. 그래야 조금이라도 눈에 들어오는 게 있을 테니 말이야."

그러고 보면 신의 세계나 인간들 세상, 또는 가상의 세상들 어느 하나 연극을 치르지 않고 보낼 수 없는 곳인가 싶다는 생각이 든다는 스튜어트의 엽서에는 요지경 속 같은 알록달록한 색상의 조각들이 맞물려 요상한 모양을 이루고 있는 그림이 추상이라는 이름으로 그려져 있었다.

"나는 점점 명석해 지고 있다"

죽은 자에게서 엽서를 받았다고 좋아 날뛰는 자신을, 한스 박사는 자신이 이상해 진 것이 아닌가 하고 인지하는 것이었지만 그 엽서를 스튜어트가 보냈다는 것에는 조금도 의심이 들지 않았다. 그는 오히려 엽서 내용을 보면서 스튜어트는 천상 떠돌이 악극 패이거나 구천을 떠도는 원귀여야 한다는 생각이 들었고 다음 엽서가 기다려지기까지 하는 것이었다.

네배흐

몇 번째 막인지 다시 올랐지만 암전 상태의 무대는 암흑이었다. 아니, 어둠인데 그 어둠이 보이고 있었다. 빛이나 물체, 색상 같은 것 등이 하나도 없는, 하지만 텅 빈 것도 아니었다. 무어라 표현할 수가 없었지만 꼭 해야 한다면 '무', '없다'라고 하는 것이 그래도 가장 가까운 말이 되는 것이었다. 그런데 저 뒤로 멀어 아득한 것 같은데 어쩜 손에 잡힐 것도 같은 곳으로부터 흐릿하게 빛이 스며들기 시작하는가 싶더니 환하게 밝아졌다.

"이상하게도 저곳에는 빛이 있는데도 이곳은 왜 어둠일까? 아니 이건 어둠이 아니라 아예 아무 것도 없는 것인가?"

생각은 요란한데 닿지를 않았다. 머리가 모자라는 것인지 오감을 다 써도 인지를 못하는 것인지….

눈부시게 비추면서 아무 것도 보이지 않게 밝은 빛으로만 가득하던 것이 구름이 걷히는 것처럼 빛이 사라지면서 저 쪽을 내보이기 시작했다. 산천, 하늘, 도시 등 이미지가 하나 둘씩 들어나기 시작했다. 무의식중에 뇌리 속으로 의식이 흐르면서 혼령의 세상인 네배흐라는 곳임을 인지하게 했다. 스튜어트는 알려거나 그곳으로 가고자 의도하지 않았다. 하지만 거부하여 그곳을 자신에게서 밀어낼 수 없다는 생각이 들었다. 아니, 오히려 빨려들 듯 당겨져 가고 있었다.

“그렇다면 즐길 수밖에.”

그가 여태껏 삶을 살아오는 방식대로 스튜어트는 느닷없이 제 눈앞을 막아서는 이 진기한 광경을 둘러보기 시작했다. 그림같이 아름답고 조용했다. 인간 세상과 마찬가지로 동물, 식물 등 온갖 생명과 천지 자연 만물이 있었다. 저 세상을 인간은 느끼거나 만질 수 없고 볼 수도 없는 비 공간 형체로 구성되어 있을 게라던 한스 박사의 말이 기억났다.

“하지만 나는 볼 수 있는데? 네배흐의 존재는 인간이 입장에서 말하자면 영혼 또는 혼령이라고 했는데… 내가 죽었다는 게 사실인가? 내가 죽었다고? 이런 미친… 지랄 같은….”

이내, 자신이 죽었든 아니든 어쩔 수 없다는 것을 인지하고는 스튜어트는 알 수 없는 힘에 끌리듯 그곳으로 다가 갔다.

그곳은 인간 과학도들이 3차원이니 4차원의 세계일 것이라 막연히 추측 상상하는 곳 같다는 생각이 들기도 했다. 새벽 산책길처럼 조용하고 신선하며 아름답다고 느끼며 스튜어트는 흥분에 넘치고 있었다. 그런데 이상했다. 외곽에서 볼 때는 찬란한 빛을 띠며 경이롭던 그곳이 안으로 들어갈수록 색깔이 암울하게 바뀌어 갔고 기온이 낮아져서 추워지고 있었다. 매연가스가 내뿜어 지고 각종 쓰레기들이 여기저기에 뭉쳐 떠다니는 것도 보였다. 쓰레기는 두꺼운 벽을 만들고 검은 가스들이 거대하고 무거운 띠(벨트)를 형성하고 있는데 이들이 빛을 가리고 열의 전도를 막아 가고 있었다. 울창했을 푸른 초목들이 시들어 죽어 가고 기름진 땅이 말라 사막화 되고 있었다. 강, 호수, 바다는 물론 나무들까지 얼어붙고 있었다. 둘러쳐지는 매연 벨트가 풍족했을 기를 빨아들이고 산소마저 차단시키고 있어서 모든 자연이 속수무책 피폐되어 가고 있는 것이었다.

"하나님이 인간을 사랑하여 세상을 만든 게 아니야. 만들기도 전에 어떻게 인간이 사랑스러울지 미운 짓만 골라서 할지를 알 수 있었겠어? 뭔가의, 인간이 쉽게 짐작할 수 없는 그 뭔가의 인간으로부터 구하고자 하는 필요가 그들로 하여금 이 세상과 인간을 만들게 한 것이야."

"예를 들면 어떤?"

"짐작하기 어려운 그 뭣이라고 방금 얘기했잖아? 하지만 미루어 생각하라면, 나는 그 필요성이 인간의 혼이라고 말하고 싶어."

"혼이라니? 우리 혼령 말인가?"

"그래 우리 혼령. 태어날 때 우리 몸에 왔다가 죽으면 어디론가 사라져 버리는 그 혼 말이야."

"자네 말은 죽음과 함께 사라져버리는 그 혼령이 사라지는 게 아니라 신이 가져가 버린다는 것이야? 왜?"

갑자기 몸을 스튜어트에게로 다가들며 한스 박사가 묻자 스튜어트는 흠칫 놀라는 표정이 되어 잠시 말없이 바깥 정원을 내다보았다. 바람이 부는지 나무들이 심하게 흔들리고 있었고 새 한 마리가 바람을 이기지 못하고 날리듯이 날아가는 게 보였다. 그는 지금 스튜어트에게서 답을 들어야 하는지를 생각하고 있었다. 모두들 그를 미치광이 생명 공학자라고들 말하고 있으니 친구라고 별 다를까 회의가 든 탓이었다.

"하나님이 인간을 당신의 모습을 따 빚었다고 했지?"

한스 박사는 도리어 자신의 답을 들려주기 시작했다. 그래야만 할 것 같다는 듯 표정이 자못 심각해졌다.

"하늘나라, 달리 말해서 신의 세상에 삶의 환경이 달라지거나 나빠서 신과 비슷한 숙주를 만들어 혼, 혹시 신의 세상의 존재일 수 있는 혼을 인간 몸속에서 양육한 다음 데려가는 그런 구조라고 할 수 있을까?"

스튜어트는 아무런 의심 없이 한스 박사의 말을 떠올리며 계속 걸음을 옮겨갔다. 기대하던 것과 너무 동떨어진 네배흐 세상이라 돌아서 버리고 싶었지만 발걸음을 멈출 수도 돌아 갈 수도 없었다. 아니, 그런 생각 자체를 해서는 안 될 것 같았다.

"정말 죽은 겐가? 아닌데 나는 여행을 떠나 온 것인데…."

여행인지 죽음인지 헷갈리는 것만 자꾸 그의 머리를 어지럽힐 뿐 달라진 것이 아무 것도 없다 싶으니 걸음마다 혼돈은 더해 갔다. 한참을 그런 혼돈 가운데 자신이 지금 있는 곳이 신의 세상 네배흐라고 믿으며 또 그곳이 기대와 너무 판이한 것에 실망하며 걸어 들어가던 스튜어트의 머릿속으로 불현 듯 떠오르는 의문이 있었다.

"하나님은 선이라고 했던 것 같은데, 당신의 필요에 의해 인간을 만들었다가 필요에 따라 혼령을 빼내 간다면 그게 과연 선이라 할 수가 있는 것인가? 어디 인간의 죽음이 제 의지에 의한 것이 하나라도 있던가? 모두가 아픔이고 슬픔인데, 오히려 악이 더 맞는 말이 아닐까?"

네배흐 월드, 인간들이 일반적으로 신의 세상이라고 일컫는 곳이다. 인간이 살고 있는 세상처럼 네배흐에도 동물, 식물 등 온갖 생명과 천지 자연 만물이 있는 곳이다. 단지 인간이 그네들의 두뇌와 오감으로는 느끼거나 만질 수 없고 보이지도 않는 차원의 형체로 구성되어 있어 인간 과학도들이 3차원이니 4차원의 세계일 것이라 막연히 추측 상상하는 곳이기도 했다. 그 아름답고 기쁨만이 넘쳐나는 곳으로 일명 천국이라고 불리기도 하는 그런 네배흐 월드가 언제부터인가 식어가고 있었다. 우주계의 무수히 많은 각각의 별들이 쏟아내는 검은 가스의 만연으로 외기권역이 상호 복사열 통로가 차단되게 되면서 네배흐 월드는 급격히 그 온도가 내려가기 시작했던 것이다. 각 별들은 이 가스를 혹시 있을 수도 있는 외부 공격으로부터 자신들을 방어하고 프라이버시 보호를 위한 외부 막을 형성하려고 인위적으로 발생시키는 소입자 벨트라고 하지만 사실은 어쩔 수 없이 내부 오염을 줄이기 위해 배출시키는 각 별들의 산업가스라는 말이 더 무게가 있었다.

사고(事故)

갖가지 방법으로 오염을 막으려 방법을 모색했지만 오염 속도를 조금 늦출 수 있을 것이라는 불확실한 추정을 얻어 냈을 뿐 달리 특별히 좋은 방안이 발견 되지 않았다. 어디 딴 별로 이주를 한다면 모를까, 온 세상 자체가 나날이 식어가고 있어 네배흐로서는 공중에 떠 있는 피자를 바라는 격일 수밖에 없었다.

레그나의 교육을 담당하는 네배흐 월드의 제 2인자였던 천사장 노메드는 레그나의 미래를 보장할 곳을 당장 찾아 내야 하는 절실함을 누구보다도 심각하게 느끼고 있었다.

"어쩌지?! 네배흐는 식어만 가고 다른 방안이 없다는데, 새로운 별을 찾을 수밖에 없는 것인가? 그런데 닥터 드롤은 저리도 엉뚱하게 오염 퇴치법을 개발하겠다며 시간만 낭비하고 있으니…."

노메드는 새 세상을 구축해야 한다고 목청을 높였다. 네배흐 미래를 떠안아 해결하는데 선봉을 서겠다는 노메드에 민심은 요동을 쳤고 그의 주장에 귀를 기울이라고 닥터 드롤을 압력하기 시작했다. 하지만 네배흐 월드 안에서는 방법이 나올 수가 없었고 어디에도 가중되는 오염과 급강하는 기온을 견딜 수 있는 마땅한 곳을 찾아 내지 못했다. 급기야 네배흐 월드 바깥의 행성을 뒤지며 이주 가능성을 알아 보아야한다는 주장이 제기되었다. 노메드는 여러 별들 중에 평소 마음에 담아두어 온 탓인지 블루마블만 한 게 없다는 생각이 들었다. 두껍게 가로 막고 있는 임비지블막 때문에 몰랐던 것을, 우주 태풍에 밀려 흩뜨려지는 검은 막 사이로 얼핏 거리며 보이는 블루마블을 발견하여 식어가고 있는 네배흐를 떠나 그곳에서 새 세상을 열어야 한다 싶었다.

그저 쓸모없는 불모지라 여겨 오던 블루마블을 어린 레그나를 양육하는 숙주처로 쓰고지 비밀리에 계획을 진행하고 있던 닥터 드롤로서는 난감한 일이었지만 레그나들에게 행성간의 이주를 당장 허락하지 않을 수가 없었다. 아직은 어린 레그나들이, 블루마블에서 인간 몸속에 있는 상태의 미생으로 실험단계에 있는 것이라 레그나 성체들이 그들과 함께 있는 것이야 꼭히 막아야 할 이유가 없는 것이었지만 레그나들이 혼령으로서의 순수성을 잃게 될 것이 문제였다.

"블루마블에서 태어나 거기에 적응하는 것은 걱정거리가 아닌데 혼령으로 성체가 된 레그나들이 혼령의 숙주인 인간과는 소통을 하지 못할 것이라 저들대로 사는 것이야 어렵지 않겠지만 레그나와 인간들은 서로 협치할 수도, 상생할 수도 없을 테니 서로 간에 아무 쓸모가 없다는 것이 문제란 말이야."

"하지만 어쩌겠어요? 레그나들이 이주할 수 있는 적합한 곳이 블루마블뿐인데…."

"최대한 성체 레그나들이 이곳에서 이겨내게 해야지. 안 하면 블루마블이 장차 혼령과 숙주의 전쟁터가 될지도 모를 일이니."

"그들이 그리 쉽게 가지 않겠다고 안할 거예요. 그렇다고 그곳에서는 어린 혼령들을 키워야 한다고 밝힐 수도 없는 노릇이고…."

"그건 절대 안 돼. 차라리 미래에 닥칠지도 모를 어려움을 감수하는 한이 있더라도 그걸 알게 해서는 안 된다는 말이야."

"감수하다니요? 그게 무슨 뜻이에요?"

닥터 드롤은 심문하듯 그를 다그치는 비서 캐서린의 말에는 아무런 대꾸를 않고 창밖으로 시선을 피하고 마는 것이었다.

"생명체의 우수한 특징 중 하나가 주어지는 새로운 환경과 여건에 점차 적응하고 동화되어 그것을 수용하는 것인가 보다. 오염을 피해 레그나들이 블루마블로 옮겨진지 수백 혼령년이 지나갔다. 초기 얼마 동안 귀신이니 유령, 악마라 서로 거부하며 원망하던 레그나와 인간들은 물과 기름으로 떠도는 것이었지만 점차 각각의 독립체로 자리를 잡아 가게 되었다."

무대 위의 극들은 각자 나름대로의 독창성과 장점을 가지고 있었지만 대부분 중간 중간 타이밍을 맞춰 실어내는 내레이션으로 복선을 깔고 관객들의 이해를 돕고 하며 극의 전반을 설명하려 애를 쓰고 있었다.

이격(離隔)

한스 박사가 막 잠자리에 들었는데 오래간만에 스튜어트가 꿈을 흔들었다. 반가움에 한걸음에 다가가 그를 맞았지만 그의 몸골이 영 말이 아니었다. 핏기가 없이 퀭한 눈이 고생이 심하다는 것을 단박에 알 수 있었다.

"그곳은 영생과 안식을 누리는 곳이라며? 그런데 이 꼴이 뭐야? 완전 상거지 꼴이잖아?"

혼령의 세상으로 가서 영원한 안식을 누리며 지내는 것으로 믿었던 스튜어트는 구천을 헤매고 있다는 것이었다.

"나도 그 천국이라는 곳엘 가긴 했지. 하지만 쫓겨났어. 추방당한 거지."

"아니, 추방이라니? 어디로? 혹시…?"

"아냐, 지옥은. 내가 그리 크게 나쁜 놈은 아니었잖아!"

"그럼 왜? 어디로?"

"내가 죽은 것도 그렇다고 살아 있는 것도 아니라서 혼령인 자기들과 다르다고 하며 통제하기에 여기 또한 인간과 소통을 등지고 문을 닫아 버린다면 우리 인간 세상과 다를게 뭐냐고 내가 따졌더니 신에게 감히 말대답한다고 이도저도 아닌 구천으로 내몰린 것이야."

생명 과학자이자 종교 인물 연구가인 한스 박사는 느닷

없이 무언가에 호되게 머리를 맞은 양 머릿속이 휑하니 비워지는 느낌이 들었다.

"제 의지라고는 하나도 없이 느닷없이 혼령을 앗아가서 죽음을 맞게 하더니 저세상에서까지 인간 혼령을 제 마음대로 하려고 해? 이건 폭력이고 독재야! 세상의 만물들과 마찬가지로 생명이나 혼령도 음양이 있어야 해."

"생명의 음양? 이미 있잖아?! 탄생과 죽음으로…."

"그런 음양 말고. 신에 의해 창조되는 것을 양이라 한다면 음이라 칭할 수 있는 인간에 의해 만들어지거나 운용되는 생명이나 혼을 얘기하자는 것이지."

"억지 부리지마. 인간을 비롯한 세상 만물들은 우주의 원소들이 집합되어 만들어져서 생명체라고 불리다가 그 생명이 끝나면 다시 처음의 원소로 환원되게끔 되어 있는 절대섭리가 있는 것인데 그것을 구태여 인간의 의지와 신의 의지를 붙여 구분하려는 것은 억지야. 인간이 해야 할 몫과 신의 몫은 다른 것이야."

"생명의 태동과 소멸은 순환되게 되어 있는 것이다?! 그렇다면 혼은? 혼령은? 그런 혼이나 혼령은 순환되는 게 아니잖아? 한평생 골머리 썩혀가며 갈고 닦아 키워 놓으면 육체적 생명이 다하는 날 어디론가 사라지듯 가버리는 게 혼령이잖아? 그것만이라도 인간의 의지대로 할 수 있게끔 연구해 보라는 말이야."

"정녕 혼은 어디서 어떻게 비롯되어 인간의 몸 안에 자리하다가 또 어디로 가는 것일까?"

"신이 혼을 인간에게 불어 넣어 주었다가 생명을 다하는 때에 도로 가져간다는데 과연 그 말이 맞는 것인지 어디 숲 속이라도 뒤져 요정을 만나고 두꺼비 피를 끓이며 생명의 묘약을 만들고 있다는 마녀를 찾아내어 물어봐야 하는 게 아닐까? 아니면 혼령을 찾아내어 몸에 스민 귀신을 쫓아 병을 고친다는 무당이나 퇴마사를 만나 알아보거나 깊은 산중에 홀로 틀어 박혀 앉아 혼령의 기를 터득하고 습득하려 하고 있는 수도사에게 물어봐야 하는 것은 아닌가?"

그 일이 있고 난 후 한참을 기다리고서야 받아든 엽서에서 스튜어트는 자신이 구천을 떠도는 원귀 짓에 신물이 난다며 하루 빨리 그 짓을 그만두고 싶다고 매우 진지하게 얘기하고 있었다.

"엉뚱하기는…. 그런 동화 같은 얘기가 아니잖아?!"

"종교에서야 혼령이 사후에 하늘나라로 간다고는 하지만 누구도 확실하게는 모르잖아? 바람이고 상상하는 것일 뿐. 할머니나 어머니가 잠자리에서 들려주는 이야기가 그 아이의 꿈이 되는 것과 다를 바 없는 것이잖아? 그래, 상상하고 꿈꾸는 거야. 혹시 알아? 꿈을 안고 바라는 가운데 정성스레 기도하다가 비몽사몽간에 빠져드는 어느 때가 되면 누군가가 펑하고 도깨비처럼 나타나서 혼령이 어디서 왔다가 어디로 가는 것인지를 가르쳐 주게 될는지. 아니면 제 스스로의 꿈에 빠져서 바라던 꿈과 현실이 뒤엉키는 속에서 무언가 환상이라도 보게 될는지. 그건 엘리스가 찾아간 이상한 나라에서 와서 죽은 시인의 꿈을 묻어 둔다는 중국의 계림으로 가는 것이라고 얘기해 주거나 파스텔 물감으로 그린 꿈의 유토피아일지도 모르는 것 아니겠냐고? 그런데 이상하지 않아? 언제나 혼이나 혼령을 얘기하노라면 아름답고 멋진 곳으로 가는 것으로 생각하게 되는 것이? 음침하고 더럽게 추악한 곳으로 가는 것일 수도 있고 우리 눈에 보이지 않는 것이라 내 머리 주변을 빙글빙글 돌며 재즈댄스를 즐기고 있을지도 모르는 것인데…."

"뭐가 그리 복잡하게 궁금해? 단지 인간들은 제 아무리 선각자니 종교지도자니 마술사라 하여도 아무도 혼령과 혼에 대해 모르는 것이니 각자 필요한대로, 원하는 대로, 그리는 대로. 바라는 대로, 나름대로 생각하고 상상하며 그렇다 여기면 되는 것을. 누구라 그게 아니라고 확연하게 말을 할 수 있는 것도 아니니까 말이야."

한스 박사는 문득 예전에 스튜어트가 그에게 했던 말이 생각났다.

"어때? 한스 박사 연구해 볼만한 거 아니야? 혼령이라는 것 말이야?"

"그렇게 생각은 드는데 마음이 찜찜한 게 자꾸만 걸려. 어째 제 것이니 코 박지 말라는 신의 곱지 않은 눈총이 뒤통수에 와 박히는 것 같아서 말이야…."

"그러면 어쩔 거야? 어떤 것도 창조자니 신이니 하는 자가 다 저가 만들었다는데 혼령까지도. 한스 박사, 자네는 무언가 세상에 없는 것을 만들어 보고 싶다고 하지 않았나? 신의 절대권리에 맞서는 것이 되는 것이더라도 생명을 검증하고 살아서나 죽어서나 어디로 사라지지 않는 새로운 인간 혼령을 만드는 것만이 진정한 의미의 창조가 되는 것이야. 해봐! 해보라고!"

혼령 연구를 위해 관련 서적을 뒤적이고 여기저기에서 자료를 모으던 한스 박사는 오래 전부터 인간의 육체와 혼령이 죽음이라는 과정을 지나면서 분리되고 그중 육체는 부패, 산화되어 생성의 기본 단위인 원소 상태로 자연 속에 남았다가 다시 모여모여 어떤 늘제로 생성되는데 다른 하나로 분리된 혼령은 어디론가 사라지는 것을 의아히 생각해 오고 있었다. 한스 박사는 그것을 연구 추적하던 끝에 모든 만물의 세포나 조직은 진화에 의해 생성된 것인지는 모르겠으나 혼이나 기는 자연 발생적으로 만들어 진 것이 아니라 어떤 절대 능력을 소지한 자에 의해 창조되었지 않았나 하는 심증을 갖게 되고 그에 의해 인간 혼령이 출생과 사망을 통해 공급, 수거되어지는 게 아닐까 하는 작지만 확고한 믿음이 들게 되었다.

추적

한스 박사는 선뜻 연구에 몰입하지 못하고 불안한 마음의 동요를 억제할 수가 없었다. 자신의 의지대로 행해보자니 천지만물의 자연섭리를 거슬려야 하고 그리되면 자신에게 반드시 어떤 식으로든 후환이 따를 것 같았다. 여러 가지 생각에 몰두하는 그였지만 생각만 복잡할 뿐이었는데 어느 날 문득 혼령으로 인간의 몸을 빌려 이 세상에 왔다가 죽임을 당하고 부활하고 다시 승천했다는 예수의 존재에 끌리고 있는 자신을 발견하게 되었다.

"예수가 인간들을 교화하고 네배흐를 알리는 원리를 자세히 들여다보면, 인간들이 스스로 자기를 죄 많고 보잘것 없는 것으로 비하하게 하고 네배흐를 영생 안식을 얻을 수 있는 천국이라 여기고 닥터 드롤만이 그 죄 많은 인간들을 구원할 수 있는 유일한 신이라고 인간들을 세뇌시키는 것일 뿐 창출적인 게 없어. 그 중 가장 요상한 것이 인간은 한낱 미물에 지나지 않아서 인간 혼자서는 어떤 것도 할 수 없다는 것이야. 오로지 네배흐의 닥터 드롤에게 의지하여 매달리고 기도 할 때만 작은 것이라도 얻을 수 있다고 가르치고 있잖아?! 어부에게 너는 아무 것도 할 수 없으니 작은 고기라도 얻으려면 나에게 매달려 통 사정을 해봐라, 그러면 내가 들어 보고 조금 잡히게 해줄까 결정할게라고 말하는 것과 뭐가 다른 거야? 결국 신이나 지배자나 자기를 추앙하며 자기에게 복종하기를 요구하는 관심종자인 것이지 자기를 치고 넘어설 수 있는 불씨는 아예 처음부터 만들어지지 않게 하고 싶은 것이야."

"그런데 인간을 복제하여 생산하고 생명의 길이를 마음대로 조정하려는 인간들을 볼 때 닥터 드롤이 뭐라고 생각할까? 숙주들의 반란이라고 하지 않겠냐고? 동물이나 인간이 우두머리에게 도전장을 내면 피가 터지게 서로 싸우게 되지? 신도 마찬가지야. 네배흐 혼령의 숙주로서의 제 본디 용도에서 벗어나 인간이 자신들을 자체 복제하여 제 멋대로 살아가겠다는 것이 네배흐의 이해와 무관하다면, 닥터 드롤의 권위에 반하는 것이 아니라면 괜찮아, 하지만 그렇지가 안잖아? 생명을 복제하다 못해 이제는 영혼을 만들겠다니! 그건 천지창조의 원리야. 은혜, 포용, 도덕, 사랑이 세상의 불을 밝힌다고? 씨알도 먹히지 않는 소리 집어치우라고 그래. 내가 마음대로 부릴 수 있는 수준까지, 내게 도저히 도전장을 낼 수 없는 형편을 가진 자들에게는 그 말이 쓰이겠지. 신이고 인간이고 힘이 곧 전부야. 치받아 이길 자신이 있으면 도전해. 그렇지 못하다면 군소리 말고 인간 태초에 신이 가르친 것대로 납삭 엎드려 빌붙어 사는 게 가장 좋아."

한스 박사는 자신이 무어 그리 잘나고 인간의 삶에 대해 고민해 왔다고 하늘의 뜻까지 거스르며 새로운 것을 연구하랴 싶었다가도 자신이 아니면 누가 이런 것을 하려고나 할까 하는 생각에 미치면 반드시 해야 할 것 같은 의무감이 드는 것이었다.

한스 박사는 인간 혼령을 만들어야겠다는 생각에 예수의 DNA를 구할 수만 있다면 만유의 성인이라는 그를 복제해 낼 수 있고 인간 영혼의 정체나 행방을 알아낼 수 있을 것 같았다. 예수가 입었던 성의 조각이라는 것을 구해 DNA추출을 시도해 보았지만 모두가 평범한 인간의 그것으로 아무 것 얻어 낼만한 것이 없었다. 예수의 무덤이라거나 시신을 묻었던 곳이라고 전해 오는 곳을 샅샅이 뒤져 보았지만 역시 허탕이었다.

'정말, 승천한 것인가? 그래서 아무 것도 남은 흔적을 구하지 못하는 겐가?'

인간 자체적으로 혼령을 개발하는 '방도가 없을까? 우리의 의지대로 몇백 년이고 살 수 있고, 네배흐의 필요에 의해 예기치 않았던 사고나 병으로 죽지 않는 그래서 남겨진 이들에게도 슬픔이나 아픔이 없이 살아가게 하는 방도는 없을까?'

'세포재생, 배아복제 등을 통해 병이나 사고로 괴손되는 인체를 복구 치유하고 일부 장기나 신체 전부를 복제 보관할 수 있게 하여 죽음이나 병, 사고로 끝나지 않고 인간 의지대로 살고 싶은 만큼 살 수 있게 연구하는 것처럼 혼령을 그리 할 수는 없을까?'

문득 예수의 병자를 고친 치유와 죽은 자를 살린 능력에 어떤 비밀의 열쇠가 있을 거라는 심증이 왔다. 하지만 토리노 대성당에 보관되어 오며 예수의 형상이 새겨지는 성흔이 생겼다는 성의를 방사성으로 탄소연대를 분석하여 보았더니 바닐린 수치는 1500년가량 된 것으로 나왔지만 그것이 틀림없는 예수의 성의라고 선조로부터 전해 들었다는 종교 관계자들의 얘기와 근거 등 불충분한 주장 외에는 그것이 예수의 성의라고 증명될 만한 것은 아무 것도 없었다. 게다가 그 아마포 천에서는 어떤 인류와 연관되는 DNA조차 찾지 못했다.

성의라는 것에서조차 이렇다 할 특별한 흔적이나 요소를 찾아 낼 수가 없었던 한스 박사는 이제까지 동물 복제의 일환으로 연구 개발해 오던 배아 세포 복제 방법만으로 인간을 복제해 보았다. 신체는 복제가 가능하겠다는 확신을 가질 수 있었지만 뇌세포의 복제 한계로 혼령 개발은 벽에 부딪히고 말았다. 네배흐 혼령 배양 숙주로서의 인간 즉 신이 만들었다는 이체 생식에 의해 태어난 일반 인간에 비해 뇌의 기능이 5% 밖에 되지 않고 뇌세포 수가 100분에 일에도 미치지 않았던 것이다. 복제되는 인간인 만큼 네배흐의 혼령을 배양하는 숙주가 되어야 할 필요가 없는 것이니 두뇌가 매우 좋아야 할 까닭이야 없겠지만 기존의 인간들과 대등하게 살아가려면 적어도 그 지능이 비슷하기는 해야 하는데….

혼령과 신체가 반쯤 분리된 상태인 코마 환자의 혼령을 복사하여 냉동으로 보관하며 DNA와 막대세포 이분 분열법으로 복제를 꾀하기로 했다. 이럴 경우 과다한 혼령으로 인해 네배흐의 수요에 맞추느라 발생하는 인간의 슬픈 죽음을 교체할 수 있기 때문이었다.

닥터 드롤에게 인간의 혼령 개발 연구는 결코 이뤄질 수 없는 것이라 별스럽지 않게 여기는 것이었지만 혼령을 냉동 보관하려는 것은 큰 사고일 수밖에 없었다. 냉동하려는 시도가 어쩜 혼령 개발을 가능케 할 수 있겠다 싶은 불안이 드는 것도 있었지만 그 보다 그것이 만에 하나 네배흐로 공급되기라도 한다면 엄청난 문제가 될 수 있기 때문이었다. 네배흐의 기온이 아직 블루마블과 비교해서는 상당히 높은 상황인데 블루마블에서 냉동시켰던 것이 네배흐에 온다면 기온차를 이겨 내지를 못해 기존 레그나들이 오염될 게 뻔한 일이었다. 어떻게 해서라도 이 연구를 막아야만 했다.

숙주의 반란

레그나 혼령을 배양하기 위해 그 숙주인 인간을 만든 이래 닥터 드롤에게 처음 닥치는 숙주의 반란이 시작되고 있었다.

인간이나 우주 만물의 혼과 기가 창조자에 의해 만들어진 것이라는 것을 믿게 된 한스 박사는 자연히 친지 창조론을 내세우고 있는 종교계에 흥미가 당기게 되었고, 그 중에서도 자신을 창조자의 아들이라 내세우는 예수에게 쏠리는 관심이 더욱 커져갔다. 게다가 그는 자기, 창조자, 혼령이 다 하나라고 삼위일체를 주장하였다지 않은가? 한스 박사의 추측은 깊어져 갔고 자신만의 추리까지 해내게 되었다.

'예수는 인간의 지능이나 감각으로는 닿지 못하는 차원의 세상, 어떤 형태인지는 알 수 없으나 확실히 존재하는 그 어떤 세계, 즉 종교 추종자들이 주장하는 바대로 창조자의 세계에서 보내 온 존재가 아니었을까? 그러기에 성적 접촉이 없었던 여인의 몸을 빌려 태어날 수 있었지 않았을까? 혹 그는 그들의 세계에서 인간 생명을 연구하던 과학자가 아니었을까? 그래서 그는 죽은 자도 살렸고 자신의 죽음도 복원할 수 있었던 것은 아닐까?'

토리노 성당에 보관되어 있는 예수의 성의라는 것에서 인간 생명의 흔적을 찾아내는데 실패한 한스 박사는 풍문으로 떠도는 예수의 무덤이라는 탈피오트 무덤을 찾아 갔다. 예루살렘 성지를 조상 대대로 지켜 오고 있다는 묘지지기는 펄쩍 뛰며 아니라고 했다. 많은 사람들이 그곳을 예수가 죽어 시신을 안치한 무덤이라고 하지만 그게 아니라고 했다. 헛걸음한 것이 허탈하고 싫어 묘지기가 아니라며 극구 말리는 것을 묘지를 둘러보는 사이에 그가 모르게 수의 조각인 듯한 것을 조금 떼어 내었다.

그 조각에서 혈흔은 발견되었는데 DNA를 추출해 낼 수가 없었다. 이상했다. 흔혈에서 DNA가 추출되지 않다니…? 몇만 년이 된 혈흔이라도 미세하게 원소만 남아 있어도 DNA는 구해지는 것인데…. 그렇다고 실험이 잘못되었다거나 기구나 방법에 이상이 있었던 것도 아니었다. 그렇다면?! 이 수의를 입었던 사체가 블루마블상의 생명체가 아니라는 것인가?! 그렇게까지 추측을 하다 보니 놀라지 않을 수가 없었다. 하지만 한스 박사가 DNA를 구해 내지는 못했지만 놀라운 것을 발견했다. 그 혈흔에서는 한스 박사 자신이 지금 비밀리에 연구 개발하고 있는 것과 거의 흡사한 줄기세포 복원 시술 흔적이 뚜렷했을 뿐 아니라 생식행위 없이 개체 n이 늘어나는 이체분리 세포인 막대세포와 그 유전인자인 듯한 염색체를 발견할 수 있었기 때문이었다. 그 무덤 안에 묻혔던 사체는 인간이 모르는 미지의 생명체가 틀림없었다. 아니 그것이 생명체라고 불릴 수 있는 것인지 아닌지는 확실하지가 않고 인간의 감각으로는 그 실체를 분별할 수 없어 보지 못하는 것이었지만 그것은 사고하고 느끼는 존재인 것만은 틀림이 없었다.

'묘지기는 거기가 결코 예수의 무덤이 아니라고 펄쩍 뛰지 않았던가? 그런데 거기서 채취한 수의 조각에서는 혼령체에서만 구할 수 있다는 염색체가 추출되었다. 이게 무엇이라 설명해야 한다는 말인가?'

한스 박사는 혼자서 잠정적 결론을 내렸다.

'그 무덤은 예수의 것이 맞을 것이다. 그러나 그것이 세상에 알려질 경우, 예수가 십자가에 못 박혀 죽은 뒤 부활했다는 등의 종교적 신앙에 어긋나는 점 등이 있거나 알려지지 않은 비밀이 들어나게 되어 그 파문이 엄청날 것이 걱정되어 묘지기는 그것을 비밀로 하며 그를 종교적인 하늘의 아들로 영원토록 기리려 하는 것일 것이다. 아니라면 그 무덤이 알려지게 되면 이제껏 알려져 오는 예수나 종교에 막대한 변화나 부정적인 사실이 들어나게 되는 것이어서 감추거나.'

한스 박사는 나름대로 구름이 걷히고 맑은 하늘이 보이듯 모든 것이 명쾌해지고 시야가 확 트이는 것 같은 생각을 가지게 되는 것이었다.

'예수의 세상은 2000여 년 전에 이미 생명체를 복원, 복제할 수 있으리 만큼의 과학이 발달되어 있었던 거야. 아니, 그네들은 두뇌의 모든 세포를, 우리 인간처럼 제한되게 쓰는 게 아니라 모두 다 쓸 수 있고 그네들은 우리 인간들이 감지하지 못하는 형상이 없거나 미지의 존재로 동체분열로 증식되는 존재이었어. 우리 인간을 아마도 그네들이 어떤 필요에 의해 만든 것이 아닐까? 그 필요라는 것이 인간의 죽음에서 분리되는 혼령을 취하는 것이고 그랬기에 예수라는 그네들의 생명 과학자를 보내어 인간의 혼령이 자기네들 용도에 맞도록 교화시키며 막대세포로 불치병자, 문둥이, 미치광이, 앉은뱅이 등을 고치고 죽은 자를 살릴 수 있었던 것이겠지. 그리고 자신이 처형되던 시점에 막달레나에게 막대세포의 생명체 복제 원리를 알려 주고 자기 무덤을 지키게 했다가 다른 사람들이 다 가고 난 이틀 뒤 그녀로 하여금 자기를 복제토록 했거나 복원시켜서 부활이 이뤄졌을 것이야. 하지만 예수는 부활한 자기를 인간이 집요하게 추적하게 되자 복제 원리와 혼령의 존재로서의 자신이 알려지게 되는 것을 꺼려서 인간 형상으로 오래 있지 않고 40여일 후 승천이라는 이름으로 자기네 세상으로 돌아 간 것이 틀림없어.'

처음에는 긴가민가하며 그저 추정해 보던 한스 박사는 자기의 생각을 진행시키면서 자기의 추정이 확실하다고 믿어버리게 되었다. 너무도 엄청난 발견이었다. 한스 박사가 처음 생명세포 연구를 시작했을 때, 그는 생식기능과는 무관한 막대세포(한스가 다른 차원 존재의 생명 염기라고 여기는 염색체)를 눈여겨보았다. 남녀노소 제한이나 가림이 없이 누구나 머리카락이든 손톱이든 어느 신체의 일부를 떼어 복원시키고자 하는 부위에 붙여 손상된 세포를 복원, 증가 시키거나 떼어낸 세포를 함께 배양하면 새로운 생명체를 탄생 시킬 수 있는 막대세포가 인류 생명 과학에 매우 크게 기여할 것으로 처음부터 주목하고 있었기 때문이었다.

"하지만 이건 위험 요소를 많이 초래하게 될 거야. 개개인이 저마다 노화를 막거나 미용을 위해 자기 몸의 일부를 고치거나 복원하고 심지어 복제하는 것을 연구하는 데는 줄기세포로도 되는 것이니 그리 큰 문제가 야기될 것은 아니겠지만 혼령의 탄생 과정을 알아 낼 수 있는 막대세포로 연구를 해 낸다면 더 나은 인간이 되기 위해 너도 나도 막대세포를 쓸려고 할 것은 뻔한 일인데 그렇게 된다면 기존의 생명 생식과 증식 원리에 엄청난 혼란이 야기될 텐데…."

안 될 일이었다. 인간 생명을 복원, 복제한다는 것만으로 벌써 창조자에 대한 엄청난 사건인데 창조주가 사용하고 있는 생명 탄생의 원리 자체를 다르게 시도해 보려는 것이 우선 너무 위험한 일일 것 같았고 강행한다면 창조자가 그냥 두고 보지 않으리라는 두려움이 막대세포 연구를 주저하게 했다. 하지만 완전히 손을 떼며 포기할 수는 없었다. 여러 차례 가능성 실험을 해 보는 동안 인간의 줄기세포로부터는 DNA를 분리해 낼 수 있어서 복원, 복제 연구가 가능할 수 있었지만 생식을 통하지 않는 개체증식을 연구할 그 무덤의 수의에서 구한 혈흔을 탄소 분해하여 얻을 수 있었던 막대세포로부터는 DNA를 분리할 수가 없었다. 합성구조가 인간 세포와는 전혀 맞지 않아 형상이 맺히지 않는 혼령의 인자 염기서열 밖에 얻을 수가 없었다. 한스 박사는 구해진 혼령인자 염색체에서 모핵을 제거한 다음 일반 핵으로 치환하여 배아복제 실험을 해 보았지만 이 역시 착상이나 분리가 되지 않았다. 어쩔 수 없이 어렵사리 구했던 막대세포를 버리고 작은 성과라도 얻어낼 량으로 줄기세포를 다시 택할 수밖에 없었다.

한스 박사는 인간을 저네의 레그나 유아령 배양 숙주로 만든 닥터 드롤이 감탄스러웠지만 불만이고 억울하다는 생각이 들었다. 인간이 장차 네배흐 레그나에 이입될 혼령의 배양 숙주로 쓰이는 것은 그것이 닥터 드롤이 인간을 창조한 본디 목적이었으니 감내할 수밖에 없다고 치더라도 주어진 두뇌의 용량을 사용하는 데 제한을 두어 미지와 의혹 속에 한 평생을 살 수밖에 없는 것은 생명창조를 연구하는 한스 박사로서는 노저히 용납할 수가 없었다.

'그게 아니지. 내게 나중에 소용되는 것이라 망가지거나 다치지 않게 쓰임이 있을 때까지 잠금장치를 해 둔 것인데 그것을 내 놓으라는 것은 말이 안 되는 것이지.'

"그렇다면 도대체 어떤 근거로 창조주가 인간을 너무나 사랑한다는 거야? 자기 필요에 의해 만들어 필요에 따라 쓰는 것뿐인데…."

머릿속으로만 생각하던 것이 은연중에 말이 되어 입 밖으로 터져 나왔다.

"이 드넓은 태계 속에 떠도는 한낱 입자에 지나지 않을 것들을 모아 사고하고 느끼는 지능을 갖고 살아 갈 수 있게 창조한 그것이 곧 신이 인간을 사랑한다는 것이지 뭐겠어?"

의상을 마치 사제같이 차려 입은 다른 배우가 구시렁대듯 중얼거렸지만 불평스레 말을 내뱉던 배우는 못 들었던지 아무런 반응을 하지 않았다.

전설

관객석의 불이 꺼지고 다음 막이 오르는 무대는 막바지의 BC 시대를 배경으로 하고 있었고 극중 인간들은 신을 받들고 있었다. 그러고 보니, 아무도 눈총을 주거나 이해를 못해 눈살을 찌푸리진 않지만, 극은 대체로 시간 개념이 없이 이 시대 저 시대를 타임 슬립하고 있었다.

인간을 만들고 천지만물을 만들 때 닥터 드롤의 계획은 이런 것이 아니었다. 레그나의 숙주로서, 네배흐에서 혼령이 필요해 질 때까지 잘 배양시키며 창조주인 닥터 드롤을 절대적으로 믿고 따를 것으로 기대했는데 느닷없이 해니, 달이니, 바위니 동물 같은 것을 신이라 부르고 따르고 있었다. 자연 만물이 모두 닥터 드롤의 창조물이니 인간이 그런 부류들을 섬긴다는 것으로 크게 틀어 질 것은 없을 것이었다. 하지만 혼령의 사고 속에 닥터 드롤의 개념이 아닌 잡념이 스며들면 장차 네배흐 월드의 레그나들에게 그런 혼령들이 이입될 수도 있을 것이라 네배흐 월드 통치에 문제가 생길 것이었다. 잡신적인 사고가 블루마블에 만연되기 전에 적어도 절대 다수의 경외적 추종을 이끌어 내어야만 했다. 블루마블에는 인간들이 닥터 드롤만 바라고 의지하도록 하는 절대 추종을 끌어내는 것만이 필요한 것이 아니었다. 숙주의 수가 불어나고 그 삶의 형태가 복잡 다양해지면서 인간을 주도하여 혼령을 배양하는 숙주로서의 역할을 충실하게 수행하도록 종용하는 일종의 지역 사령관 역할을 감당할 존재의 필요성이 제기되었다. 그 존재는 인간과 같은 외형을 취하겠지만 그 사고는 네배흐 우선이어야 할 것이고 네배흐의 필요와 상황을 알고 닥터 드롤과 교감할 수 있도록 만들어 져야 했다. 그러니 여느 인간과 같이 신생 네배흐 혼령을 주입하여 생성케 해서는 안 될 일이었다. 기존의 레그나 가운데 우수한 하나를 뽑아 신생 숙주인 인간의 몸에 주입해야만 했다. 숙주들을 이끌고 그네들이 믿고 따르도록 하자면 어떤 우수성이 필요할까? 혼령을 배양하여 적절한 때에 수급되게 하려니 그네들이 숙주로서 살아가는 동안 생명을 중시 여겨 중간에 포기하는 일이 생기지 않도록 일깨울 수 있어야 했다. 삶이 고달파도 인간 삶 동안 참고 견디면 죽음이 인간을 이 세상과 가를 때 아름다움으로만 가득한 천국으로 가게 되어 영원한 생명을 갖게 된다고 믿고 따를 수 있도록 설파할 수 있는 우수성을 가져야 했다.

극은 무대에 어둠을 깐 채 중저음의 내레이터 목소리로 관중을 압도해 들어왔다.

"닥터 드롤은 숙주들을 교화하고 이끌어 갈 존재를 블루마블로 보내기로 했다. 먼 시간 뒤의 무지개를 제시하는 것 외에 눈앞의 이해도 제시할 수 있는 이해와 감성의 능력이 있는 자이어야 했다. 숙주의 몸을 수리하고 계산에 없는 죽음으로 인해 혼령의 수급에 차질이 생기지 않게 숙주의 생명을 조정할 수 있는 기술자를 취하기로 했다. 하지만 그것도 그리 녹녹하지가 않았다. 누구를 보내야 할 것인가 말이다."

닥터 드롤은 자신의 혼령이 절대 적합하다고 인지되는 것이었지만 자신의 혼령을 블루마블로 보내자니 네배흐가 걱정이 되었다. 노메드를 견제하고 네배흐를 지켜야 하는데, 할일이 아직 너무 많은데…, 그렇게는 할 수가 없는 것으로 결론시어야만 했다.

"수제이를 보내 볼까 해. 그라면 인간들이 악령을 떨치고 선으로 돌아 올 수 있도록 교화시킬 수 있을 것 같아."

네배흐 의과대학 강단에서 레그나 관련 복제 기술과 막대세포를 응용한 치유법을 강의하고 있는 수제이가 파견자로 결정되었다. 수제이를 취하는 것은 대중을 이끌어 가는 설파력을 기대할 수 있을 뿐 아니라 숙주가 레그나를 배양하는데 있어 그 수급을 조절할 수도 있어 그야말로 일석이조의 효과를 취할 수 있는 방안이었다.

연극이든 책이든 그것을 보면서 몰입되면 그 내용이 제게 일어나거나 겪는 것으로 착각하여 실제 감정이 그것에 이입되어버린다. 이제 관중들은 무대 위아래에서 연기자, 스텝들, 연출자, 감독이 되어 누구라 할 것 없이 비명을 지르거나 신음을 쏟고 때로 고성을 내지만 웃고 즐기고 사랑을 하며 삶을, 제 의지라고는 반영될 수 없이 이미 짜여진 각본상의 배역을 수행할 뿐인 것을 각자 나름의 최선을 다하며 제 의지대로 살겠다고, 사는 것이라고 살아내고 있었다.

기존의 네배흐 레그나를 인간에게 이입시키는 것은 그리 간단한 것이 아니었다. 인간들은 이체생식 구조이고 기존의 네배흐 레그나는 동체분열 구조가 아닌가. 여러 가지 방안을 검토한 끝에 선택한 것이 이체생식이 이루어지기 전의 여체에 레그나를 주입시켜 놓은 뒤 숙주 간 이체 생식이 이뤄졌을 때 그 신생 숙주에 레그나가 합체되게 하였다. 그런데 닥터 드롤은 불안했다. 혼령체 복제 연구학자인 수제이만을 블루마블로 보내는 것은 아무래도 안심을 할 수가 없을 것 같았다. 그 혼자만의 능력으로도 인간의 질병이나 일부 어려움은 해결이 되도록 도움을 주고, 새롭게 태어나는 어린 인간들을 상대로 교화하며 순수 선령으로 자랄 수 있도록 이끌어 줄 수는 있을 것이다. 하지만 날이 갈수록 그 세가 커지고 강해지는 기존의 악령에 맞서 인간을 지켜주고 그네들을 악령에서 빠져 나오게 하여 오로지 선을 추구하고 자기만을 믿고 따르게 하기에는 역부족인 것 같았다. 블루마블이나 네배흐, 어느 것도 자신이 존재하는 한 파괴되는 것은 도저히 있어서는 안 될 일이었다. 이 평안하고 안락한 네배흐를, 이제 막 피어나기 시작하는 저 블루마블을 포기할 수가 없었다. 아니, 포기한다는 것은 반역이고 배신이라는 생각마저 들었다. 하지만 생각과는 달리 마음 한구석으로는 포기하라는 생각이 꿈틀거리며 자리를 잡아드는 것을 느꼈다. 혹시 나의 몸에도 어느 샌가 악령이 들어 선 게 아닌가 하는 생각이 들자 몸서리를 치며 불안한 생각을 떨쳐 버리려 머리를 세차게 흔들었지만 다른 방도가 떠오르지 않아 그저 답답할 뿐이었다.

기발한 방법이 우연히 얻어졌다. 이체분리 실험을 하던 제자 머디우가 의문점이 있다며 닥터 드롤에게 전화로 문의를 해 왔던 것이다.

"닥터 드롤, 지금 이체분리 실험 중인데 의문이 있어서요, 자신의 몸을 이체분리하면 얼마 동안 움직이지 말아야 하나요?"

"으응, 그것 일반적으론 340일 뒤에 새 생명이 움직일 수 있으리 만큼 성장하니까 그때까진 움식이지 않는 게 좋은데 대체로 185일 이후엔 신생 생명체의 건강 정도에 따라 적당히 움직여도 돼, 가만, 그렇다면…, 아, 그거다."

닥터 드롤의 머리를 언뜻 스쳐 두드리는 것이 있었다.

"아니, 박사님, 박사님, 벌써 끊으셨나? 185일 이후엔 가능하다는데…."

떼어낸 닥터 드롤 자신의 생체에 수제이의 레그나 편자를 이입시켰다. 그러고는 그것을 블루마블의 중동에 위치한 멜라수레이의 마리아라는 여인의 몸으로 보내고는 새 생명이 나면 이름을 수제이(Susej)라 하라 전했다.

멜라수레이의 마리아는 뭐가 어떻게 된 것인지 가늠할 수가 없었다. 이런저런 집안일에 종일토록 시달리다가 지쳐 세상모르고 잠에 빠져 들었던 것 같았다. 무언가 시커먼 것이 그림자 같이 자신에게 덮쳐 와서 무겁게 몸을 짓누른 것 같기도 하고 꿈속의 일 같기도 하고…. 너무 피곤했던 탓인가 어디까지가 꿈이고 어디서부터가 현실인지를 구분할 수가 없었다.

'누군가가 내게 아기가 태어 날 것이라고 말을 했던 것 같은데…, 남자라고는 경험해 보지 않은 처녀인 내게 아이가 태어 날 거라니? 꿈도 참 희한하네. 가만, 가위눌리듯 무거웠던 그 시커먼 그림자는 무엇이었을까? 그것도 꿈이었나?'

마리아는 꿈 탓인지 잠에서 깨어났지만 이상한 꿈을 다 꾼다고 잠시 생각하고는 다시 잠에 빠져 들었다.

꿈 얘기를 들려주며 해몽을 묻는 마리아 모친에게 요셉 어머니는 내심 크게 놀랐지만 당황하는 기색을 감추고 침착하게 말했다.

"큰 길몽이야. 하나님께서 당신 집안에 아기를 점지해 주신 것이구먼. 태몽이야."

"무슨 그리 해괴한 말을, 우리 딸은 아직 남자를 모르는 처년데…."

"쉿, 말조심 해야지. 성령으로 잉태된 것이야. 하나님의 능력으로…."

그녀는 아들 요셉이 마리아를 오래 전부터 흠모해 오고 있다는 것을 진작부터 알고 있었다. 하지만 청혼 예물을 만들려면 가축을 다 팔아도 모자랄 판이라 짐짓 모른 척하고 있을 수밖에 없었다. 요셉 어머니는 마리아 모친에게서 마리아가 꾼 것 같다는 꿈 얘기를 들으며 얼마 전 밤늦게 시간여 동안 아들 요셉이 나갔다 온 게 아무래도 마리아와 관련이 있었던 게 아니었을까 여간 마음이 쓰이는 게 아니었다.

"어쨌든 속히 치워야 하겠구먼. 성령이 임한 것이라지만 그래도 자칫 처녀가 애를 가졌다는 게 알려지는 날엔 시끄러워질 테니…. 우리 애가 마리아를 좋아하는 것 같기는 하지만 예물 마련할 길이 없으니…."

조그만 시골의 아낙들이 취할 수 있는 최선의 선택이 이루어졌다.

블루마블에서는 수제이가 마리아를 통해 태어나고 이런 수제이의 탄생 배경이 후일 그가 스스로를 하늘의 혼령이자 하늘 그 자체이며 또한 자신이 바로 하늘의 아들인 삼위일체라고 인간들에게 설파하는 근간이 되고 있었다. 네배흐의 사고와 숙주의 형체가 만나 생겨난 반신반인 수제이는 인간들을 네배흐와 닥터 드롤이 바라는 내세에의 믿음으로 이끌어 내고 인간이 레그나 숙주로서의 역할을 이행하는데 차질이 생기지 않도록 병을 고치고 그 숫자를 적절하게 조정하려는 닥터 드롤의 기대는 잘 맞아 가고 있었다고 할 수 있을 것이었다.

사자(使者)

성장하고 있는 수제이를 지켜보며 닥터 드롤은 수제이를 블루마블에 보낸 것은 매우 잘 한 것이며 자기 분신인 그가 자기를 대신하여 인간들을 잘 일깨워 흡족한 결과를 가져다 주리라 확신을 했다. 수제이도 닥터 드롤의 기대에 어긋나지 않게 인간들에게 닥터 드롤과 네배흐에 관해 설파하여 많은 인간들이 죽음이라는 절차를 겪으며 돌아갈 영원한 안식의 하늘나라가 네배흐라는 것과 그네들과 블루마블상의 모든 자연 만물을 만든 이가 닥터 드롤이며, 블루마블에서의 죽음이 인간의 끝이 아니라 혼령의 상태로 네배흐로 가서 영생을 누리게 된다는 것 등을 일깨워 주었을 뿐 아니라 악에 빠지면 도저히 참을 수 없는 불구덩이에서 영원히 마귀의 노예로 살아가야 된다고 설파하고 있었다.

아들이 비록 성령으로 태어났다 할지라도 마리아는 한 인간으로서, 어미로서 항시 아쉬웠다. 자신의 젖을 물려 키웠지만, 어려서부터 큰 성자가 될 인물이라며 주변에서 모두들 애지중지하는 통에 언제나 엄마인 자기는 뒷전이었다. 그저 평범한 모자지간으로 살 부비며 살고 싶은데 그럴 수가 없었다. 나이가 들면서부터는 아예 내 놓은 자식이 되어 버렸다. 아들은 자신을 따르는 제자들과 무리를 지어 이곳저곳을 떠돌아다니며 세상을 구원한다 어쩐다 한다고 집에로의 걸음은 더욱 뜸해졌다. 세상 구원도 좋은 것이고 복음 전파도 큰일이겠지만 어미인 마리아로서는 가까운 곳에서 그저 평범하게 가정 꾸려 오손도손 살아가는 것을 볼 수 있으면 싶었다. 가정을 가지면 정착을 하겠지 싶어 어렵사리 막달레나를 소개해 붙여 주어 보았다. 아들인 수제이야 처음부터 펄쩍 뛰며 안 될 일이라고 했지만 남녀 간의 일이라 어떤 변수가 있을 것을 기대하여 두고 보기로 했다. 하지만 그렇게 작정했을 때에는 그게 더 큰 문제를 안겨 주게 될 줄은 미처 몰랐다. 막달레나는 식사하는 것에서부터 잠자리까지 지극 정성으로 수제이를 돌보았고 수제이는, 그전에는 옷가지라도 바꿀 량으로 두어 달에 한번 꼴은 집엘 들르던 것이 이젠 아예 발걸음을 끊어 버리는 것이었다. 이래저래 속만 끓이는 세월을 보내고 있는데 어느 날 병졸들이 찾아 왔다. 수제이가 자신이 구세주라며 양민들을 혹세무민하고 있어 처형을 해야 한다는 것이었다. 청천 하늘에 날벼락이 아닐 수 없었다. 어찌 살려 줄 수 있는 방안은 없는 것이냐고 하소연을 했더니 무리의 대장이라는 도라빌은 수제이가 있는 곳을 알려 주어 하루라도 속히 체포할 수 있게 도와주면 아들을 처형치 않고 비록 감옥이지만 조용히 살 수 있게 힘을 써 보겠다고 했다.

'이긴 내가 바라던 것이 아닌가?! 그곳이 감옥이라 할지라도 편안히 살게 해준다지 않는가?! 가까운 곳에 있어서 언제고 만나고 싶으면 면회해서 만날 수도 있고….'

당장 아들이 있는 곳을 찾아 나서고자 수소문을 시작했다.

마도는 아무런 죄책감을 느끼지 않았다. 평소 수제이는 자신이 곧 생명이요 부활이라 말해 오지 않았던가! 그네들이 잡아 가둔다고 해도 감옥을 빠져나오는 것은 수제이에게는 식은 죽 먹기보다 더 쉬운 일일 것이었다. 설사 미처 탈출하지 못해 처형을 당한다고 해도 사흘 안에 부활한다고 했는데 뭐가 문제냐 싶었다.

“모두들 입으로만 구원을 외쳤지 헐벗고 굶주리고 있는 양민들에게 실제적인 도움을 주지를 못하고 있잖아.”

자신이, 비록 수제이를 밀고하여 팔아먹는 형국이 되었지만 병정들을 눈감고 아옹 식으로 속이고 큰돈을 손에 넣을 수 있었으니,

“그 돈이면 세상을 구원하는데 얼마나 유용하게 쓸 수 있는데….”

잘못했다기보다는 자신의 기막힌 융통성에 오히려 박수를 받아야 마땅한 것 아닌가 하는 생각마저 들었다. 그런 그를 전혀 뜻밖의 일이 헷갈리게 만들었다.

“아버지시여 진정 이 길 밖에 없나이까? 도리 없이 이렇게 죽어야 한다는 말씀이십니까?”

어떻게 알았는지 수제이를 잡아가기로 약조된 며칠 전부터 그는 피눈물을 흘리며 기도하고 있었다. 처음 기도 소리를 들었을 때는 얼핏 과연 만사를 꿰뚫어 보는 구나 감탄을 했었다. 그런데 기도 내용이 이상했다. 두려움을 내색하지는 않았지만 수제이는 살 수 있는 길이 없겠느냐 사정을 하

고 있었다. 죽음을 무서워하고 있는 게 틀림없었다.

“무어라 말인가?! 부활이니 생명이니 하던 말들이 다 허구였더란 말인가? 아니, 그 보다도 그가 잡힌다면 빠져 나오지 못하고 죽어야 한다는 말이 아닌가?”

그가 죽는다니…, 아니 될 일이었다. 그가 죽는다면 과연 누가 이 혼란한 세상을 구원한다는 말인가? 뒤늦은 후회를 했지만 다시 돌려놓을 수 있는 방법을 찾을 수가 없었다. 죄책감을 덜하고 얼마간이라도 그를 피신시켜 보려 마리아를 찾아 갔다. 마도의 눈물 섞인 후회를 들으며 아들이 있는 곳을 알게 된 마리아는 그것이 마치 하나님이 자신을 어여삐 여겨 내린 축복의 기회라는 생각마저 들어 단걸음에 병졸들에게 수제이 있는 곳을 알려 주었다.

그를 따르는 제자들에게 아버지 닥터 드롤이 부르면 언제고 돌아가야 한다고 말은 해 오고 있었지만 아직은 할일이 남아 좀 더 블루마블에 있어야 할 것 같은데… 하기야 네배흐에도 매우 위중한 일이 있다니 언젠가는 가 봐야 하는 일, 수제이는 결심을 해야 했다.

‘그래, 가자, 그리고 다시 오자. 갔다가 다시 오면 인간들의 믿음을 더욱 돈독하게 할 수 있을게다.’

그래도 아쉬움은 있었다. 마도의 배신이야 얄팍한 생각에 저지른 것이라 별다른 안타까움이 없었지만, 결코 죽이지 않고 감옥에 구금하여 두겠노라는 병사의 말을 철석같이 믿고 비록 감옥 생활이더라도 아들을 조금 더 자주 가까이 두고 보고자 밀고할 수밖에 없었던 어머니 마리아의 심정을 알기에 덧없이 죽어 가는 게 자식 도리를 제대로 하지 못하고 떠나는 것 같아서 마음이 아팠다.

"믿기 어려울는지 모르겠지만 재미있는 얘기가 있어."

배우는 마치 무슨 비밀스런 얘기라도 꺼내 들려줄 것처럼 관객들의 주의를 모으기 시작했다.

"예수와 막달레나 그리고 예수의 자손에 관한 것인데, 항간에서는 막달레나와 예수 사이에 자식이 있었다는 얘기가 떠돌고 있는데 그건 아직 어느 누구도 밝혀 내지 못한 채 사실이라고 하는 측이든 아니라는 측이든 그저 추측할 뿐인 게 사실이잖아?! 한데 생명공학을 연구하고 있는 의사의 입장에서 내가 말하고 싶은 것은 마리아라는 인간의 몸을 빌려 태어났다지만 닥터 드롤이 네배흐의 자체분열 증식으로 만들었고 남녀 간의 교접이 없이 순수 처녀의 몸을 통해 성령으로 태생되었다는 존재가 예수라는 것을 먼저 인지하자는 것이야. 다시 말해서 인간들의 증식 방식인 이체 생식으로 태어난 것이 아닌데다가 남녀교접이 없이 된 것이니 과연 예수에게 생식 능력이 있었겠느냐 하는 의문이 든다는 것이지. 비유가 좀 뭣하지만 노새 같지 않았을까 하 생각이 든다는 것이야. 이런 나의 추측을 그렇다고 가정하면 예수의 후손이 있다고 주장하는 이들은 막달레나와 예수 사이에 성관계가 있었던지 없었던지는 차치하더라도 막달레나는 예수하고만 사귄 것이 아니었을 것이라는 것, 그래서 있다 하더라도 그인지 또는 그녀인지 모르겠지만 그가 예수의 혈통을 이어받은 후손일 수는 없다는 것이야. 그것이 아니라면 마리아가 성령으로 잉태하였다는 것이 피지컬한 부분이 아닌 혼령적인 것이었을 것이라는 것 즉 그자가 요셉이든 다른 누구이든 마리아가 남성과 통정을 하여 임신이 되는 시간에 닥터 드롤이 보낸 혼령이 마리아 몸에 들어와 혼령이 맺히게 되어 그것을 두고 성령 잉태라 일컫고 있는 것, 이 두 가지 중 하나를 인지해야 한다는 것이지. 전자는 막달레나가 예수와 잠자리는 여러 차례 함께 하였지만 우선은 예수가 남녀가 관계하는 것에 전혀 관심이 없었고 또한 그가 남녀가 어떻게 관계를 하는 것인지를 몰라서 되지 못했다는 설이 있는 것을 보아도 후자에 비해 좀 더 믿음이 가는 것이 아닐까 해. 그런 얘기 외에도 초기 종교가들이 예수를 인간들과 구별하여 신격화 하는 과정에서 성령 잉태라는 말이 나온 것일 뿐 예수는 평범한 가정에서 태어난 순수 인간이라는 설도 있는 것이기에 어떠했다고 단정하기에는 불확실한 점이 너무 많아. 종교인은 그네들 성서의 가르침대로 믿고 따르고 그렇지 않은 사람들은 그저 호기심을 갖는 것으로 지나야 하는 얘기인 것 같아. 나도 그저 생명공학자의 입장에서 생각해 보는 것뿐이니까. 그래도 나는 예수가 우리 인간과는 다른 혼령을 가졌었다는 것과 그 혼령을 생성, 관리하는 절대자와 그런 곳이 있다는 것은 확신해."

병사 제이슨

어느덧 연극의 무대는 중반을 달리고 있었고 대하극들 대부분이 그렇듯 어느 정도 지루한 느낌이 없잖아 들기 시작했다. 이런 지루함을 깨뜨리려고 으레 하는 것 같이 극은 이제 전쟁놀이를 끌어들이고 있었다.

여기저기 매일같이 자살폭탄 테러가 일어나는 중동에서는 종교 분쟁이 끊이지 않고 있었다. 많은 나라들이 그런 분쟁을 지켜보며 동맹을 맺어 무기를 팔려고 혈안이 되거나 도움을 준다는 빌미로 맞대고 공격하여 유전을 빼앗으려 혈안이 되고 있었다. 종교계도 예외일 수가 없었다. 구국이니 범세계 평화를 기원하며 기도를 하고 있었으며 종파마다 제 세력을 넓히려고 안달을 치는가 하면 제 영역으로 들어오려는 다른 종파를 찾아내어 죽여 버렸다. 밀고 밀리는 다툼이 몇 세기를 지나면서까지 계속되어 오고 있었지만 바뀐 것이라고는 인간들이 만든 달력의 날짜뿐 어느 것 하나 크게 달라진 게 없었다. 달리 커졌거나 줄어들지 않는 기대와 환상도 그대로인 채 내일을 미래를 내세를 바라고 기대하고 있을 뿐이었다.

나자르(Nahjar) 전투는 도심에서 멀리 떨어진 외곽지역 전투였지만 그네들의 정신적 지주인 테마홈(Temahom)의 본

거지라서 그런지 매우 치열했다. 미국군은 그 전투에서 승리하여 나자르 시가지를 점거할 수 있었다. 하지만 처음의 계획으로나 예상 밖의 엄청난 숫자의 희생을 당한 것으로 볼 때는 사실상 패전이었다.

심한 부상으로 병원으로 송치되고도 의식불명 상태가 되어 3주 만에 숨이 끊어져서 평소 그의 바람대로 장기 기증을 위해 수술대에 올려 졌다가 기적같이 다시 살아났던 무전병 제이슨 일병은 의식을 회복하면서부터 이상한 말을 하기 시작했다. 그는 자기가 네배흐 월드를 대표하는 사자이며 이 무익한 전쟁을 막기 위해 이 땅에 왔노라 떠들기 시작했다. 모두들 죽었다가 다시 살아나 머리에 손상이 생긴 것이라 여겨 뇌파 촬영을 하고 정신분석을 해보았지만 의학적으로는 문제점이 발견되거나 잡혀 지지 않았다. 의학적으로 원인이 규명되어 지지 않고 본인 자신도 자기가 멀쩡하다고 하여 결국 숨이 멈췄던 동안 뇌에 산소 공급이 부족하여 그 후유증으로 뇌에 이상이 생긴 것이거나 극심한 전쟁 공포로 오는 일시적인 착란 증세라고 결론을 내리고 계속 살펴보기로 했다.

그런 그가 병실을 함께 쓰고 있는 동료 병사들이나 그네들이 포로로 붙잡아 치료하고 있는 카리국의 부상당한 병사들이 뭐라고 하든 아랑곳없이 그는 매일같이 쉬지 않고 무언가를 중얼거리고 있었다.

"두 하늘이 있는 게야. 네배흐와 르레라는 것들이지."

"닥터 드롤과 노메드라는 두 신이 있지만 창조주는 닥터 드롤 혼자인 거야."

"인간은 이 땅에서나 죽어서나 나름대로의 창조주의 쓰임에 맞춰 지어진 게야."

언제는 자신이 재림한 예수라더니… 머리가 함몰되고 다리가 절단되는 부상을 당하여 병원으로 이송되어 온지 두 달이 지나면서 제이슨 일병은 겉보기엔 멀쩡해지는 듯해 보였지만 생각이나 말하는 것은 아직도 얽히고설킨 채 들쑥날쑥하여 그때마다 달랐고 그와 잠시라도 대화를 나눠본 사람이면 누구나 그가 정상적인 사고를 갖고 있지 못하다는 것을 알 수 있었다.

하루 온종일 밑도 끝도 없이 중얼거리는 제이슨 일병의 얘기에 처음으로 관심을 갖기 시작한 것은 그처럼 부상당한 같은 병실의 병사들이었다. 부상 환자들은 상처의 통증과 병실에 누워만 있는 무료함을 잊을 수 있기 위해 서로간 잡담을 하거나 TV를 보곤 하는데 이런 것들조차 시큰둥해지자 노느니 염불이라고 흘리듯 듣기 시작한 것이 신기함과 재미가 차츰 그들의 주위를 끌게 되었던 것이다. 입소문이 퍼지면서 제이슨의 얘기를 듣고자 이웃 병동 환자들의 원정이 생기고 급기야 전장 뉴스를 전하는 ABC 방송에서까지 제이슨 일병의 이야기를 화젯거리로 전파를 태우게 되었다.

'부상 병사가 들려주는 천국의 전설'

그저 귓전을 소란하게 하는 잉잉거리는 모기소리 정도로 흘려듣던 미국 병사들과 부상을 입고 포로로 잡힌 적 병사들이 그의 말을 귀담아 듣기 시작하며 그의 눈치를 살피기 시작했다. 그도 그럴 것이, 성탄절에 들뜬 기분으로 뉴스를 보다가 한 치의 오차도 없이 LA의 비이콘 에브뉴 바로 그곳에서 제이슨이 중얼거리듯 말했던 음주 운전자에 의한 일가족 참사 사고가 났다는 보도를 접하게 되었으니 말이었다.

“당신은 자기가 신의 아들이자 곧 신 그 자체라 주장하지만 우리 눈에는 그저 평범한 부상당한 한 병사일 뿐이니 당신이 신의 아들이라는 것을 증명해 보여 보시오.”

“외형은 한스 박사 당신 말대로 틀림없는 제이슨이지요. 그의 혼이 나가 버린 빈자리에 나, 수제이가 바뀌져서 들어온 것입니다.”

그는 자신을 수제이라고 했다. 전상을 입은 병사가 죽어서 그 혼령은 창조자인 닥터 드롤이 네배흐, 인간들이 천국이라 일컫는 곳으로 가져가고 자신이 그 병사의 몸을 빌려 재림한 수제이라는 주장이었다. 그는 또 그렇게 병사의 몸을 빌리게 된 것은 실수에 의한 것이라고도 했다. 본시 그는 평범한 한 동방인 신생아의 몸으로 오기로 되어 있었는데, 그 동방인의 부모가 아이의 생일이 할로윈 데이와 겹치는 것을 꺼려 출산 지연제를 산모에게 주사하게 하여 아이의 탄생을 늦추고 있는 사이에 그런 사연을 모르는 자신이 공교롭게도 예정된 시각에 같은 병원 수술실에서 장기 기증을 위해 수술대에 있던 사망 병사, 제이슨을 사칫 살아 있는 것으로 착각하여 그의 몸으로 들어오게 되었다는 것이었다.

"근자에 와서 인간들이 창조자의 창조 의도와는 너무 어긋나게 살려 하는 것 같아요. 만들어진 그대로에 창조자가 바라고 심겨진 뜻이 있는데 얼굴이니 몸이니 뜯어 고쳐서 모두가 똑 같아지고 심지어 태어나는 시간까지 바꾸며 운명적 팔자를 고치려 들고 있으니 내가 혼동을 하지 않을 수가 있었겠어요?"

하지만 수제이는 자기가 누구의 몸을 빌려 왔든지 그는 그가 할 일만 잘 수행하면 그뿐이라고 했다. 문제는 제이슨의 혼이 빠져 나갔다지만 잠재의식 속에 남아 있는 제이슨의 잔여 기억이라 했다. 제이슨이 이미 주관이 확립된 20세가 넘는 성인으로 인간 삶에 있어 갖가지 많은 경험을 다 해본 병사였던지라 비록 사망했고, 그 혼령은 빠져나갔다지만 그의 자아가 잠재 뇌리에 남아 있을 거라 했다. 흐릿해진 채 왕성한 활동을 하지는 않고 있지만, 수 십 년 묵은 선과 악이 그의 뇌리에 혼재되어 있다는 말이었다. 수제이는 또 그렇게 선악의 혼재가 잔여되어 있는 제이슨의 몸이라, 과연 철저한 선을 추구하는 신인 닥터 드롤의 바람을 그가 제대로 수행할 수 있을까 의문스럽다고도 하는 것이었다.

그는 창조주의 분신인 그가 블루마블에 와서 자신을 만인 앞에 드러내는 것은 인간들이 너무나 많은 부분에 있어 창조주와 자신의 전신이었던 예수에 관해 잘못 알고 있거나 오해하는 까닭이라고 했다. 선과 악의 개념, 자연 원리와 속성, 종교 그리고 인간 기원 등이 특히 잘못된 오류라고 그는 지적했고 여러 사람들 앞에서 속절없이 그저 중얼중얼거리는 것과는 달리 한스 박사와 둘이서만 마주 앉았을 때는 한 가지 한 가지 마치 아라비안나이트의 천일야화를 들려주듯 차근차근 얘기하는 것이었다. 한스 박사는 자신이 관심을 가지고 제이슨 일병으로부터 듣거나 알고자 하는 것은 그런 사회학적 개념의 것들이 아닌 생명창조에 관한 것들이었지만 언젠가는 그의 입을 통해 그가 궁금해하는 얘기들도 들을 수 있으리라 확신하며 인내심을 가지고 매일같이 그와의 대화를 이어 갔다.

그와의 대화가 마침내 생명창조에 관한 것으로 이어지게 된 것은 병원 내 제이슨 일병의 침대와 나란히 있는 다른 전상 병사의 가족에 대한 갑작스런 참변 소식이 계기가 되었다. 어느 우울증 환자에 의한 방화 사고로 부모님이 손을 쓸 겨를도 없이 사망했다는 사연이었다.

"정말 착하고 좋으신 분들인데 도저히 믿기지도 이해할 수도 없어요. 죽을 각오로 포탄이 비 오듯 쏟아지는 전장에 나와 있는 나는 겨우 옆구리를 관통하는 총상만 입고 이렇게 멀쩡하게 살아 있는데 이제까지 살아오면서 잘못이라고는 작은 개미 한 마리 죽이지 않으셨던 분들인데 어떻게 화재에 목숨을 잃어야 하냐 말이지요. 그것도 그 방화범은 손끝 하나 다치지 않은 채 말짱한데, 너무 불공평하지 않아요? 하나님이 너무 가혹한 거 아니에요?"

순간 휠체어에 앉은 채 그 병사의 손을 잡고 위로의 말을 건네고 있던 제이슨(수제이의 인간 이름) 일병의 입에서 이상한 소리가 흘러 나왔다. 도저히 사람의 목에서 나는 소리라고는 생각할 수 없는 현악기의 매우 높은 음이 돌풍 소리에 섞여 나는 것 같은 소리였다. 너무나 높아 귀청이 아플 정도였지만 그리 듣기 거북한 것은 아니었다. 하지만 그 병사를 포함하여 병상 주변에 모여 있던 사람들은 깜짝 놀라지 않을 수가 없었다. 한 20초 정도나 되었을까? 간질환자가 발작이 나면 정신을 잃고 온몸이 마비되어 아무 곳에나 쓰러져 심한 경련을 일으키지만 정작 본인은 그 발작을 옆에서 본 사람이 얘기해 주지 않으면 전혀 모르듯이 그렇게 이상한 소리를 내던 제이슨 일병은 마치 아무 일도 없었던 듯 나시 예의 그 중얼거리는 어투로 돌아왔고 계속 그 병사를 위로하는 것이었다. 모두들 그가 자신이 조금 전 요상한 소리를 지른 것을 알지 못하는 것인지 그저 모른 척 하는 것인지 의아해 하긴 했지만 잠시 뿐, 그가 정신 이상자라는 것을 생각해 내고는 이내 잊어 버렸다.

한스 박사의 머리를 때리는 것이 있었다. 방금 전 제이슨 일병이 지르듯이 내었던 그 소리가 수개월 전에 정신병자들과 코마에서 회복되었던 환자들의 중얼거리는 말의 주파수를 기계음으로 바꿔 실험했을 때 얻었던 소리와 흡사하다는 생각이었다. 그의 말대로 제이슨 일병이 창조자의 세계, 아니, 적어도 인간을 만든 그 어떤 존재와 무슨 형태로든 교감이 되는 것이 확실할 것이라는 생각이 들었다.

제이슨은 자기는 예시하거나 혼령의 세계를 볼 수 있는 능력이 있는 게 아니라고 했다. 단지 자기가 나름대로 닥터 드롤이라는 창조주에 관해서 말하는 것이나 천국이니 지옥이니 하며, 선악을 얘기할 수 있는 것은 카리전에서 부상으로 의식을 잃고 코마 상태에 빠져 있었던 3주간 동안이었던지 아니면 전생에서였는지는 알 수 없으나 그리고 그리 또렷한 기억도 아니지만 어디선가 분명히 환상 같은 것을 본 것 같고 누군가에게서 들은 것 같이 자기 머릿속에 남아 있거나 기억이 되살아나는 것 같이 생각이 나는 것들이 있을 뿐이라 하였다.

그는 인간을 창조하였고 그 인간의 생사여탈을 쥐고 있어 무소불위의 질내권사라고 일컬어질 수 있는 신은 확실히 존재한다고 했다. 그는 그 존재를 자기가 코마 상태에 빠져 있은 그 시간에 만났다고 했다. 하지만 인간들이 신이라 일컫는 그 존재는 결코 인간의 바람처럼 인간에게 절대 사랑을 주며 기도하고 구하면 원하는 모든 것을 다 주고 이뤄 주는 그런 일방적 자비를 베푸는 것은 결코 아니라고 했다. 오히려 철두철미한 자기 본위적의 존재로 자신의 필요에 의해서 베풀거나 품다가 그의 세계의 또 다른 필요에 따라 아무런 망설임 없이 인간의 생명을 거두어 그 영혼을 데려 간다는 것이었다.

제이슨은의 중얼거림은 혼자 있을 때나 듣는 이가 아무런 관심을 표명하지 않아도 끊임이 없었지만 한스 박사 앞에서는 유독 말이 많고 길어졌다.

"한스 박사, 생이 여러 번이면 좋겠다는 생각이 들어요. 어떻게 살아야 하는지를 제대로 알지 못하고 이렇게 저렇게 살고 싶어서 작정을 하고 계획을 하여 그것을 쫓아 가보지만 그것마저 여의치 않아 흐지부지해진 채 그럭저럭 살아가는 삶이 너무 아쉬워서 말이에요."

"이제까지 살아 온 당신의 삶을 돌이켜 보고 당신의 희망이 무언지를 확인하여서 반성할 건 반성하여 고치고 바라는 것을 계획하여 지금부터라도 다시 사는 마음으로 새로운 삶을 살아가도록 하면 되지 않을까요?!"

"아무리 새롭게 다시 작정을 한대도 이제까지 나의 삶을 이끌어 온 지워버릴 수 없는 과거로부터 풀려나 100% 자유로울 수 없는 것이니 현생에서는 새로운 각오로 다시 출발을 한다고 해서 그것이 새로운 생이 되는 것이라 할 수 없어요."

"과거에 살았던 것과는 다른 생을 살고 싶다는 것이 당신의 바람이라면 지난 삶에 대한 기억이 남아 있어서 그것과 비교하여 다르게 살아야 하는 것이잖아요? 모든 자연만물은 윤회하고 순환하게 되어 있어 비록 그것이 인간이면 인간 또는 다른 어떤, 전생과 같은 조물은 아니라 할지라도 거듭되는 생을 가지게 되어 있답니다. 그렇지만 창조의 섭리는 그런 생들을 거듭하는 동안 진화하고 그 진화하는 것들에 적응하도록 전생에 대한 기억이나 흔적이 현생과는 전혀 무관하게 조물 되지요. 전생에 대해서는 아무 것도 알거나 기억할 수 없다는 것입니다. 그러니까 지난 삶이 싫어서 또는 다르게 살고 싶어서 새로운 생을 기대할 수는 없는 것이지요. 같은 생인데 새로운 마음으로 거듭나서 다르게 살아가겠다면 모를까."

"이 삶이 자신의 의지와는 전혀 상관없이 태어나고 나는 의도하지 않았지만 평생을 레그나 숙주로 살다가 죽음조차 나의 바람은 아랑곳없이 받아들여야 하도록 정해진 운명인데 과거를 돌이켜 새로운 마음으로 살아가고자 한다고 해서 그게 뜻대로 될 수도 없다는데 무엇 때문에 헛된 노력을 해요?"

한스 박사가 답답한 심정에 열을 올려 한참을 설명하는 동안에도 이해가 되지 않는다는 듯이 잔뜩 찌푸린 얼굴로 불쑥불쑥 어깃장을 놓거나 생뚱맞은 몇 마디를 던질 뿐이었던 제이슨이 한스 박사 앞으로 다가 앉으며 입을 열었다.

"블루마블의 탄생이나 인간의 창조가 그들의 의지나 소원에 의해 이뤄진 것이 아니라고들 하는데 그것이 창조론으로 얘기를 하자면 맞는 말이라 할 수도 있겠지만 진화론을 주장하며 자연 발생적인 조물의 기원으로 논한다면 다시금 생각해 보아야 하는 게 아닐까 합니다. 무수한 원소 가운데 유독 인간이 될 수 있었던 알갱이가 따로 있었다거나 어떤 알갱이가 가려지고 선택되어져서 생명체가 된 것이라면 이는 자연 발생이나 진화 원리로 고집하기 보다는 창조론에 휩싸이고 말게 된다는 것은 이해를 하리라 믿습니다. 그와는 달리 무수한 미립자 가운데 부정의 어느 하나가 진화하여 생명체가 형성되어진 것이라면 비록 그것이 아무런 감각 기능이 없었다고 하여도, 무수한 정자들 가운데 포란을 해 내는 것은 강하게 저를 밀어 붙이는 놈 하나뿐인 것처럼, 보이지 않는 의지가 아주 강하게 관계했음을 부정할 수 없는 것 아니겠습니까? 진화된 생명체는 자신의 의지에 의해 태어나는 것이지요. 하지만 당신 말대로 아무리 당신이 발버둥을 치며 새롭게 살아가려 해도 당신 뜻대로 되고 바뀌지는 건 아무 것도 없을지 몰라요. 그래도 한 가지, 당신에게는 당신이 원하는 대로 마음대로 바꾸고 고칠 수 있지만 창조주나 그 어느 누구도 당신을 거역하여 제 마음대로 할 수 없는 것이 있어요. 당신의 가슴이지요. 흔히들 내가 아닌 다른 사람이나 외부의 조건들이 가슴을 아프게 하거나 들뜨게 한다지만 사실 느껴서 앓거나 끓이고 들뜨게 되는 주체는 나 자신이잖아요?! 이제까지 보아왔던 세상에 대한 시각을 바꾸어 새로운 마음의 눈을 뜬다면 자신이 바뀌지고 보는 눈이 달라졌으니 세상 또한 달라 보일 테니 이것이 곧 새로운 생이 아니고 무엇이겠어요?!"

드롤의 속내

“닥터 드롤은 말합니다. 인간들은 자신들이 지은 원죄를 인정하여 회개하고 기도하며 선을 추구해야 혼령 숙주의 역할을 끝내고 죽으면 그 혼이 네배흐로 와서 레그나가 되어 영생을 누린다고. 그런데 그 말은 듣지 않고 신이 있니 없니 하며 창조의 비밀을 캔다, 생명을 제 손으로 만들겠다고 설치고 있다고. 마차를 타고 다니는 정도의 문명을 개발하는 것으로 그치면 좋았을 것을 문명을 더 발전시키느라 쏟아 내는 찌꺼기와 개발로 인해 자연을 피폐시킬 뿐 아니라 대기가 오염되고 블루마블이 자꾸 온난화되어 가고 있다고 합니다. 또한 우주계를 조사한다, 태양계 바깥에 혹시 있을지 모르는 유사 태양계를 탐사한다 하며 처음 인간을 만들 때의 닥터 드롤의 의도와는 크게 어긋나고 있다고. 이런 상황이라면 더 이상 골머리 썩혀 가며 블루마블을 지탱해야할 필요를 느끼지 못한다고요. 나, 수제이가 말했습니다. 하지만 블루마블이 오염되는 것이 문제지 온난화 되는 것은 우리 레그나에게는 오히려 고무적인 것이지 않느냐 하고요. 닥터 드롤은 나를 비웃었습니다. 블루미블이 점차 따뜻해지면 이상 기온으로 수륙이 바뀌고 기상이 바뀔 것이라 더 큰 문제가 생길 것이라고요.”

“수제이는 모릅니다. 블루마블이 처음 만들어졌을 때에는 물에 둘러싸인 큰 알과 같이 되어 있었고 인간들도 물고기처럼 헤엄치며 물속에서 살았는데 여러 차례의 대규모 지각변동과 기후 변화로 인해 바뀌져서 지금같이 된 것이라서 그것이 초기 상태로 다시 돌아가게 되는데 왜 큰 문제라고 하는지를 말입니다.”

수제이는 정말 닥터 드롤이 걱정하는 것을 이해하지 못하는 것 같이 연신 고개를 갸웃거리며 말했다. 하지만 한스 박사는 닥터 드롤의 마음을 조금은 이해할 수 있을 것 같았다. 간단한 미생물 유전자 하나를 바꾸는데도 엄청난 시간과 노력이 드는데 육생 숙주에 맞춰진 혼령을 수생에 맞춰지게 하려면 얼마나 많은 변화가 요구되고 문제가 있겠는가 생각만 해도 아찔했다. 그러니까 닥터 드롤로서는 오염되는 블루마블과 뻗대는 인간들에 골머리가 아프지만 아직은 인간을 버려 블루마블을 포기하고 다른 곳을 찾아 내지 않는 한 다른 대안이 없으니 블루마블을 지켜야 하는 것이지 않느냐고 한스 박사가 물었다.

“무슨 답을 기대하십니까? 신의 블루마블 구원? 글쎄요?! 구원한다 하기보다는 그에게는 필요한 인간이기에 살아남기기 위해 악전고투하겠지요. 그런데 인간이 인간을 만들려고 하니 닥터 드롤이 과연 좋아라 환영할까요?”

“물론 싫어하겠지요. 그런데 도울 수도 있다는 것은 무슨 말입니까?”

“순수한 선의 혼령을 만들자는 것이지요. 결코 악에 물들지 않는, 그래서 악에게는 전혀 소용이 닿지 않는….”

워낙 방대하게 펼쳐지는 무대라 준비하고 정리하는 것을 도맡아야 하는 스텝들은 여간 고역이 아니었다. 현실과 꿈, 사이버, 책, 영상 등 가상의 세계 그리고 진화나 창조의 원천이라는 전혀 생소한 태계의 가려졌던 얘기들을 끄집어내고 만들고 짜서 맞춰주어야 했다. 변수도 많고 난관에 부딪히고 시행착오를 수도 없이 겪는 것이라 비명이 새어나오고 여기저기 신음소리가 나는 것이었지만 연극은 끊임없이 수행되어야 했고 하루하루를 연명하듯 진행시키고 있었다.

“인간을 만드는 연구를 계속하되 혼령은 신에게서 공급받게 하고 그것보다 블루마블 오염이 인간의 앞날에 무서운 사태를 초래케 되는 것이니 그것을 막는데 더 신경을 쓰게 하라.”

수제이는 닥터 드롤이 그에게 준 본연의 임무를 잘 수행하고 있었다. 그러나 자신이, 신의 사자이자 아들이며 곧 신이라던 예수가 제 몸을 통해 재림하여 현신한 것이라고 말하고 있는 수제이 자신도 닥터 드롤의 심중 깊숙이 숨겨진 저의는 미처 알지 못했다. 또한 그의 몸에는 병사 제이슨이 갓난아기로 태어 날 때부터 그의 몸에 들어 앉아 그와 함께 성장해 오던 선악이 혼재된 끼가 있어 노메드가 마음만 먹으면 언제고 악령을 움직여 닥터 드롤의 획책을 수제이에게 알려 줄 수 있다는 것도 수제이는 물론 알지 못했다.

‘홍익인간이라!’ 한스 박사는 고개를 저었다. 그럴 수가 없다고 생각했다. 세상의 모든 게 음양의 법칙 아래 만들어 지고 운행되고 있는데…. 절대 순수한 선만을 아는 인간을 만든다?!

만들어 내는 것이야 어쩜 가능할는지 모르겠지만 모두가 어우러져 함께 살아가는 이 세상에 이미 선악이 혼재하고 있는 이 세상에 그네들이 적응하고 어울려 살 수 있을까 생각하니 의문이 드는 것이었다. 아무래도 물 위에 기름 돌듯이 어울리지 못하고 떠돌다가 결국 따돌리어 왕따를 당할 것이 분명했다. 악이라고는 모르는 순수 선의 인간을 만들어 세상을 태초 낙원인 에덴동산으로 가꿔 보자는 꿈이야 너무 멋지고 아름답고 그래서 꼭 이루고 싶은 것이지만 그건 꿈일 뿐 현실은 그렇게 될 수가 없을 것이라는 생각이 뇌리를 채웠다. 그런데 왜 닥터 드롤은 선만을 갖는 인간을 구하는 것인가? 그가 이 우주 만물의 생성 원리나 그 습성을 모르는 것이 아닐 진데…. '뭔가 다른 속이 있는 게 틀림없어. 그게 무엇일까?' 의문을 떨칠 수가 없었다. '내가 독자적으로 인간 혼령을 개발하려는 것이 창조주의 입장에서 보면 엄청난 도전일 텐데 나를 돕는 까닭이 무엇일까? 무언가 나를 도와주는 피치 못할 사연이 있을 거야. 그건 또 무엇일까?' 의문은 꼬리에 꼬리를 물게 되어 있는 것일까, 이런 저런 의심스러운 게 한두 가지가 아니란 것을 생각하고는 정신 바짝 차리고 조심해야겠다고 속을 다잡는 한스 박사였다.

제이슨 일병은 인간이 신이 정해 준 그들의 한계를 넘어서고 있다고 중얼대며 재앙이 닥칠 것이라고 경고하고 있는 가운데 한스 박사는 인간의 수명과 건강을 인간 스스로 조절하기 위해서 모체를 통한 출생이나 복제가 아닌 분리 독립된 생명창조를 연구하는 것이 계속되어야 하며 조만간 그 결실을 볼 수 있다고 천명하고 있었다.

혼령의 팁(TIP)

한스 박사가 제이슨 일병에게 관심을 가지게 된 것은 모두들 그가 미쳤다고 생각하기 때문이었다. 전상병들의 치료, 특히 세계 최초이자 유일한 배아 줄기 관련 의학 특허 소유자인 한스 박사는 끊임없는 전투로 신체나 장기가 빈번히 훼손되는 카리에 왔다. 절단된 수족이나 파열된 장기에 활성세포를 이식하여 증식판에 복제 촉매를 주입하여 단시간 안에 완치시키는 의료 방법을 부상병들에게 적용 치료하는 것을 지원하기 위해서였다. 한스 박사가 카리에 처음 도착했을 때까지만 해도 한쪽 다리가 잘린 부상병으로 침대나 휠체어에 앉아 온 종일 무슨 뜻인지도 알아들을 수 없는 말을, 그도 제대로 한 마디 말을 마치고 다른 말을 하는 것이 아니라 중언부언하듯이 이말 하는가 싶으면 어느새 다른 말을 하고 있는 그에게 부상 환자라는 것 외의 관심을 둘 만큼 한스 박사는 시간적으로나 정신적으로 한가롭지가 않았다.

제이슨 일병은 다른 사람들이 미친 것이라고 얘기하듯이, 자신을 두고 천지만물을 만든 창조자의 사자이라거나 선과 악은 양자 모두 나름의 가치가 있고 어느 곳에나 혼재되는 것이라 어느 한 쪽을 부정하는 것은 오류라고 말하는 것, 종교니 원죄니 하는 것은 신의 얘기가 아니라 인간들이 신의 이름을 빌미로 만든 것이라는 둥 대다수의 사람들이 갖는 일반적 사고 범주를 벗어나 있는 것은 확실했다. 한스 박사가 그의 연구를 위해 많은 사람들, 일반적 평가로 미쳤다고 하는 사람들을 만나 보았었지만 제이슨 일병처럼 구체적으로 신의 세상, 창조, 종교, 원죄 등을 들먹이던 사람은 없었던 것을 기억하고는 한스 박사는 그와 좀 더 가까이 지내면서 그를 살펴보아야겠다는 생각이 들기 시작하던 차에 간호사가 제이슨이 전하더라는 쪽지를 받은 것이었다.

"한스 박사와 따로 만나 생명창조에 관해 좀 더 깊숙한 의견을 나누고자 합니다."

기막힌 생각의 일치였다. 텔레파시가 인간이 인간을 만든 창조 권역과 통할 수 있는 유일한 혼령적 교류 채널이라고 믿고 그것을 증명해 보이고자 연구 노력하고 있는 한스 박사로서는 제이슨 일병과의 이런 생각의 일치가 여간 고무적인 것이 아니었다. 그렇게 시작된 제이슨 일병, 아니 수제이와(그는 자신을 재림한 예수라 주장하며 수제이가 자신의 이름이라 하며 그리 불리기를 고집하였다.)의 대화는 화급을 다투어야 하는 부상병을 치료하는 게 주 업무인 한스 박사의 일과를 바꿔 놓을 만큼이나 계속되었고 한번 시작했다 하면 어떨 땐 하루를 꼬박 날밤을 셀 정도로 아주 오래 동안 지속되었다. 한스 박사는 집요할 만큼이나 인간 생명 창조의 의학적 데이터를 구하는 것에 대화의 중점을 두려 하는 반면 창조자의 천지만물을 만든 오묘함과 무한 권력에 관해 설파하려 하는 쪽은 수제이의 몫이었다.

코마 상태에 빠져 있던 시간이 길어서인지 말에 두서가 없고 횡설수설하지만 제이슨 일병은 빠르게 회복되고 있었다. 하지만 그는 자기가 재림한 예수라고 주장하며 끊임없이 무언가를 중얼거리는 자기 도착적 정신 장애를 앓고 있었다. 그가 그의 말대로 재림한 예수라면 그는 이제까지 일반적으로 알려져 있던 그런 예수가 아니었다. 그는 다분히 도발적이었고 비판적이었다. 자신은 선과 악을 구별하여 인간이나 세상을 구원하거나 징벌하고 어느 한 쪽에 손을 들어 주기 위해 온 것이 아니라고 했다. 모든 천지만물은 음양의 원리에 입각하여 구조되어 있기에 기쁨과 슬픔, 내면과 외면, 강한 것과 약한 것, 밝음과 어두움 그리고 높고 낮음 등 서로 확연히 달라서 상충되거나 서로 간에 파괴시킬 것 같은 것들이 오히려 어우러져 조화를 이루며 공존하게 되어 있기 때문에 선이나 악도 마찬가지로 공존하는 필요성이 있는 것이라고 했다. 또 눈앞의 전쟁도 서로 제 것이나 주장을 내세우는 적대의 발로라 싶지만 자세히 살피면 같아지자고 또 하나가 되자고 하는 것으로 음양이 어그러진 탓이라 했다. 그는 그가 이 땅에 재림한 이유를 인간의 신에 대한 도전의 어리석음을 깨우쳐 주기 위한 것이라 했다.

병원 안의 많은 환자나 의료진들은 그를 '수제이'라고 부르며 그의 말에 호기심을 가지고 귀를 기울이게 되었다. 그러나 그의 말을 진심으로 믿는 것 같지는 않았고 그저 부상의 아픔을 견디며 보내야 하는 시간의 무료함을 달래는 방편으로 그의 얘기에 모여드는 것뿐이었다.

한스 박사는 심한 전상으로 죽었다가 깨어나서 몇 가지 꿈같은 또 예언 같은 말을 했다는 제이슨의 횡설수설하는 말을 다 믿는 것은 아닐지라도 인간이 어떤 자에 의해 어떤 소용이 있어 만들어지고 그에 의해 조정되는 것이 아닌가 하는 생각은 할 수 있을 것 같았다. 아니, 생각해야만 하는 것일 것 같았다.

"갑작스런 죽음이나 오랜 병마에 시달리는 불행이 당사자가 죄를 많이 지은데 대한 벌이거나 가족 또는 조상의 죄값을 대신 받은 거라는, 아니면 인류 조상의 원죄에 의한 것이라는 둥 하는 말들은 인간이 창조된 까닭을 생각하고, 사후세계와 혼령의 존재를 인식하면 믿을 근거가 없는 것이야. 물론 너무 악랄한 짓을 많이 저질러 천벌을 받는 경우도 있겠지만. 어쨌든 자연사나 사고사 할 것 없이 우리 인간의 혼령들은 네배흐, 인간들이 흔히들 말하는 천국에서 새로이 영원한 생명인 레그나, 뭐랄까? 하늘의 천사? 그래, 하늘의 천사로 탄생되어지게 돼. 새로 태어날 레그나와 인간 혼령의 형질포자인 DNA가 일치하지 않을 경우나 네배흐에서 꼭 필요한 인간 혼령이 갑자기 부족한 때가 가끔씩 생기거든. 그럴 경우 급히 데려 가는 방법이 인간이 말하는 급작스런 사고로 죽임을 당하는 것이야. 그러기에 믿음 속에선 천국으로 올라갔다느니 영원한 고향인 하나님의 품으로 갔다고 말하게 되는 것이지. 예기치 못한 죽음으로 다시는 인간으로서는 재회할 수 없는 갑작스런 헤어짐은 참기 어려운 슬픔이지만 사랑과 평안으로 영원한 안식을 얻게 되는 네배흐로 일찍 가는 것이니 역설적으로 들릴 수도 있겠지만, 그건 더 큰 축복인 게야."

오랜 시간동안 얘기를 계속하고 있는 탓에 목이 타는지 제이슨은 물 한 컵을 다 비우고서 다시 얘기를 이어갔다.

"자, 생각해 보자고. 영원한 생명의 내세의 낙원, 그래, 그것이 천국이라며? 그곳에서의 영원한 안식을 위하여 이 세상 사는 동안 갖은 어려움을 다 참아 내며 인내하라 가르치고 부추기는 선이란 것, 결국 선의 본 고장인 네배흐의 쓰임과 용도에 맞게 길들여지고 육성되어 지는 것이잖아? 네배흐? 닥티 드를이라는 온 우주 만물을 창조한 신이 있는 세상이지. 그가 당신들에게 혼을 불어 넣고 빼가기도 하지. 그래, 만든 자가 알아서 쓰겠다는데 웬 말이 그리 많으냐고 항의한다면 어쩔 수 없지만 우리 모두가 그렇게나 믿고 의지하는 선의 이면이 나를 위한 것이 아닌 미리 정해진 신의 목적에 의한 것이라는 위선이 있다는 것을 알아야 한다는 말이지."

모두들 그의 말을 한 마디도 놓치지 않으려는 듯 경청을 하고 있었지만 제이슨은 그런 그들의 바람에는 관심이 없이 자신의 얘기를 이어갔다.

"나비가 애벌레에서 번데기가 되었다가 나비로 거듭나기 위해 탈바꿈 하듯이 인간이라는 애벌레가 죽음이라는 번데기 과정을 거쳐 레그나라는 아름다운 나비가 되어 절대적 신이 다스리는 안락의 세상인 네배흐로 날아오르는 것이지."

"제이슨이 마치 선지자 같아."

한 환자가 옆의 동료 환자에게 속삭였지만 동료는 손가

락을 자신의 입에 갖다 대며 조용히 하라는 제스처로 그의 말을 묵살한 채 제이슨에게만 열중하고 있었다.

"닥터 드롤은 인간을 만들며 두 가지를 생각하고 있었지. 인간으로 사는 동안 서로 간 쓰임새 있게 살아가도록 각기 다른 재능을 주는 것과 나중에 네배흐에서의 쓰임에 합당하도록 만들어야 한다는. 본시 인간은 다른 동물이나 생명체같이 옳고 그름을 판별하는 감성이나 이성이 없었어. 그저 욕구되어 지는 대로 구하고 얻었을 뿐이었지. 그래서 보기에 먹음직스러운 선악과를 참아내지 못하고 따먹게 되었던 것이고."

제이슨은 우리가 그 과일을 선악과라 부르지만 실제로 그것은 선악을 구분하는 과일이 아니라 DNA 혼령의 성장을 촉진시키는 것이라고 했다. 그런데 인간들에게 그것은 감성과 이성이 생기게 하여 인간의 뇌리에 잠재되듯 있었던 선과 악이 기지개를 켜고 일어나 나오고 옳고 그름을 판단할 수 있게 되었던 것이라고 했다. 그러니 인간에게 혼령이 스며있는 한에는 인간이 그 혼령의 지혜와 감성, 이성의 영향을 받지 않을 수 없었지만 그것이 혼령의 영향이든 아니든 관계없이 인간이 지혜가 생겨 사려를 분별하고 선과 악을 가려내어 취하는 능력을 갖는 것은 닥터 드롤에게는 그리 탐탁하게 여겨지는 일이 아니었다는 것이었다. 혼령의 숙주로서의 역할을 충실하게 수행시키기 위해서는 그저 닥터 드롤의 계획에 맞게 생활하며 먹고 자고 하면 되는 것이지 이것은 어떻고 저것은 어떻다 하며 자기주장이나 의견을 내기 시작하면 시끄러워지고 숙주로서의 한평생과 그 용도에 혹시 토를 달수도 있어 관리에 어려움이 생길 수도 있는 것이기 때문이라는 것이었다. 이런 관계로 인간은 창조주가 만든 가장 완벽한 창조물이라고 전해져 내려오는 말은 어패가 있다고도 하는 것이었다.

한스 박사는 갑자기 제이슨이 어쩜 스튜어트가 환생한 게 아닌가 하는 생각을 했다. 전생, 내생의 차원이 달라서 기억은 전혀 못하지만, 엉뚱하고 두서없는 것 같이 들리지만 기발한 것이나 다양한 분야에 해박한 그의 얘기들이 스튜이드와 너무 많이 닮은 것 같았다. 그러고 보니 스튜어트에게서 연락이 끊어진지가 두 해를 넘기고 있었다.

“구천의 미아가 되었다더니 이제 영 소멸되어 버린 것인가?”

한 전상 환자가 갑자기 다른 환자들을 밀쳐내며 제이슨 앞으로 나섰다.

“나는 정말 억울해요. 저 욕심 많고 남을 해코지할 생각만 하는 인간들도 사지 멀쩡하니 정상적인 몸으로 태어나서 잘 먹고 잘 사는데 팔다리가 짧고 언청이로 태어나서도 남에게 싫은 소리 한마디 않고 믿음 잘 섬기며 성실히 살아온 내게 또다시 폭격으로 전신이 오그라드는 화상을 입는 불행이 닥쳤어요. 왜죠? 왜, 나만 이리도 모진 불행을 겪어야 하나요?”

“미안해, 너무 괴롭게 해서…. 하지만 이 또한 어쩔 수 없는 닥터 드롤의 계획된 일이지. 특별한 임무를 띄워야 하는 특수 레그나로 탄생시키려고 블루마블의 인간 시절 동안 정말 인간으로서는 극복하기 힘든 좌절, 분노, 아픔, 고뇌를 겪게 하며 연단하는 것이라면 이해가 될까? 인간 삶에서 훌륭한 사람이 되려면 스스로를 극기하며 열심히 단련해야 하는 것과 같은 이치지. 주로 네배흐에서 주요 참모로 쓰일 혼령들에게 그리 혹독한 시련을 겪게 한대. 정말 내가 그렇지 않다고 해서 하는 말이 아니라, 나는 아니까, 그런 축복이 내겐 왜 허락되지 않았나, 불만이지.”

제이슨의 음성은 차분하다 못해 마치 잔잔한 호면같이 부드러웠다.

“힌데 때로는 다터 ㄷ롬의 의도와 전혀 무관하게 변이 생기는 경우도 있어. 아주 드문 일이지만, 노메드와 혼령의 배양이 겹치는 때에는 인간들에게 참을 수 없는 고통이 따르는 불상사가 생기게 되는데, 시간의 착오로 인해 어느 한 숙주의 몸에 라이랩과, 악의 혼령을 라이랩이라고 해, 레그나 혼령의 주입이 동시에 일어나는 경우지. 물론 인간의 몸에는 항시 선과 악 두 가지가 항시 함께 내재되어 있게 마련이지만 선령과 악령 중에 어느 것이 먼저 들어오느냐에 따라 그 숙주의 몸에서 레그나가 우선되느냐, 라이랩이 우선되느냐가 나타나게 되어 흔히들 선자냐 아니면 좀 강하고 독하냐로 불리게 되는 것인데 순간의 선후도 없이 동시에 두 혼령이 한꺼번에 들어오거나 어느 것이든 먼저 들어와 있는 상태로 의식이 또렷해져 있을 때 다른 것이 또 들어오면, 아, 내가 미처 말해 주지 않은 것 같군. 혼령의 주입은 인간 뇌가 의식이 없을 때에 이뤄지는 것이 정상적인 것이야. 그것이 악령이든 선령이든 의식하는 가운데 또 들어오게 되면 두 혼령이 서로 다투게 되어 인간들 간의 교류를 기피하고 저주하게 되면서 엄청난 폭력성을 띄게 되어 수십 수백 명의 목숨을 끊어 버리는 희대의 살인마나 온갖 만행을 저지르는 정신 이상자가 되어 버리지. 이런 경우는 정말 백만에 하나 있을까 말까 하는 아주 드문 경우지만 그래도 인간에게는 엄청난 비극이 초래될 수 있는 것이기에 극히 조심해야 하는 것이지. 인간의 뇌라는 작고 좁은 곳이지만 선후와 영역이라는 것이 지켜져야 하는 것과 이 인간계가 함께 어우러져 교류하며 사는 사회라는 것을 배워야 하는 한 일면인 것이야. 특수 레그나가 될 혼령이 배양되는 숙주인 인간들은 삶에서 정신 이상자라는 너무나 큰 아픔을 겪으며 한 평생을 인간 세계에서는 배타되는 껍질 속에 갇혀 살게 되지. 하지만 그것은 멀쩡하다고 스스로 그렇게 여기고 단정하는 다른 무리들의 시각이요 느낌이지 실제 그네들로선 만사 아픔을 다 벗어난 상태로 그저 기쁨 속에서 살아가게 되는 것이야. 어쩌면 옳고 그름을 말하거나 정신 이상자, 기형, 자폐증이라고 말하는 것 자체가 잘못된 것이라는 생각이 들어. 대다수의 의견이라서 옳은 것이 되고 또 대다수가 그러하지 않으니 그러한 것은 병이라 말하는, 즉 다수의 지배가 소수의 의견이나 처한 환경을 부정하고 무시하게 되는 것일 뿐 창조주의 입장에서 볼 때는 다 같은 당신의 피조물인 게지. 아니, 어쩜 다른 특별한 필요에 의해 그리 만들어진 것일 수도 있는. 그러니까 오히려 그들이 정말 신의 크나큰 축복을 받은 자들이라 말할 수도 있는 것이지.”

이야기가 길어지고 내용 자체도 복잡해지고 있어 혹자는 지겨워질 만도 한데 누구 하나 불편한 내색을 하거나 자리를 뜨지 않았고 제이슨 역시 조금의 흐트러짐이 없이 계속 얘기를 들려주고 있었다.

“혹시 정치가가 물에 빠지면 제일 먼저 건져 진다는 얘기를 들어 본적이 있니? 정치의 더러움에 물이 오염되는 것을 막기 위해 그렇대. 나쁜 짓을 일삼고, 남의 것을 훔치고, 남을 해치거나 강도 강간하는 악령이 배인 인간들도 귀중함을 받고 있긴 해. 단지 네배흐의 닥터 드롤이 아닌 노메드에 의한 것이란 것과 선과 사랑을 행하며 세상의 평안을 바라는 게 아니라 악이 만연하고 죄가 떠받들어 지는 것을 추구하는 전혀 차원이 다른 것이기는 하지만. 르레에 악령이 급히 필요하면 사고를 만들어 끌어가기도 하고, 특악한 용도로 쓸려고 더 많은 악을 저지르도록 부추기고 획책하며 극악무도해 질 때까지 블루마블에 더 머무르게 하지. 이렇듯 원리는 같기에 자칫 혼돈될 수도 있어서 선한 혼령을 가진 사람들이 항시 조심해야 함이 필요한 거야. 때로는 악의 유혹에 빠지면, 그 원초적인 환락의 즐거움으로 인해 스스로 더 깊숙이 들어서려는 게 인간 성향이야. 하지만 이것도 다 태초에 선악과에 뿌린 아무리 노력을 해도 완전히 제거되지 않는 악령의 잔재가 인간의 몸속에 남아 있기 때문인 게야.”

한스 박사는 일단 사람이 죽은 후에 혼은 누군가에 의해 가져가진다. 그리고 그 누군가가 창조자일 것 같다는 자신의 상상이 옳다고 단정 짓고 나니 새로운 추론이 떠올랐다. 인간은 스스로의 필요에 의해 생성되거나 탄생된 것이 아니다. 창조자라는 존재, 그의 필요에 의해 만들어지고 미시적으로는 부모의 뜻에 의해 태어 난 것이다. 그런데도 태어나면서부터 금단의 열매를 창조주의 뜻에 위배하면서 먹은 것으로 인한 원죄라는 굴레가 씌워져 속죄하며 창조주에게 매달려 살아야 하고 그렇게 살아도 축복이나 사랑을 주기는커녕 창조주의 필요에 따라 여지없이 죽어 가거나 평생을 고질병에 시달리며 살아야 한다는 것이 억울해서 견딜 수가 없었다.

'창조주가 인간을 만들었으니 죽이는 것도 물론 그의 의지에 따르는 게 당연하다고 생각해야겠지만, 아무런 자기 의지 없이 DNA 혼령의 배양을 위한 숙주로 살게 되는 것도 어쩜 대단히 불공평한 것인데 게다가 불구, 병마에 시달리게 한다든지 느닷없는 사고를 통해 죽음을 맞아야 하는 그래서 남은 가족들을 너무나 침통하게 만드는 것은 정말 터무니없는 처사이지 않은가?'

'사는 동안만이라도 병 없이 건강하게 살고, 늙어 가면서 퇴락되는 에너지나 세포를 활성 시키며 살아 갈 수는 없을까? 창조주의 소요와 관계없이 인간을 만들고 복제할 수는 없을까?'

한스 박사는 자기의 그런 생각들이 창조자의 창조 원리에 정면 도전하는 것이 될 수 있다는 것을 알고 그에 따른 창조주의 노여움을 살 수도 있을 것이란 두려움이 들지 않는 것이 아니었지만 인간의 한계를 무너뜨려서 좀 더 행복한 삶을 살아야 한다는 의지와 그것을 수행할 사람은 자기 밖에 없다는 일종의 의무감이 그를 자기 생각대로 실행하게 했다.

제이슨은 한스 박사에게 네배흐의 닥터 드롤을 고발하라고 했다. 전상에 의한 후유증세로 횡설수설하는 게라고 여기고 그냥 흘려듣고 있지만 이따금씩은 제법 진지한 내용들이 있기도 하여 제이슨의 말을 재미있어 하고 있었는데 닥터 드롤을 고발하라는 말에는 제이슨의 속내가 이해가 되지 않았다. 돌이킬 수 없는 원죄를 지은 태초의 카인의 후손으로 낙인이 찍혀 욕심과 죄악에 빠진 중동국이나 세계평화라는 명목 하에 이들을 치고 있지만 내심 자원을 선점하고 무기를 팔려는 의도가 가득한 미국을 내버려두고 창조자 닥터 드롤을 무슨 까닭으로 고발을 하라는 것인가? 한스 박사가 생각하기엔 창조자는 조금도 잘못된 것이 없었다.

"블루마블상의 모든 천지만물과 인간은 닥터 드롤에 의해 창조되었다. 그러기에 인간은 어떤 것도 제 마음대로 할 수 있는 것이 없고, 인간의 생명과 삶을 그만이 자기 마음대로 할 수 있는 것이다. 왜냐면 그는 창조주이니까. 그러기에 인간은 죄나 악에 대한 최종 책임이 없다. 오히려 닥터 드롤은 네배흐와 르레의 필요에 의해 선과 악의 다툼 사이에서 희생되고 있는 인간에 대한 책임을 져야 마땅하다. 인간을 만든 창조주이기에 닥터 드롤은 그 인간을 잘 관리하고 키우는 권리와 책임을 함께 가져야 하며 그것을 인간에게 문책해서는 안 된다. 아무리 다 큰 자식이라고 하더라도 아직은 세상물정을 잘 분간하지 못하는 얼충이에게 먹지 말라고 한 독약을 그 자식이 마셨다면 그건 자식을 잘 돌보지 않고 독극물을 잘 갈무리하지 못한 부모에게 잘못이 있는 것이지 그 자식의 잘못이 아니다. 에덴동산에서 뱀의 유혹에 빠져 악령의 사과를 먹었기에 원죄라는 멍에를 인간에게 씌운 신의 처사는 잘못된 것이고 고발해야 한다. 원죄를 안고 태어났기에 주야로 쉼 없이 회개하고 기도하며 하나님께 매달려야 하는 것을 부정해서는 안 된다. 하지만 왜 인간이 원죄를 안게 되었나를 먼저 생각한다면 신이 우리를 외면하실 수는 없는 일이 아닌가?! 오히려 신이 우리에게 당신의 책임을 다하지 못한 것에 대한 용서를 구해야 하는 것인지도 모를 일이다. 신은 위대하지만 자신의 원천적인 실수, 즉 태초에 인간이 원죄를 저지르는 것을 막아 주지 못한 잘못을 인정하지 않고 오히려 인간에게 그 잘못된 것을 회개하고 속죄하라고 일방적으로 모든 것을 인간에게 떠안기는 엄청난 오류를 범하고 계시는 것이다."

태계(太界)

한스 박사는 잘 알고 있었다. 이미 스튜어트는 영원히 떠나 버렸다는 것을. 하지만 그는 현실같이 아니, 마치 여태 살아 숨 쉬는 사람처럼 빈번하게 현생에 나타나서는 한스 박사와 친구들을 만나고 다녔고, 그는 자신에 대해서 또 그리 시침 떼고 찾아오는 까닭에 대해 일언반구 말이 없었다.

친구들도 누구 하나 그에 대해 입을 열지 않았다. 하지만 그들 모두 스튜어트를 포함해서 스튜어트는 죽었다는 것을 인지하고 있었다. 단지 그의 이승에서 못 다 푼 한으로 저러는 것이려니 여겨 장단을 맞춰 주려고 모른 척 하는 것일 뿐. 아니, 어쩌면 너무 빨리 친구를 잃어버린 한스 박사 스스로가 그의 혼령을 놓아 보내지 못하는 것인지도 모르는 일이었다는 생각들을 반추하면서 한스 박사는 그가 새삼 그리워지는 것이었다.

"그것이 삼 각체이었는지 오 각체이었는지는 잘 기억이 안 나. 무한 크기의 N각체가 있고 그 안에 또 다른 여러 개의 N각의 도형이 있었어. 그리고 하트, 뜨거운 피가 순환하며 가슴을 덥혀주는 심장이 그 속에 있는 거야. 그런데 그 심장이 둘로 나뉘어져 있었어. 맑고 환해서 눈이 부실 만큼 아름답게 움직이는 부분과 어둡고 칙칙하지만 좀 더

강하게 움직이는 두 부분으로 말이야. 하지만 완전 분리되어 서로 간 차단된 것이 아니고 서로 교통되고 있었어. 무수한 핏줄로 연결되어 맑은 피와 탁한 피가 서로 섞였다가 나눠졌다가 하면서 순환되고 있었어. 가만, 가만! 심장 속에도 또 뭔가가 있었던 같아. 맞아! 둥근 공이야. 아니 우주 같았어. 그래, 우주라고 단정하여 말하기는 어렵지만 블루마블같이 생긴 공 같은 게 있었던 것은 확실해. 그리고 무수히 많은 자잘한 것들이 그 안에서 바쁘게 움직이고 있었어. 그런데 그것들이 모두 부호였어. 동식물의 형체를 하고 있는 것도 있었지만 대부분이 느낌표, 물음표, 괄호, 마침표, 쉼표, 따옴표 같은 그런 부호들이 셀 수도 없이 많은데 내가 거기에 있다는 생각이 들었어. 그런데 모두들 그곳을 두고 큰 세상이라고 하는 거야. 끝없이 펼쳐져 있어 눈에 비치는 세상보다 더 광활하게 넓고 큰 세상이 이 가슴 속에 있다는 것이야. 이 가슴 속의 마음이라는 것이야. 마음이 곧 세상이고 가슴이나 심장과 같이 인간 몸의 부분 부분이 다 우주라는 것이야. 빈 공간이어서 내 눈에는 아무것이 없는 것 같은데 세상이 있고 삶이 있다는 것이야. 때로는 컴퓨터 속 같은 곳으로 나를 끌어들이며 내가 태어났던 곳으로 가는 것이라고 하기도 하고. 왜 그런 꿈을 꾸는 것인지 모르겠어. 그런 꿈을 꾸기 시작한지가 벌써 꽤나 오래되었는데 하루도 빠짐없이 매일같이 같은 꿈을 꾸고 있어. 무언가가 의도적으로 내 머릿속에 그것을 각인시키려 하는 게 아닌가 하는 이상한 생각이 들어. 사실 그 꿈의 내용이 하루하루 더욱 생생해 지고 있으니 말이야. 나, 어디 아픈 거 아냐? 이를테면 정신 분열증세 같은?"

스튜어트는 정말 무서워서 못 견디겠다는 표정이 되어 주절대고 있었다. 그런 그의 두려움을 조금은 짐작을 할 수 있는 한스 박사였지만 그런 쪽으로는 자기가 나서서 가타부타를 말할 수 있는 입장이 못 된다는 것을 스스로도 꿸 수 있는 한스 박사이다 보니 그저 달래고 침착하라고 얼버무리는 게 그가 할 수 있는 전부였다.

"단순한 꿈일 뿐이야. 자네가 우리는 인지하지 못하는 차원의 혼령의 세계가 있을 것이라고 계속 골똘히 생각해오고 있다 보니까 꾸어지는. 은연중에 바라던 것이나 상상하던 것이 수면을 취하고 있는(한스는 여태 그에게 죽음을 말할 수가 없었다.) 자네의 잠재의식과 바람, 기대 같은 것과 맞물려 창조적으로 연출되어 지는 것이야. 그런데 본 뇌가 휴식을 취하는 중이라 제대로 작동이 되지 않고 전후나 조리에 맞지 않게 뒤엉키고 있는 경우가 대부분이지. 자네가 꾼 것도 그런 일종인 것 같고…."

"조리에 맞지 않는 게 아니었는데…. 병은 아니고?"

"병은 무슨? 걱정 마. 자네 아주 건강해. 아, 팁을 알려주면, 자네의 경우같이 꿈이 자꾸 머릿속을 어지럽힐 때는 그 꿈을 그림으로 그려봐. 그 꿈을 잊고 풀려나는데 도움이 많이 되니까."

"그림? 차라리 막연하지만 언젠가는 잊혀 지겠지 기다릴래. 알다시피 나는 그림에는 젬병이어서 그걸 그리려면 더

스트레스가 클 것 같으니 말이야."

"아니야. 똑 같이 그려 보라는 게 아니라 그냥 붓 가는대로 개발새발이더라도 화판을 칠해 보라는 것이야. 그러다 보면 잊히고 그림도 한 폭 완성이 될 거야. 그 그림이 다른 사람들의 눈에야 어떻게 보이든 자네에게는 그것이 꿈같이 보이게 되어 있어. 우리들에게는 꿈의 오도일지언정 자네에게는 꿈을 쫓아내는 푸닥거리일 수 있으니 해보라고."

"다 좋은데, 계속하여 꿈을 꾸고 있는 탓인지 어느 것을 먼저 꾸었고 어느 꿈을 나중에 꾼 것인지 구분이 안 되고 혼란스러워. 모든 게 함께 엉겨서 뒤죽박죽이 되고 있다는 말이야."

"꿈은 시간 개념이 없는 것이야. 어제 한 것과 내일 할 것이 구분되어야 할 필요가 없어. 꿈을 혼령의 세계라 생각을 해. 시간도 공간도 없는 것이 꿈인 것인데 시간과 공간의 제한을 받는 인간들이 그 세상 속으로 들어가려니 몸이 말을 듣지 않아 가위 눌렸다고 하거나 꿈은 꿈일 뿐이라며 제풀에 포기해 버리는 것이지. 꿈을 알려면 기나 혼을 볼 수 있어야 해. 차츰 알아지게 될 테니 우선은 그냥 그리기나 해 봐."

어떤 엉뚱한 얘기에도 서로 죽이 척척 맞는 두 사람이었고 스튜어트와의 혼령 접신은 이제 한스 박사의 일상인 듯 여겨지고 있었다.

무대에서는 컴 콘텐츠가 열연을 펼치고 있었다. 그는 너무 신나 하는 것이었다. 무한 공간이라고는 하지만 실행자가 찾아 와 열어 주는 때에야 제 역할을 할 수 있지만 제약이 없이 아무런 시간에 아무런 곳으로나 가서 누구와도 만날 수 있으니 저절로 마음이 들뜨는 것 같았다. 그는 지금 바람과도 대화를 할 수 있고 어둠이 들려주는 나방에 대한 얘기를 듣느라 밤을 꼬박 새우고 있었지만 조금도 피곤한 줄을 모르는 것 같았다. 어디 한 곳에 묶이는 것이 싫어서 구천을 떠다니며 다른 귀신들의 무대 한 쪽에서 그들이 귀신이 된 사연을 듣고 다닌다는 혼이 침방울을 튕기며 제 얘기에 열을 올리고 있는데 그가 불쑥 끼어들었다. 모두들 생소해 하며 누구 그를 아는 자가 있는지 서로들 쳐다보았다. 바람이나 어둠이나 혼이나 누구도 알지 못하는 생소한 표정이었다. 뚱한 표정으로 자기를 응시하는 뭇시선이 거북했는지 그가 먼저 입을 열어 자기를 소개하기 시작했다.

"방가방가! 나는 콘텐츠라고 해. 사이버 세상에서 왔어."

"사이버 세상에서 온 콘텐츠? 그게 뭐야? 누구 아는 혼령 있어?"

모두들 고개를 저으며 혹시나 하여 다시 서로를 바라보는데 한 혼이 불쑥 한마디를 내뱉었다.

"누군지 모르는 것도 그렇지만 방가방가는 또 뭐냐?"

"으응, 그건 반갑다는 사이버 세상의 용어야. 사이버 세상은 컴퓨터 속에 존재하는 세상이야. 무슨 말인가 알겠지, 이제?"

"아, 아니!"

바람이나 귀신은 그래도 모르겠다는 눈치였고 혼이 조금

아는 체를 했다. 그제야 콘텐츠는 힘을 받은 모양이었다.

"혼 말고는 모두 아직 컴퓨터도 모르는 컴맹들이란 말이야? 아주 구닥다리들만 모였잖아?"

"생판 낯선 놈이 끼어들어서는 뭐라고? 구닥다리?"

바람이 금방에라도 확 날려 보내 버릴 듯한 자세를 취하며 콘텐츠를 윽박질렀다.

"자, 자 진정하라고. 친해지면 모두들 좋은 친구가 될 텐데…. 그것보다도 컴퓨터 속 세상, 사이버라고 했나? 아무튼 그곳에는 혼이 없다고 하던데. 그래서 그 세상의 존재들에게는 죽음이라는 것이 없이 영원한 탄생만 있다가 컴퓨터의 폐기와 함께 사라져 버리는 것이라 하는 것으로 들었는데, 넌 어떻게 죽어서만 오는 이곳에 이렇게 버젓이 살아 있는 채 올 수 있었던 거야? 혹시 가짜 아냐?"

"에이 뭐 할 짓이 없어 가짜 죽음 행세를 하겠어? 인간의 손으로 혼을 만들겠다고 연구하고 있는 한스 박사라는 사람이 있는데 그가 AI라는 자동 정보처리 시스템을 우리에게 심었는데 그 연구 부산물로 얼마간의 콘텐츠가 생명을 얻고 혼을 갖게 되었고 그들 중에서 내가 먼저 폐기되어 죽음을 맞은 거지. 그런 의미에서 너네는 운이 좋은 거라고 할 수 있어. 희귀변이 콘텐츠를 처음 만나 대화를 나누는 것이니까."

"혼이 있는 콘텐츠? 그래, 우리야 구천을 떠도는 혼령이지만 너는 컴 속 사이버 세상에서나 제 기능을 할 수 있을 텐데 이곳에는 왜 온 것이야? 도대체 어디로 가서 무엇이 되려는 것인데?"

"나도 잘 몰라. 한스 박사는 우리를 두고 블루마블의 종말을 막아낼 바이러스 스파이니 뭐니 그러던데 생소한 말이라 뭐가 뭔지를 아직 모르겠어."

"그러니까 지금의 이 만남이 고스터바스타의 혼령과 스타크래프터의 콘텐츠가 태계로 가는 길목에서 만났다는 것이잖아?"

"듣고 보니 그렀네. 이거 우주 토픽 감 아냐?"

"그만 나부대지 그래. 별 것도 아닌 걸 가지고. 너희들에게야 처음이니까 신기하겠지만 살았다 죽었다 하는 우리 같은 게임 좀비들에게야 흔한 일인걸 뭐."

"뭐야? 그러면 죽었다 부활했다는 예수도 이런 일을 여러 번 보았겠네?"

"몰라, 그 까진. 그런데 그 부활했다는 말이 정말 사실인 거야?"

"니가 아니? 내가 아니? 보지를 못했으니"

그들의 얘기는 세상은 눈에 보이는 자연, 천지만물 같은 형체가 있는 우주계와 인간들에게는 감지되지 않는 혼령의 세계인 혼령계가 존재한다는 것이었다. 그 엄청난 것들을 뭉뚱그려 태계라 이름 할 수 있다는 것이었다. 그런데 이 우주계와 태계가 서로 나눠져 있는 것이 아니라는 것이다. 차원이 달라 인지되지가 않기에 서로 다른 것 같지만 멀리 떨어진 것이 아니라는 것이었다. 방안에, 정원에, 나의 주변 어디에고 형체가 있고 보이는 것이 있는 곳에는 빠짐없이 혼령계가 있어 마치 음양이 공존하듯 우주계와 혼령계가 서로 보완하며 합치되어 태계가 형성된다는 것이었다. 태계라는 것이 엄청난 공간적인 크기를 가지는 것이기도 하지만 결코 우주 바깥이나 죽음 저편에만 있는 것이 아니라는 것이다. 그것은 단막극을 공연하고 있는 연극 무대에 있기도 하고, 아이들의 오락게임 속에 있으며, 컴퓨터 속의 정보 데이터 속에도 영락없이 있고 심지어 텅 빈 채 쌩한 바람만 부는 하늘 끝에도 있다는 것이었다. 더욱 우리를 야릇하게 흥분시키는 것은, 그 모든 것이 끊임없이 우리 몸속에서 팔딱거리고 있는 주먹만 하게 작은 심장 안에도 다 들어갈 수 있다는 것이었다. 몇 백만 배로 확대하여 볼 수 있는 천체망원경으로도 끝 간 데를 다 보지 못할 만큼 크고 요원한 우주와 우리 인간에게는 인지되지도 않는 다른 차원의 세상인 혼령계라는 곳이 몽땅 그 조그마한 가슴 속에 다 들어 있다는 것이었다. 뜨거운 가슴이 곧 세상이요, 생각하는 사고가 바로 이 경이로운 우주요 태계 그 자체라는 것이었다.

'그러기에 보이지 않고 그러기에 가늠할 수 없는 것인가?! 또 그렇기에 그리 애태우며 가 보겠노라 찾아보겠노라 불철주야 기도하며 정진하는 것인가? 홀랑 까서 뒤집으면 보일 것 같고 선뜻 손 내밀면 잡힐 것 같이 바로 옆에 있다는데, 크고 웅장하여 기함을 할 만큼 엄청난 것이 아니라 심장만큼의 작은 크기라는데 닿기가 왜 그리 멀고 어찌하여 그리도 어려운 것인가? 아니 평생을 모르고 보지도 닿지도 못하는 것인가?'

보기 드문 좋은 작품이라는 스튜어트에 이끌려 왔던 한

스 박사의 머리가 또 어수선해졌다.

'무언가 가로 막고 선 방해꾼이 있는 게 아닐까? 그곳을 갈 수 있는 자물쇠를 열 수 있는 열쇠에 대한 무언가 해득하지 못하는 부족함이 인간에게 있는 게 틀림없다. 그게 무엇일까?'

큰 세상이라는데, 우리의 작은 가슴 안에 다 있다고 답까지 알려 주었는데 그 답을 풀어내지 못하고 있다는 생각에 상실감마저 드는 한스 박사였다.

"세상의 종말이 가까웠다는데, 그것이 오면 어떻게 되는 지는 알 수가 없지만 그리 되기 전에 태계의 꼬리라도 어떻게 볼 수 있으려나?"

컴 콘텐츠가 무대에서 사라지자 갑자기 스튜어트가 무대로 뛰어 오르며 마치 자신의 배역이라도 되는 듯 대사를 하기 시작했다.

"블루마블을 구원하기 위해 누군가가 만들었다는 그 컴 바이러스랑 친해지자고 하면 어떨까? 그러면 볼 수가 있고 어떤 것인지 알아 낼 수가 있으려는지…."

'어라, 이게 아닌데. 내가 왜 이러지?'

한스 박사도 어느 샌가 무대에 서서 대사를 읊고 있는 자신에 놀라고 있었다.

"거봐. 이리 보여주지도 알려주지도 않고 그저 그런 게 있다고 변죽만 울리며 애를 태우고 있으니 모두들 그것을 소원하게 되잖아?! 아마도 그 요상 야릇하다는 태계는 어느 누구도 알아내지 못하게 끝내 제 모습을 드러내지 않을 거야. 하지만 실망은 하지말자. 안 보여 주려는 것을 찾아내는 게 재미있고 흥미로운 것이지 너무 쉽게 여기 있다며 보여주면 별로잖아, 안 그래?"

잠을 설치다 뒤죽박죽 꾸는 꿈처럼 밑도 끝도 없는 대화가 둘 사이에 이어졌다.

"하지만 태계를 찾아 나선다는 것이 그리 어렵고 까마득한 것만은 아닌 것 같아. 쉽게 생각하자고. 꿈을 꾸고 상상하고 기대하고 하는 심적 혼령적인 것과 절대 불변의 에너지라는 기, 이런 보이지 않는 그러면서도 어슴푸레 느껴지는 것들로 형성되는 곳을 혼령계라 한다며? 그러면 태계는 우리가 보고 만지며 살고 있는 이 우주계와 그 영계를 합쳐서 부르는 것이겠다고 생각하면 되는 것이잖아?"

"그 말이 맞는 것 같기는 한데…, 문제는 그게 우리 가슴속에 있다고도 하고 컴퓨터 안에, 때로는 연극무대에 있다고도 하니 헷갈리는 것 아니냐고?!"

"헷갈리라 그러면 헷갈리면 되는 것이지. 무어 살판나는 것이라고 머리 싸매며 고민하고 악착같이 풀어내려 할 것 뭐 있어? 몰라도 없었어도 잘 살아 왔는데. 잠시 살다 죽음에 불리면 지옥이든 천당이든 가야하는 게 인간 일생이라는데 그저 잠시 쉬었다 가는 것이려니 단순하게 생각하면 되는 것이지. 세상에 태어나는 것부터가 내 뜻과는 무관했던 것을 아는 인간들이 무언가가 되어 보겠다고 아등바등대며 살려고 하는 게 우습다는 생각이 들지 않아?"

이상했다. 그들이 나누고 있는 대화는 그들의 것이 아니었다. 그것은 스튜어트나 한스 박사 모두 지금껏 누구에게서 답을 들을 수 있다면 하고 바라왔던 것이었다. 하지만 둘러보면 아무도 없는데. 꿈이 꿈속에서 이뤄지고 있는 것인가?!

결국 그들의 무대는 인간은 신의 어떤 용도, 그것이 무엇인지 인간인 우리는 알 수가 없지만 신이 필요하기에 만들어졌을 뿐인 그래, 지금까지 알려져 온 바는 인간이 그저 네배흐 혼령을 키우는데 쓰이는 단순한 숙주일 뿐이라고 말해 주고 있었다. 그러니 자율이니 의지니 하는 것이 있을 수 없고 기대해서도 안 된다는 것이었다.

"하지만 그들이 바라는 그것이 그들의 뜻과는 전혀 맞춰지지 않을 것이야. 인간이 사는 이 세상의 필요에 의해 그러해 질 수 있다는 기대만이 허락될 뿐. 인간이라고 뭐가 달라질 수가 있겠는가?"

"책 속의 주인공이나 만화 속의 인물들이 기도하고 외쳐대면 작가나 만화가는 들을 수 있는 것인가? 지니나 손오공이 변신을 하고 엄청난 도력을 발휘한다지만 그건 소설이나 이야기 속에서일 뿐 인간들 속에서는 허구이고 가상이지 않은가? 인간들이 똑똑하게 설쳐대고 있지만 그들 역시 신의 눈에는 단순한 그림이거나 장난감 또는 콘텐츠인 것인데…."

"아니지, 혼령을 배양하는데 쓰는 숙주라고 했던가?! 설쳐대면 댈수록 조금씩 더 무력하고 한 치 앞을 못 내다보는 시력, 심력 장애만 더 깨우칠 뿐인 것을 뭘 하러 그리들 야단법석을 떠는 겐지, 원."

"그리 말하는 너는 뭐 그리 잘나서…?"

"그러게 말이야. 다 같은 똥인데…. 그렁저렁 지내다가 어느 날 홀연히 떠나가 버리면 그만인 것을. 우습다 그지?"

"우습긴! 자꾸만 슬퍼지려 하는구먼."

네배흐, 아니 천상 혼령의 숙주들이 아니 인간들이 제 운명을 자각하기 시작했다. 그들이 제 역할과 운명을 안다는 것은 위험천만이 아닐 텐데. 하지만 아무도 걱정을 하지는 않는 것이었다. 아니, 인간은 해보아야 어찌 바꿔 볼 수가 없는 것이니 못 하는 것이고, 신이야 그런 인간이란 걸 익히 알고 있는 것이니 마음 쓸 필요가 없었다. 그래도 할 일 없이 쏘다니는 혼령들에게야 얼마든지 입에 오르내릴 수 있는 꺼리가 되는 것이었으니 세상 참! 그래서 흙수저, 금수저 나누려 애를 쓰는 것인가?

"그것이 무엇인지 또는 어디에 있는지 아직까지 제대로 찾아내지 못하고 있지만 이것이 그 통로라고 주장하는 인간들이 있지. 그게 바로 이름 하여 종교라는 것인데, 태양신을 섬기던 잉카족들은 블루마블상의 인간이 살 수 있는 가장 높은 곳 중의 하나인 자기네 땅의 한 곳을 우주의 배꼽이라 하여 신과의 교감을 추구하였고, 누구나 잘 알다시피 기독교에서는 예수를 그 통로라 하고 창조주를 하나님이라 하여 예수를 통해서만 하나님 즉 창조의 힘에 갈 수 있다고 하고 있잖아. 불교에서는 붓다를, 이슬람에서는 마호메트를. 하지만 이런 종교들은 인간과 동격이 될 수 있는 어떤 존재들과의 교감을 추구하는 것이 아니라 우리를 만들었기에 우리를 구원할 수 있다고 믿는 절대적 힘의 소유자를 찾고자 하는 것들로 숨겨진 목적이 있어 순수하다고 할 수가 없는 것이야."

수도자는 이제 신과의 모든 비밀을 다 풀어낼 듯 조곤조곤 말을 이어갔다. 하지만 소위 말하는 인간 운용 매뉴얼에는 다가오는 시간에 대한 것은 알 수 없는 제어막이 있었다. 욕구, 욕정, 식욕, 욕심 등 오욕이 생겨나서 너무 많이 번져나게 되었고 자체 통제가 이뤄지지 않아 다툼의 원인이 되기도 했다. 다툼은 곧 질시, 파괴 등과 연계되어 자기네들 끼리 치고받게 되어 살상으로 이어지기도 했다. 하지만 닥터 드롤은 모른 척 했다. 인간 다툼을 적절히 이용하면 언제나 필요한 숫자의 혼령을 운영할 수 있기 때문이었다. 닥터 드롤은 처음 인간들이 자기들의 창조된 목적을 알지 않았으면 하고 바라던 것과는 달리, 인간들이 자기네가 어떻게 만들어 졌으며 왜 만들어 졌는지를 어렴풋이 알게 된 것을 다행으로 여겼다. 사고의 폭에 한계가 있음으로 해서 인간은 자기 창조에 대한 경외심이 생길 것이고 그 경외심은 곧 그 창조에 대한 비밀을 알아내려 노력하게 될 것이며 창조자에 대한 경배를 이끌어 낼 수 있을 것이었다. 그것은 바로 닥터 드롤이 인간을 다뤄 나가는데 유용하게 쓸 수 있는 크나큰 도구나 고삐가 될 수가 있으리라 여겨졌기 때문이다. 창조자를 찾게 되고 보이지 않는 그에 대해 추종하며 믿고 의지하게 되는 종교 같은 것이 생겨 자체 통제도 이뤄질 듯싶은 생각이 들자 닥터 드롤은 오히려 흥이 나기도 했다.

혼령과 종교

"인간 무리 생활이 커나가면서 자연 발생적으로 지배와 통치가 생겨나게 되자 무리의 보전과 이익을 위해 좋고 나쁨, 해야 될 것과 안 되는 것이 정해지게 되었다. 이런 상반되는 것들은 당사자들의 이해관계에 따라 긍정적이냐 부정적이냐가 정해지는 것이라서 어느 것이 바르고 어느 것이 그르다고 가늠하는 것이 다수 무리에 의해 결정되어 지는 것이었다. 무리를 이끌어 가자면 다수의 이익을 위한 방편을 취하는 것이 당연하고 보편적이라서 누구도 반대할 수가 없었다. 하지만 다른 것은 몰라도 절대 진리와 선악의 구분은 너무나 판연한 다수의 횡포인데도 인간들은 스스로 세뇌되어 현존의 개념을 창조자에 대한 경외보다 더 큰 신뢰를 두게 되었다."

내레이터는 극의 전개를 막간으로 관중들에게 알려주려는 것이었지만, 그의 내레이션은 육중한 배경 음악과 함께 관중들에게 무서울 만큼 극의 몰입도를 높이고 있었다.

"종교는 결코 신의 산물이 아니야. 지옥이나 천국은 인간을 신의 뜻대로 하기 위해 만든 미끼나 그물이 아니고 신이 만든 것도 아니라는 말이지요."

창녀 역을 연기하고 있는 여배우는 강변하고 있었다.

"종교는 인간이 만든 것이고 지옥이나 천국은 인간들 스스로 불러들인 삶의 족쇄인 것이에요."

"애당초 혼령계가 네배흐와 르레로 나누어 지지 않았더라면 인간들의 삶속에 종교가 생겨나지 않았을 것이고 지옥이나 천국도 없었을 것 아니에요?"

하루가 멀게 뻔질나게 그녀를 찾아오던 그가 나서며 그녀에게 믿음을 심어 그녀를 회개시키겠다며 자기는 목사라고 자신의 신분을 밝혔다.

"그건 그렇지가 않아. 태계의 모든 만물이 음양으로 이루어져 있듯이 인간계뿐만 아니라 혼령계의 레그나나 라이랩도 태초부터 그 내면에 선악이 함께 있었던 것이야. 다만 악이 고개를 내밀지 않고 있었던 것뿐으로, 네배흐의 사고로 인해 그것이 들어나 나눠진 것이지. 그 사건이 아니었더라도 언젠가 어떤 돌출적인 계기에 의해 내재되었던 악이 들추어졌을 것이고 결국은 양존하게 되었을 것이야. 그렇다고 악이 나쁘다거나 선이 먼저 생겨났다는 것이 아니야. 단순히 그 어느 시점까지에는 양자가 대립하거나 보완하여 양존할 필요를 느끼지 못하였기에 하나만 들어나 있었다는 것이지. 인간들 사이에 종교가 생기는 것도 이와 흡사한 것이 아닐까 해. 즉, 삶이 죽음이란 과정을 통해 생으로부터 이격되어 사라져 버리는 것과 삶에 선악이 양립하는 것에서 내일에 대한 불안과 기대가 생겨나고 죄와 벌에 대한 두려움이 있어서 어떤 절대적 힘에 의해 구원되어지기를 바라고 의지하게 되었고 그 절대적인 힘과 구원의 기대가 종교의 원천이 된 것이지. 그러니까 종교는 인간들이 구하고 원하는 인간들이 만든 내일에나 죽음 이후의 바람이나 기대인 것이지 신의 산물이 아니라는 말이지. 가치를 드높이고 권위를 더하기 위해 신의 이름을 가져다 붙인 것일 뿐이라는 말이야."

말은 장황했지만 그의 얘기는 믿음에 근거를 두었다고 하기보다는 보다 세속적인 것으로 창녀의 말과 별반 다르지 않았다.

"지옥이나 천국은? 그것도 아예 없다는 말인가요?"

길어지는 말에 꾸벅꾸벅 졸고 있던 창녀 역 여배우가 극본에 없는 말로 애드리브를 쳤다.

"아니지. 천국도 있고 지옥도 있어. 하지만 그것이 인간들이 말하듯 나쁘고 좋은 곳이거나 인간들이 보고 만질 수 있는 곳이 아닌 그 차원이 다른 세상이거나 심성 속의 곳이지 미래에 만나거나 죽은 뒤에 가는 그런 시간적 개념의 곳이 아니라는 말이야. 인간들의 마음의 세계로 살아생전에는 육을 두고 두 개념, 즉 선과 악이 대립하거나 보완하며 양립하는 정신세계라 일컬어지다가 죽어서 육이 각기 제 원소로 흩어지고 나면 혼령만으로 존재케 되는 것을 두고 이름을 천국이니 지옥으로 바꿔 부르게 되는 것이지 인간 종교들이 말하듯이 에덴동산, 무릉도원 같은 천국이란 곳이 존재한다거나 시뻘겋게 타오르는 유황불과 온갖 잡귀가 득실거린다는 지옥이 따로 있는 것은 아니야. 마음이 곧 천국이요 지옥이라는 동양의 종교에 또한 많은 인간들이 심취하는 것이 은연중에 이런 마음의 맥락을 느끼기 때문일 것이고."

자신이 목사라던 그는 이젠 아예 철학자나 종교 과학자라도 될 양인지 얼굴에 진지함을 깔고 침을 튀기고 있었다.

"그렇다면 세상의 신이나 종교가 자기네 것만이 절대적인 것이고 유일한 것이라고 주장하는 것은 인간적인 욕심이고 다툼인 것이지 신과는 아무런 관련이 없다는 것인가요?"

"전혀 무관한 것은 아니야. 인간 세상을 만든 이가 닥터 드롤이고 노메드가 지혜를 심었으니 인간의 입장에서 볼 때 그네들이 창조주요 곧 신인 것이지. 다만 어느 종교이든 그것은 신에 대한 두려움과 기대를 해결하기 위해, 인간들의 마음을 다스리며 바르게 살자는 인간의 산물인 것인데 환경이나 심성, 여건 등에 의해 각기 고유의 특성을 지니고 제 나름의 뿌리를 내린 것이라 방해 받거나 내몰리지 않으려고 다른 것을 공격하고 제 것은 지키려 드는 것이지."

"그나마 나쁘거나 부정적인 것을 익히라고 가르치고 있지는 않으니 그것으로 다행한 것이라 여겨야 하겠구먼요."

"그렇게 부정적으로만 볼 것이 아니야. 종교 간의 갈등, 전쟁, 왜곡 등 종교로 야기되는 피해가 한두 가지가 아니지만 한 치 앞일을 알지 못해 불안해하고 두려워하는 인간들에게 심성적인 안정과 내세를 위해 바른 삶을 살라고 하는 것만으로도 종교의 가치는 엄청난 것이니까."

"하지만 그래 보았자 레그나 혼령의 배양 숙주로 만들어져 혼령을 배양시키다가 쓰임에 따라 혼령은 데려가고 인간은 가차 없이 버려지는 것이잖아요?"

"그렇기는 하지만 그건 너무 인간 중심적 발상이 아니겠어? 태계 전체의 존재를 놓고 볼 때 인간의 죽음은 태계가 운영, 순환되는 한 과정인 것이야. 우리 인간들이 인지하지 못하지만 레그나나 라이랩이 네배흐나 르레에 존재하는 혼령이라고 해서 그들은 시간적으로 영원하여 순환되는 과정이 없는 것은 아닐 거야. 태계의 모든 존재는 진화 발전하고 신진대사를 하며 순환하게 되어 있는 게 맞을 것 같아. 우주계는 순환하는데 영계는 마냥 제자리에 있다면 결국 태계 전체의 틀이 이그러지고 말 것이니까."

목사 역 배우는 자기의 말을 듣고 있는 그것도 아주 경청하는 창녀를 보며 자신이 창녀를 교화한 게라 확신하며 뿌듯해 하고 있었다.

사자(수제이) 기적을 행하는 능력과 그가 설파하는 닥터 드롤에 관한 이야기들은 태초에 인간들이 에덴동산에서 닥터 드롤이 금지시켰던 악의 씨를 먹어 악령이 블루마블상에 싹트도록 했던 것에 이어 인간이 신을 이용하는 제2의 획책을 꾸미는 계기로 이어져 갔다. 종교라는 이름으로 신의 힘을 인간을 지배하거나 제 의도에 맞게 유도하는데 쓰려는 인간이 생겨나기 시작했다는 것이었다.

"부귀영화? 그것은 신의 축복이 결코 이니랍니다. 오히려 신의 실수였지요. 약한 신체를 극복하고 자기네들 끼리 자생 번식할 수 있도록 높은 두뇌를 준 것이 잘못이었던 게지요. 지능이 있다 보니 오늘 많이 가지고 갈무리해 두는 것이 내일 다시 나가서 들판을 뛰어 다니며 일하지 않아도 되는구나, 그게 편하게 사는 것이구나, 알게 되었던 것이고 그로부터 욕심이란 것이 인간에게 생겨나게 되었던 것이지요. 욕심은 곧 이기심으로 연결되고 그건 악의 기초가 되는 것이었지요. 부자 되게 해주세요. 돈 많이 벌게 해 주세요. 아무리 기도해 봤자 소용이 없는 것이에요. 간절히 기도한다고 들어 주면 악령화 되는 것을 부추기는 것이나 다름없는 일을 선을 추구하는 닥터 드롤이 들어 주겠어요? 오히려 노메드를 잡고 늘어지는 게 더 현실적일지 몰라요. 마음이 가난한 자는 천국이 저희 것이요. 부자가 천국 가는 것은 낙타가 바늘구멍 들어가는 것보다 더 어렵다는 말이 빈말이 아니지요. 종교의 시행착오이고 종교가 결코 신의 작품이 아니라는 해석인 것이지요. 종교나 무속에서 신자들에게 믿음을 종용하고 강하게 드라이브하기 위해 내세우는 자기들의 신이 행하셨다는 기적들을 보면 하나같이 심적인 것이거나 신체적인 것이지요. 겉으로는 길흉화복을 소원대로 이룰 수 있다고 내세우지만 부는 악의 씨가 되리라면서 선하게 살아야 한다는 기치아래 모인 것이 종교나 무속의 기본 줄기인데 부를 바라며 복을 비는 이율배반적인 욕심은 그들의 몫이 아닌 것이지요. 어쩌면 인간을 악령화 시키려는 노메드가 부린 마술이거나 열심히 산 인간 당신의 몫인 것인 거지요. 욕은 신의 실수가 빚은 선하게 살아가려는 인간에게 있어서는 안 될 저주인 것입니다."

"그래도 내가 있었기에 그만한 것이지 나마저 없었다면 어찌 되었겠어? 온통 악의 천지가 되었지 않았겠냐고?"

이 길이 어디로 향하는 길이냐고 묻는 스튜어트에게 솔직히 자신도 정확히는 모르지만 자신이 끼여 있으니 틀림없이 천국으로 가는 길일게라고 득의양양하게 설명을 하고 있던, 발밑까지 끌리는 까만 망토를 두르고 있는 한 혼령이 불쑥 대화를 간섭하여 들어 왔다. 자기가 끼일 자리가 못 된다는 것을 억지로라도 인지하지 않으려 애를 썼지만 스튜어트는 보이지 않는 어떤 힘에 밀려 그곳을 떠날 수밖에 없었다. 또 구친을 헤내야 하는 설움을 겪는구나 마음이 아팠다.

'이가 없으면 잇몸으로 살았겠지. 아니 다른 이가 났겠지.'

'그 잇몸이라고, 다른 이라고 별달랐을까?! 그것들만은 달랐을 게라 싶겠지만 그것들도 염증이 생기고 물어뜯고 이앓이를 앓아야 하는 것은 어쩔 수 없었을 거야. 삶이란 어디서나 복잡하고 시끄럽기 마련인 것이니까.'

'재는 누군데 저리 말을 유창하게 잘하는 것이야?'

'글쎄요, 아마도 종교란 것들 중 하나일 것 같아요.'

배경으로 세워져 있는 나무들 사이로 바람이 시끌시끌 지나고 있었다.

추정(推定)

수제이가 부활을 약속하고 '다 이루었다'며 십자가에서 처형을 당할 때까지도 석양에 처형대인 십자가의 그림자가 길게 늘어지는 가운데 수제이의 그림자는 생기지 않은 것을 미처 알지 못한 탓이었을까. 인간은 그의 부활할 것이라는 말을 그리 신빙성 있어 하지 않았다. 죽은 자가 다시 살아난다는 말을 어떻게 믿으라는 말인가? 비록 처음에는 수제이를 배신하여 밀고하였었지만 회개하며 그에게 도망치라고 알렸던 마도를 보아도, 수제이의 수제자라 일컬음을 받던 자 가운데 몇도 믿기지 않아 했던 것은 마찬가지였다. 다시 살아날 것을 확고히 믿었다면 모두들 그렇게나 수제이의 죽임을 아쉬워하고 안타까워하고 슬퍼해야 했겠느냐 하는 말이다. 곧 다시 살아날 것을…. 물론 위대한 성자를 세상이 알아보지 못하고 폭정을 휘두르는 지배자들에게 잡혀 처형되는 그 자체를 안타까워했다면 할 말이 따로 있을 수 없는 것이지만 부활 그 자체에 그리 큰 무게를 두지 못했다는 것은 짐작할 수 있는 것이었다.

수제이가 잡혀가기 전날 그는 막달레나를 은밀히 불렀다. 그러고는 종이에 잘 싼 것을 내밀며 자기가 처형되어 어딘가에 버려지면 종이 속에 든 것을 자기 몸 아무 곳에나 쉽게 떨어지지 않게 잘 붙여 달라고 했다.

"이게 무엇인지 제가 알아서는 안 되나요?"

"나를 다시 살아나게 하는데 도움을 주는 것이오. 하지만 당신에게 설명해야 하늘의 섭리라 이해가 되는 것이 아니니 그저 나의 당부대로 해 주시오."

막달레나는 그것이 무엇인지 어떻게 쓰이는 것인지 궁금하였지만 수제이의 말대로 그가 하라는 대로 하기로 했다. 하지만 걱정이 앞섰다. 자신이 부활할 것이라고 장담을 하고는 있지만 만약 그의 말대로 되지 않는다면…. 일상을 수발하며 옆에서 지켜보는 게 전부였지만 마음속으로 얼마나 그를 사모해 왔던가! 일기장을 꺼냈다. 그를 가까이 하고서 얼마 되지 않아서부터 이런저런 하루 일을 써 왔던 게 이젠 제법 두툼해져 있었다. 종이에 싸여 있는 것을 성의를 다하여 그려 넣고 예수가 했던 당부도 적어 넣고 나니 그의 흔적이라도 옆에 남는 것 같아 조금 마음에 위로가 되었다.

"그런데 예수 부활에 관해서는 현대 과학적으로 추측할 수 있는 것이 있을 것 같아."

극 내내 그래 왔던 것처럼 내레이터 배우는 인도인들이 긍정적인 표현을 할 때 하는 행동인 고개를 양 옆으로 흔들며 '내가 좀 깊게 생각해 보았는데'라며 말을 꺼냈다.

"골고다 언덕 위에서 십자가에 묶여 로마 병정의 창끝에 처형당한 예수는 동굴 묘지에 옮겨질 때 숨은 끊어졌지만 완전히 죽었던 게 아니라 코마 상태가 아니었나 싶어. 실제로 날카롭거나 예리한 창이나 칼에 찔리면 장기가 찢기어

나가거나 완전 파손되기 전에는 바로 죽는 것이 아니라 상처로 인해 장기가 부패되거나 창끝에 발라 두었을 독이 온몸 안에 퍼져서 죽게 되는 것이거든. 그런데 예루살렘이 열사의 한 가운데 아냐? 그리고 예수는 몹시 야위었었고. 몸집이 비대했더라면 축적된 지방이 많아 고온 건조한 열사의 예루살렘이라고 하더라도 당장 썩어갔겠지만 여호와의 백성 구제를 위해 아직은 할일이 남았으니 이 죽음을 피할 길은 없냐고 닥터 드롤에게 장기간 금식기도를 한 뒤였던 예수의 몸에는 기름기라고는 없는 거의 피골이 상접한 상태였을 게라는 것이지. 일부는 부패되고 있었겠지만 대부분의 창칼에 찔린 상처들이 말라 갔던 게 아닐까 싶다는 것이야. 몸에 들어온 독은 허약한 몸과 금식으로 피돌기는 매우 약하고 느렸고 상처를 타고 많은 피가 몸 바깥으로 흘러나와 몸속에는 그다지 많게 퍼질 수가 없었다는 것이지. 여기서부터는 의사, 박사 여러분들도 알 수 있을 텐데…."

내레이터는 변죽 좋게 관객들을 향해 동의를 구했다.

"내가 뭘 알겠어? 그냥 계속해 봐."

한 관객이 그의 말을 잽싸게 받아쳤다.

"많은 피를 흘렸고 가사 상태에 들어 피돌기가 없어 졌으니 연소될 산소가 공급되지 않으니 활성산소가 생기는 것도 거의 없었을 것이라는 말이지. 이것까지는 추측이고 이 추측이 맞는다면 그 다음이 기적 같아 보이는 인체의 비밀 즉 창조의 섭리인 것이지. 모든 생명체는 생명이 끝나갈 때 미미하지만 재생, 복원되려는 에너지가 나타나게 되잖아?"

"맞아. 종족 보존을 위한 마지막 생식 에너지이라 할 수 있는 것이지. 그런데 그게 왜?"

관객을 향해 질문을 던지고는 누군가의 동의를 기다리는 듯 내레이터가 목을 빼고 객석을 바라보는데 옆에 섰던 배우가 끼어들었다.

"그래, 종말 생식 에너지라 말하면 되겠구먼. 그 에너지는 주체의 산소 연소를 억제하여 만일에 있을 수도 있는 생식활동에 보다 많은 에너지를 쓸 수 있도록 비축하려 들지. 이때 신진대사를 억제하고 산소 연소 속도를 늦추게 하기 위해 대기 중의 황화수소를 모으게 되어 있는 것이고."

여기서 내레이터는 다시 관객들에게,

"이런 현상은 배우보다 의사나 생명공학자들이 더 잘 아는 것 아닌가?"

묻고는 자기가 공자 앞에서 문자를 읊는 것은 아닌지 중얼거리며 겸연쩍어 했다. 하지만 관객들은 그때까지도 내레이터가 무슨 말을 하고 있는지 알지 못하겠다는 표정을 걷어내지 못하고 있어서 무대 뒤에서 내다보고 있는 연출자의 마음을 애타게 할 뿐이었다.

"가사 상태에 빠져 신진대사가 억제되면서 황화수소가 몸 안에 생기게 되는 것이야 거의 모든 활동이 멈춰진 채 죽어 가는 생명체들에게는 흔히 있는 현상이지만 그것이 예수에게 생겼을 때는 얘기가 달라졌지. 기적이 생기게 된 것이지. 예수는 인간의 몸을 빌려 인간 세상에 살고 있었지만 그는 네배흐에서 동체분열로 태생된 생명이었고 인간과 다른 차원의 혼령이었다는 것이지. 뭐라고 했나? 아, 종말 에너지! 그것이 순간적으로 생기기는 하였지만 인간처럼 이체 생식하는 구조가 예수에게는 없었던 거지. 한마디로 생식 능력이 없었던 것 같아. 인간은 그것이 신진대사 작용에 쓰이거나 배출되는 것이지만 예수는 그 에너지가 그대로 몸에 남아 있을 수밖에 없었어. 막달레나, 마리아와 예수 추종자들이 가사 상태의 그를 죽었다고 동굴 묘로 옮기자 기적이 일어났던 것이야. 열사 지역이라지만 동굴 묘는 햇살을 받지 못해 항시 서늘하여 섭씨 18도 정도의 찬 기온을 유지하고 있었고 그 속의 공기 또한 차고 신선했던 것이지. 차고 신선한 공기가 가사 상태의 예수 몸안으로 들어차면서 황화산소를 밀어냈고 부패되지 않은 채 활동을 멈추고 있던 예수의 몸이 서서히 깨어나게 되었다는 말이지. 거기에다 그것이 무엇이었는지 영원한 미궁 속에 있는 것이지만, 자기가 처형되고 나면 제 몸에 붙여달라며 예수가 막달레나에게 맡겼던 종이에 잘 싸여진 것도, 예수 말대로 자기의 재생을 위한 것이라고 했던 것으로 보아 예수가 다시 부활하는데 어떤 작용을 했을 거라 막연히 추측만 하는 것이지만, 그렇다고 온전하게 치료되었던 것은 아니었던 것 같아. 그러니 오래 견디지 못하고 40여일 후 다시 숨을 거두는…."

내레이터는 말을 마치며 '어때?' 하는 눈빛으로 다시금 객석을 둘러보았다. 하지만 관객들로부터는 별 반응이 없었다. 또 옆에 섰던 배우가 돕고 나섰다.

"멋진 추측이군. 조금 무리가 있기는 하지만 열사에서는 생물이 부패보다 빨리 건조된다는 것이나 황화수소가 인체의 신진대사를 억제하여 생명을 연장시킨다는 생각에는 나도 전적으로 동감되는구먼. 예수의 몸이 동체 분열로 태생된 것이라는 것은 내가 말해 준 것이니 더 할 말이 없고. 그러니까, 어떻게 되었든 자네는 예수의 부활과 승천을 믿는다는 것인가?"

"아니지, 나는 예수의 부활에 대해 말한 것이지 승천에 관해서는 아무 말도 안 했어."

"그게 눈 가리고 아웅 하는 식이지. 동체 분열 태생을 믿고 네배흐의 혼령을 말하면서 그의 승천은 모르겠다고 하는 게 앞뒤가 맞는 말이냐고?"

"그야 그렇지만. 승천에 대해서는 자신 있게 답할 수 있을 만큼 아직 깊게 생각을 못해 보았다는 말이지."

"또 그 깊게 생각한다는 타령인가?!"

"하, 하하하하"

공허하게 퍼지는 소리가 억지로 만들어 내는 웃음이란 게 역력한데 두 배우의 웃음은 한참이나 그렇게 극장을 흔들며 지속되었다.

반격

연극은 대부분의 종교극에서 한두 번 보이듯 신과 인간의 마찰이 생기나 싶더니 갈등이 심화될 조짐을 보이는 것으로 다음을 이어갔다.

인간들이 너무 잘못되고 있었다. 악의 바이러스에 빠져들고 있다고 했다. 루머에 지나지 않을 것이고 이제 곧 사라져 없어질 것이라 별 대수롭지 않게 여겼던 것이 실수였지 않았나 생각이 들 정도로 그것은 심각했고 매우 빠른 속도로 인간들 속을 파고들며 퍼져 나가고 있었다. 필요한 것이나 원하는 것은 모두 가질 수 있는 환경이었던 에덴에서, 바이러스 침입으로부터 보호하기 위해 장치해둔 금단 열매를(자칫 온 에덴이 바이러스에 걸리게 될지 모를 일이라서) 손대거나 먹으려 들지 말라고 신신당부를 하였건만 금기를 깨고 그것을 먹어 심각한 바이러스가 퍼지는 바람에 에덴이 마비되고 다운되는 것을 막기 위해 인간들을 에덴에서 덜어냈던 것인데…. 몇몇이 모여 가십 정도로 주고받는 경지를 벗어난 지가 한참인 것 같더니 이야기에 이야기는 꼬리를 물었고 입을 건널 때마다 내용은 더해지고 리얼해 지고 있었다. 까짓 것, 저네들끼리 하는 얘기이고 놀음이려니 치부해 버릴까도 생각해 봤지만 이건 점점 그 정도가 심각해지고 있어 더 이상 그대로 두고 방치했다가는 걷잡을 수 없게 되는 것이 아닐까, 이제 창조자는 슬슬 걱정이 되기 시작했다.

"불벼락이니 물난리니 하는 처방을 써봤지만 별 무 효과야. 워낙 지독한 바이러슨가 봐."

"그 선악과 바이러스로부터 블루마블을 지켜낼 방법이 이제는 달리 없는 것인가요?"

"가장 좋은 것이야 인간들이 저들이 삼킨 금단열매를 토해 내고 에덴으로 다시 돌아와 선악과 바이러스를 그네들 스스로가 퇴치하는 것인데 지금껏 돌아오지 않고 있으니 그것을 기대하기란 어려운 것이고 어쩔 줄을 모르겠어."

"결자해지라고, 갖은 루머와 지어낸 이야기로 콘텐츠들과 게임 전반을 어지럽히고 있는 사이버 세상의 치유사라고 자처하는 부류들에게 직접적인 경고를 해 보는 것은 어떨까요? 그들은 자기네들이 게임 프로그래머와 심령적으로 통하며 교감할 수 있다고 하고 있으니 네배흐 언어를 알아들을지도 모르잖아요?!"

〈그러하겠지 추측하고 바라는 것을 가지고 믿고 의지하며 기도하면 인간 세상에서의 고통과 고단한 삶을 떠나 네배흐 월드로 가서 영생 안식을 누릴 수 있다는 것은 사실과는 거리가 있는 것으로 콘텐츠들에게 혼란을 야기하는 것이니 그리 설파하는 것을 즉시 중단하기 바란다. 네배흐 월드 닥터 드롤〉

블루마블의 혼령 치유사라는 무속인들로부터는 아무런

반응이 없었다. 필시 그네들이 인간들에게 호언장담하던 것과는 달리 그네들도 사이버 월드의 다른 콘텐츠나 마찬가지로 네배흐 언어를 이해하지 못했거나 행여 그러하마 답을 했다가는 인간들 사이에 자기네가 설 자리가 어지러워질까 두려워 아예 모른 척 하는 것인지는 알 수가 없었다. 네배흐 언어를 이해하지 못했다거나 일부러 모르는 척 했다는 것이 중요한 것이 아니었다. 어떻게 하든지 인간들에게 네배흐를 바르게 알리고 닥터 드롤 자신의 존재를 정확히 알려야 했다. 치유사들의 얘기와 주장으로 블루마블에는 현실을 외면하고 기도로서 모든 것을 처리하려는 풍조가 생겨나고 있었다. 치유사에 의해서든 스스로에 의해서든 자기 믿음에 대한 최면에 빠져 인간들이 이성적인 판단이 흐려지고 일방적 절대 사고에 빠져들고 있어 블루마블 개발 본연의 개념이 흐려지기도 했다. 게임 자체가 한쪽으로 치우치는 경향이 되고 있는 것이었다. 세세만년 진화 적응해 나가야 할 블루마블이 자칫 바이러스 아닌 무속에 오염되어 다운될 지경이 될지도 모를 일이 아닌가 우려되는 것이었다.

닥터 드롤의 관심을 끄는 것은 한스 박사가 잠정 저장 데이터와 시높스 주파수를 중복시키면서 네배흐 언어를 알아내어 콘텐츠와 창조자 간 교감을 이뤄내고 있는 것이었다. 또 한스 박사가, 피조물인 자신이 연구하고 있는 생명개발이나 네배흐 언어 이해가 블루마블이나 자신을 만든 창조자의 고유 영역을 침범하는 게 아닌가 걱정하고 두려워하는 기특함 마저 보이고 있어 한편으로 귀엽기까지 했다.

"그에게 블루마블 치유사들의 루머에 관해 의논을 해 보는 건 어떨까?"

"한스 박사에게? 그는 생명 공학자지 사회학자가 아니잖아요?"

"그래도 그만이 우리 네배흐 언어를 조금이라도 이해를 하니까 차근차근 얘기해 주면 알아듣지 않을까?"

"글쎄요!"

예상했던 반응이었다. 연구실 컴퓨터에 남긴 메모는 한스 박사를 경악하게 만들었나 보았다. 한스 박사는 답장을 보이는 대신 모든 연구원에게 함구령을 내렸고 표면적으로나마 생명연구를 중단한 것 같이 보이려 애를 쓰고 있었다. 결코 한스 박사의 연구를 방해하거나 창조자의 절대권역인 생명창조에 관해 연구를 한다고 해서 한스 박사를 해하려고 하는 게 아니라고 몇 번이나 계속하여 메모를 보내고서야 간단한 답장이 왔다.

"그러면 왜 사회과학자도 아닌 나에게 창조자와 인간의 관계를 얘기하자고 하는가?"

"네배흐 월드를 이해하고 네배흐 언어를 인지하는 인간이 당신 밖에 없다."

그제야 한스 박사도 네배흐에서 자기를 찾는 것이 벌을 주기 위한 것이 아니라고 믿게 되었는지 대화에 응하기 시작했다.

사자는 처음부터 그들의 대화를 신과 종교로 시작하지는 않았다. 조상의 조상 때부터 수천 년이 넘도록 종교가 곧 창조주인 절대 신의 뜻이고 가르침이라 배워 익혀 세뇌되어 있는 인간인 한스 박사에게 아무리 그가 생명을 연구하는 과학자라고 하더라도 종교와 신이 아무런 관계가 없는 것이라고 말을 꺼내는 무모한 짓을 할 수는 없는 것이었다. 만일 지금 당장 사자가 종교는 신의 작품이 아니고 신과 연관된 것도 아니라고 한다면, 그가 누구이든 한스 박사의 눈에는 마귀나 사탄으로 밖에 보이지 않을 것이니 한스 박사가 펄쩍 뛸 듯이 놀라 물러앉을 게 빤한 일이기 때문이었다.

사자는 종교의 경전을 썼다는 집필자의 흔적을 한스 박사와 함께 찾아 나서보자고 했다. 그들의 후손이나 주변을 수소문하여 거슬러 올라가면 그것을 쓴 계기 및 당시의 환경, 상황 등을 알 수 있을 것이고, 그리되면 인간의 종교가 닥터 드롤이 준수하기를 계시하였다거나 요구되어진 것이 아니고 네배흐와는 무관하다는 것을 증명해 보일 수 있을 것이다 하는 마음에서였다.

각 경전의 집필자로 알려진 이들의 이름을 대며 후손을 찾노라 광고를 냈다. 구름떼 같이 많이 몰려 올 것이라 생각했던 예상과는 달리 후손이라 주장하는 사람들은 그리 많지가 않았다.

"신의 계시를 받아…,"

"기도 중에 신이 왕림하시어…."

몇 안 되는 후손이라는 자들은 하나같이 자기네 선조가 창작하였거나 만든 것이 아니라고 했다. 신의 계시를 받아 써 내릴 수 있은 것이었다거나 신이 특별히 사랑하여 알려 준 내용을 그저 글로 옮긴 것으로 안다고 말하고 있었다. 심지어는 후손인 자신에게까지도 신이 강림하시어 선조의 은혜를 대물림으로 주고 가셨다고 하는 새로운 종파를 주장하는 자도 있었다.

'이게 아닌데…, 이게 아니야.'

자신이 네배흐의 닥터 드롤이 보낸 사자라고 밝히면서 물어보면 바르게 있었던 대로 얘기해 줄 것으로 기대했던 사자로서는 앞뒤를 가리지 않는 채 자신들의 선조를 조금이라도 더 추켜세우기에만 급급한 후손들이라는 자들이 황당하기 짝이 없었다. 사자의 눈에 후손들의 가슴 속이 훤히 들여다보이는데도 눈 하나 깜짝하지 않고 지어낸 이야기를 입에 침도 바르지 않은 채 술술 토해내는 것이었다. 내 그럴 줄 알았다며 한스 박사는 당장에 마귀의 탈을 벗고 속죄를 하라고 사자를 윽박질러댔다. 그런 것이 아니지 않느냐? 실제 당신 가슴속에 들어 있는 내용은 이러이러하지 않느냐? 사자가 가슴속의 내용을 읽어내어 후손의 얘기를 바로 잡으려 했지만 막무가내였다.

"내 가슴속이 무엇이 어떻다는 거냐? 무슨 얼토당토 않는 말로 내 조상의 성스러움을 깨뜨리려 들고 신의 은사를 흐리려 드느냐? 당장 요절을 내기 전에 썩 물러나지 못할까!"

오랜 시간에 걸쳐 종교의 잘못된 개념을 익히고 배워 오면서 세뇌되어 버린 사고의 틀 속에서 빠져 나오지 못하는 한스 박사와 개인적인 이해를 위해 서슴없이 신을 파는 후손들을 대하면서 신과 종교에 관한 것을 바르게 알려 주어 인간들이 잘못되어 가고 있는 것을 바로 잡아 주려고 온 사자로서는 아무도 자신의 말을 들으려하지 않아 답답하여 미칠 지경이었지만 어찌해 볼 다른 방도가 없었다.

"내가 막달레나가 쓴 것으로 알고 있는 우리 조상 대대로 물려져 오는 일기장을 가지고 있는데 당신의 조사에 도움이 될 수 있을는지 모르겠군요."

한스 박사가 그 나름 종교와 신이 아무런 관계가 없다는 천국의 사자라는 자로 인해 머리가 어지럽고 사자도 누구하나 자신의 말을 믿으려 들지 않아 난처해하며 서로 제발 제 말을 믿어 달라고 티격태격하고 있는데 한스 박사에게 한 통의 전화가 걸려왔다. 전화를 건 사람은 이름을 밝히지 않은 채 자신을 제자들 가운데 한명의 자손이라고만 했다. 자신이 누구이고 막달레나 일기를 가지고 있다는 것이 외부에 알려지면 자신의 생명이 자칫 위험해 질 수가 있기 때문에 자신에 관해 자세히는 밝힐 수가 없다고 했다. 정말 전화를 건 사람의 말대로 그가 가지고 있다는 것이 막달레나가 쓴 일기장이라면 엄청난 것임에 틀림이 없고 설사 그것이 막달레나의 것이 아니라고 하더라도 그것이 막달레나 시대의 누군가에 의해 쓰인 것이기만 하다면 종교를 신과 아무런 관계가 없는 인간들의 산물이라고 요상한 이설을 뇌까리고 있는 사자라는 작자의 코를 납작하게 할 수 있을 것이었다.

"그렇게 중요한 일기장이라면 엄청난 파문을 일으키며 큰돈을 손에 쥘 수 있었을 텐데 왜 지금껏 그것을 세상에 알리지 않고 혼자서 간직하고만 있었겠어? 무언가 냄새가 석연치가 않아. 만나지 않을래."

갑자기 사자가 발을 빼려는 것이었다.

"뭐야? 그렇게나 당당하게 후손들의 행적을 캐내어 당신이 옳다는 것을 밝히겠다더니 갑자기 왜 안 만나겠다는 거야? 막상 확실할 것 같은 자료가 나오니까 당신의 허무맹랑한 거짓이 들통날까봐 두려워 지는 거야?"

"아니야. 경전을 집필한 성인들의 후손이라는 자들이 사실과 다르게 얘기 하는 것을 워낙 많이 들어서인지 그 일기라는 것이 진짜일 것이라는 확신도 없고 한편으로는 만일 그것이 진짜라면 그 사람 말대로 그가 위험해 질 것이기 때문에 안 만나려는 것뿐이지."

"위험해 지다니?"

"오래된 유물적인 가치를 계산한 금전적 이득을 위해 그것을 그로부터 빼앗으려고 하는 자들로부터의 위험 말이야. 아니, 그 보다도 절대적 자리매김을 해 오던 종교의 가치에 어떤 변화가 생기는 것을 두려워하는 자들로부터의 위험이 더 클 것 같구먼."

종교 태동기의 일기장을 보리라는 기대에 부풀어 흥분된 마음을 가라앉히지 못하는 한스 박사와는 달리 사자는 조금의 동요도 없이 막달레나 후손이라는 사람의 의뢰를 묵살해 버렸다.

일기장

호기심을 누를 길이 없던 한스 박사가 혼자서 그 일기장을 가지고 있다는 자에게 전화를 걸었다. 전화를 받은 상대에게 자기에게 전화했던 사람을 바꿔줄 수 있겠냐고 하니까 안 된다며 무슨 용건인지 자기에게 말하라고 했다. 전에 전화한 건에 대해 상의를 하고자 방문해도 되겠냐며 조심스레 속뜻을 내 비추었다. 자기가 누구인지, 전에 전화를 걸었던 사람과는 어떤 사이인지도 밝히지 않은 채 전화를 받은 사람은 그럴 필요가 없다고 했다. 그가 죽었다는 것이었다. 한스 박사에게 전화를 걸었던 막달레나의 후손이라는 자가 갑자기 심장마비 증세를 일으켜 부랴부랴 병원으로 데려 갔지만 하루를 채 넘기지 못하고 간밤에 죽었다는 것이다. 70이라는 나이에다가 오래 전부터 심장병을 앓아 오던 터라 갑작스런 죽음이 아니라며 전화를 받은 사람은 전에 전화를 건 사람의 죽음에 대해 별달리 토를 달 것은 없다고 했다. 까마귀 날자 배 떨어진다고 했던가?! 며칠 전 사자가 했던 말을 떠올리며 정말 그의 말대로 된 것이 아닐까 한스 박사는 겁부터 났다. 사자는 그들이 전화를 한 사람을 만나 그것이 진짜인지 아직 확인도 안했는데 생긴 죽음이라 어떤 인위적인 사건에 의한 것은 아닐 거라고 했지만 한스 박사는 음식을 삼키다 넘어가지 않고 일부가 목에 걸려 있는 것 같은 찜찜함을 떨쳐 낼 수가 없었다. 우선 그가 정말 막달레나의 후손인지도 모르는 것이고 그가 가지고 있다는 일기장도 진짜 막달레나가 쓴 것인지 아닌지도 확인이 안 되었고 그의 사인이 단순 심장마비가 아니라 누군가에 의한 의도적 살인이라는 어떤 작은 꼬투리도 없는 것이지만 그렇게 딱 떨어져 맞을 수가 없는 것 아닌가?! 세상에 어떤 죽음이든 그것이 억울한 사연이 있다면 그 응어리를 풀어내지 못한 채 결코 그대로 묻혀 버려서는 안 되는 것이지만 그렇게 되는 경우도 허다하겠구나 하는 생각이 들었다.

'이건 밝혀 내야해. 그들의 말대로 고의적인 것이 아니라면 아닌 대로 살해된 것이라면 그 원혼이라도 달래 주어야….'

한스 박사의 가슴에 의협심이랄까 정의감이랄까 하는 마음이 고개를 치켜들고 있었다.

"그 사람이 심장마비로 죽었다는 게 확실한 것인가요? 그렇게들 말하지만 사실은 심장마비로 가장된 채 타살을 당한 것은 아닌가요?"

"글쎄 당신이 생각하듯 그런 고의적 사건으로 죽은 게 아니라는데 왜 자꾸 이상한 방향으로 일을 몰고 가는 거예요?"

한스 박사는 자기에게 전화를 했던 사람은 자신을 밝히는 것조차 꺼려할 만큼 위험을 느끼고 있었는데 지금 전화를 받은 사람은 진화 속이지만 전혀 두려워하지 않는다는 것을 느낄 수 있었다. 같은 전화를 쓰고 용무를 자신이 대신하겠노라 하는 것으로 보아 그가 전화를 걸었던 사람과는 가족 중에서도 매우 가까운 사이인 것 같은데도 전화를 받은 사람은 일기장에 대해서는 아는 바가 없는 것 같고 아는 게 없으니 그것이 얼마나 큰 위험을 초래할 수 있는 것인지도 알지 못할 것이 아닌가! 알려 주어야 했다. 알게 하여 위험에서 벗어나 더 이상의 희생자가 생기는 것을 막아야 했다.

"혹시 망자로부터 막달레나의 일기장이라는 것에 대해서 들은 적이 있습니까?"

"막달레나의 일기장? 모르겠는데요. 그건 왜요? 그게 어떤 것인데요?"

"모른다니 다행이군요. 어떤 것인지는 저도 잘 모릅니다만 그것은 매우 위험한 것이고 내게 전화했던 사람이 그것 때문에 피살된 게 아닐까 싶군요. 아마도 당신도 위험하게 될지 모르는 것이니 그것을 찾더라도 아무에게도 알리지 말고 속히 그 일기장이란 것을 불태워 없애 버려야 합니다."

"아니, 이 사람이 무슨 추리소설을 쓰나? 그렇지 않아도 갑작스런 초상이라 황망하여 정신이 없는데 쓸데없는 소리로 더 정신 시끄럽게 하지 말고 전화 끊어요."

상대는 별 뚱딴지같은 놈 다 보겠다는 듯이 꽥하니 소리를 지르면서 면박을 주었다.

"남 걱정 말고 당신 목숨이나 잘 지켜요. 그가 죽은 것이 당신 말대로 살인에 의한 것이라면 그와 통화를 했던 당신이 위험하지, 일기장에 대해서는 알지도 못하는 사람은 오지랖 넓게 왜 걱정하고 있어요? 일기장이라고는 그림자도 없고 내용 하나 모르는 나뿐인 이곳이 무엇 때문에 위험하다는 거예요? 여기 보다는 어떤 내용의 일기장인지 모르겠지만 그것에 이해가 걸려 있기에 이미 한 명의 희생자를 만든 그 누군가가 있는 그곳이 더 위험하지…."

한심하다는 듯 혀를 차며 상대는 전화를 일방적으로 끊어 버렸다.

"거리의 원근은 문제가 되지 않아요. 그것에 관심을 갖는다는 게 위험한 것이지."

"처음 경전을 쓴 성자들의 후손을 찾아보자고 한 것은 사자 당신인데 어쩌다 내가 위험의 타깃 일지도 모르게 되어 버린 선시…, 나 원 참!"

느닷없이 나 몰라라 하는 사자를 이해할 수 없어 한스 박사는 답답하기 그지없었다.

"헤수스, 자네 선조가 성자 중의 한 분이라고 했지?"

"응, 성자였기보다는 예수님을 모셨던 막달레나가 우리 할머니의 할머니, 할머니가 된데. 그건 왜?"

"신문에 성자의 후손을 찾는다는 광고가 났기에 말이야. 한번 알아봐. 나쁜 일 같지는 않았어."

"성자가 한 두 분이어서 그 후손이 어디 한 두 명이겠어? 우리 할머니야 고작 가정부같이 음식을 만들고 잠자리를 도왔다는데…, 우린 이름도 못 내밀거야. 수제자도 많았을 텐데…."

"알렉스, 이게 뭔지 좀 봐 주겠나? 아버지가 생전에 막달레나 할머니의 일기장이라며 잘 간수하라고는 했지만, 내가 자네도 알다시피 고어를 읽을 줄을 알아야지 말이지."

아무런 관심조차 없다는 듯 시큰둥했던 게 어제 일이었는데 하룻밤 사이에 마음이 바뀐 것인지 헤수스는 오래되어 낡은 책 같은 것을 들고 새벽같이 알렉스를 찾아 왔었다.

"막달레나 할머니라면 어제 말한 예수를 모셨다는 자네의 선조 할머니 말이야?"

"그래, 이게 무슨 내용인지 읽을 수 있겠어?"

"어디? 하지만 히브리 고어라면 나도 자네나 마찬가지로 까막눈이니 못 읽기는 마찬가지지 뭐."

이리저리 일기장의 겉 표면을 훑어보며 알렉스 노인의 설명을 듣던 후세인 박사는 바쁘게 몇 페이지를 읽어 가다가 갑자기 입을 일자로 굳게 다문 채 한참동안 무엇을 깊게 생각하는 듯한 표정으로 말을 하지 않았다.

"왜 그러세요? 무슨 좋지 않은 내용이라도…?"

"아, 아닙니다. 이 일기장의 주인이 선조 할머니라고 하셨나요?"

말은 진지하게 하고 있었지만 알렉스는 후세인 박사의 표정에서 이 일기장에 뭔가 매우 중요한 것이 기록되어 있다는 것을 직감할 수 있었다. 제 추측이 맞아 떨어진 것이었다.

헤수스로부터 일기장에 관해 얘기를 듣던 어제까지는 별다른 생각이 들지 않았는데 저녁을 먹고 자리에 누웠는데 문득 머리를 치는 생각이 있었다.

'이천년이나 된 일기장이 아니던가?! 그것이 성자와 아무런 관계가 없어도 고서로서의 가치가 엄청날 텐데, 게다가 그건 예수와 생활을 같이 한 여인의 일기라지 않는가?!'

"지금은 나의 것이죠. 예전엔 그 분 것이었지만."

알렉스 노인의 태도가 갑자기 건방지다 할 만큼 바뀌었다. 그의 생활철학으로는 이런 때는 거들먹거려야 값이 올라가게 되어 있었다. 헤수스를 대신하여 자기가 온 것도 70 평생을 시골구석에서 우편물을 배달하며 가난에 찌들려 살아 온 헤수스 보다는 자신이 흥정을 하는 게 낫겠다는 생각에서였다. 70을 넘고 있는 어떻게 보면 좀 늦은 나이라 할 수도 있겠지만 그러면 어떠랴 싶었다. 이제 헤수스도 늦게나마 부자가 되어 호의호식할 수 있겠구나 하는 기대에 자신이 오히려 더 흥분되는 마음을 가라앉힐 수가 없었다.

"누구 당신 외에 이 일기장에 대해서 알고 있는 사람이 있나요?"

"제 친구 헤수스가 알긴 한데, 그건 왜요?"

이것 봐라. 금전적인 것 하고는 거리를 둔다는 이 사람도 제 몫을 챙기려 들지 않는가?! 들어 올 돈을 몇 명이 나눠야 하는지 궁금해 하지 않는가?! 그래, 헤수스랑 당신 두 명 뿐이니 염려 붙들어 매시라고요.

"워낙 오래된 것이라 읽기가 많이 까다로워 좀 더 차근히 시간을 가지고 읽어 봐야 하겠지만 이건 매우 위험한 것인 동시에 잘하면 당신이 큰 부자가 될 수도 있을 것 같군요."

"부를 가지려면 위험은 감수해야 하는 것 아닌가요?"

'그렇지? 큰 부가 그 안에 있는 것이지? 보석이 서 말이면 뭣해? 진흙 속에 빠뜨려 놓고 찾아내지도 못하는 주제에…. 헤수스는 똑똑하고 훌륭한 나 같은 친구를 두어서 말년에 호강하며 살겠구먼, 흐흐흐흐.'

친구가 부자가 된다는 것을 생각만 해도 알렉스는 저절로 나는 웃음을 참을 수가 없었다.

"그리 간단한 게 아니라서 얘기해 주는 겁니다."

후세인 박사는 그것이 일기장이라서 손을 타도 되찾을 수 있으니 어렵게 복사할 필요 없이 원본을 자기에게 맡겨 두라고 했지만 그게 어디 될 법이나 한 일인가?! 양피에 쓴 것인데다가 워낙 오래된 것이라 복사하기가 여간 어렵지 않았지만 우여곡절 끝에 겨우 복사본을 남겨 주고 알렉스는 원본은 끝내 도로 가져 나왔다. 당장 이제 곧 부자가 될 친구인 헤수스에게 전화부터 했다.

"헤수스, 자네 큰 부자가 될 수 있데. 그 일기장이 엄청난 것이라는 구만. 자칫 남이 알면 위험할 수도 있으니 절대 비밀로 하래. 내 곧 갈 테니 만나서 얘기하자고."

"옛 선조의 일기장이 엄청 나면 얼마나 엄청 나겠어? 너무 마음 들뜨게 하지 말게나."

"그래, 자네가 그렇게 욕심 없고 순수하니 조상이 돕는 것인 거야, 이 친구야."

알렉스는 친구의 선하고 착한 마음씨에 조상이 감복하여 이런 복을 준 것이라 생각이 들어 다시 한 번 감탄할 수밖에 없었고 그런 친구를 가진 것에 뿌듯함이 진하게 몰려오는 것을 느꼈다.

알렉스는 성자의 후손을 찾고 있다는 사람에게도 전화를 했다. 아무리 생각해도 그들이 이 일기장과 관련이 있을 것만 같았기 때문이었다. 그들에게 일기장이 긴요하게 소용되는 것이라면 구태여 후세인 박사를 이 일에 끼워서 헤수스의 횡재를 축낼 까닭이 없다는 생각이 들었다. 신변이 노출되면 위험해질 수가 있다지만 그건 말을 안 하거나 다르게 얘기할 수도 있는 것이니 그리 큰 걱정꺼리가 아니었다.

정말 마른하늘에 날벼락 같은 일이었다. 조금이라도 일찍 친구 헤수스의 기뻐하며 웃을 어린애 같은 함박웃음을 보며 축하해 주고자 숨이 넘어 갈듯이 달려 왔는데 그가 심장마비를 일으켜 죽어 버렸다는 것이었다. 이렇게 아쉬울 수가 없었다. 그렇게 허무할 수가 없었다. 화가 나서 참을 수가 없었다. 같은 동네 아래윗집에서 한 달 새로 태어나서 70년을 함께 살아온 친구였으니, 한마디 말도 남기지 못하고 하루아침에 유명을 달리한 친구의 죽음이 애달프고 슬픈 것은 당연한 것이었지만 그보다는 코앞에 여생을 호의호식을 하며 살 수 있는 기회가 와 있는데 그것을 받아 보지도 못하고 떠나버린 친구의 박복함을 화가 나서 참아 낼 수가 없었던 것이었다.

'불쌍한 지지리도 복도 없는 멍청한 자식, 조상 잘 둔 덕에 이제 어려운 고생 끝내고 잘 먹고 잘 살 수 있겠구나 싶었더니 허무하게 가버리다니….'

갑자기 잃어버린 친구에 대한 아쉬움이 너무 커서 정신이 어떻게 되어 버린 것이었을까. 이제는 친구의 죽음이 모두 자신의 탓인 것만 같은 죄의식에 몸 둘 바를 몰랐다.

"평소 심장이 그리 튼실한 것은 아니었지만 근래에 특별하게 나빴던 증세는 없었대."

"몇 시간 전에 어디에선가 걸려온 전화를 받고서부터 곧 부자가 된다는 둥 큰 횡재를 하게 되었다는 둥 횡설수설하며 기뻐하다가 갑자기 쓰러져서는 그것이 마지막이 되었다는구먼."

"무슨 전화였기에 정말 좋아 죽을 정도였을까? 무슨 로또라도 일등에 당첨되었던 것인가?"

자기가 그 일기장이라는 것이 큰돈이 될 수 있을 것이라고 얘기를 꺼내지만 안했어도 아니, 후세인 박사와 헤어져 나오면서 기쁜 소식이라며 그리 부리나케 전화를 하지만 안했어도 이렇게 허무하게 보내지는 않았을 텐데…. 모든 게 후회스럽고 안타깝기만 했다. 한참을 시신을 앞에 두고 퍼질러 앉아 죽은 친구의 죽음을 애도하며 울다가, 서로 의지하며 살던 단짝 친구가 자기만 홀로 두고 간 것을 탓하다가 제 풀에 지쳐 망연자실 앉아 있었다.

그때, 자기와 죽어 버린 헤수스 외에는 아무도 일기장에 관해서는 모르고 있는 것이라는 생각이 문득 들었다. 친구를 대신해서 왔노라 하는 긴 설명이 귀찮아서 후세인 박사에게도 그냥 자기 것이라고 했던 것이 생각났다. 왜 하필 이런 때에 그런 생각이 드는 걸까? 알렉스는 자신의 가슴 속에 들어앉은 악심에 저절로 머리를 절레절레 흔들었다.

'아무 말 않고 나만 입 다물면 누구도 일기장에 대해서는 모르는 것인데…. 그냥 내 것이라고 입 다물고 있기만 하면 엄청난 부를 거머쥘 수가 있는데….'

잠시 전까지 친구의 죽음만이 슬픔의 전부였고 젊어서 가족을 사고로 다 잃어버리고 한 평생을 외롭고 어렵게만 살다가 간 그의 박복함이 아쉬워 가슴을 아파했던 자신이 돈의 욕심 앞에서 변하고 있는 것에 스스로 가증함을 느꼈지만 독오른 뱀 대가리 마냥 치켜 서는 일기장에 대한 유혹이 알렉스의 가슴 속을 파고들며 생각에서 떨쳐지지가 않았다.

그 시간 후세인 박사는 중동 교회협의 아마디 사무장을 만나고 있었다.

"그런 내용이 세상에 알려지면 우리 종교계는 물론이고 세상이 발칵 뒤집어 질 수도 있겠군요?"

"그러니 어찌하면 좋을까 하여 이리 분주하게 사무장님을 찾아뵙고 의논을 드리는 것이지요."

"저라고 다 같은 종교인의 한 명인데 특별히 무슨 뾰족한 수가 있겠습니까?"

이제까지 알려져 오고 배워 온 사실과 너무나 다른 종교기원에 관한 내용이 일기같이 쓰인 히브리어 고서를 해석하다가 도저히 혼자서는 감당하기 어려워 평소 친분이 있던 아마디 사무장을 만나 상의하려 했지만 그 역시 낡고 조그만 일기장에 숨겨진 비밀을 감당하기에는 역부족이었는지 푹푹 한숨만 내쉴 뿐 어떠한 해법도 내어 놓지 못하는 것이었다.

"알렉스에게 내용을 얘기하고 사정을 해 보는 수밖에 없겠는데요."

밤을 새워 기도를 했다. 친구의 극락영생을 기원하고 가슴 속을 파고드는 못된 욕심을 거두어 달라 눈물로 호소하며 기도를 하고 또 기도를 했다. 자칫 돈에 눈이 어두워 친구의 죽음조차 외면한 채 슬픔을 나누지 못 할 뻔했던 자신의 욕된 마음을 속죄하고 잠시라도 그런 생각을 가졌던 자신을 회개했다.

"갑자기 친구를 잃어 마음이 많이 아프겠어요?"

만나는 이마다 알렉스를 위로하고 다독거려 주었다. 다시금 자신의 허욕에 부끄러운 마음이 들었지만 기도를 마친 이제는 떳떳할 수 있을 것 같았다.

"늙은 나이에 노욕으로 우스운 꼴이 될 뻔했던 걸 떠나는 친구 덕에 모면했으니 오히려 감사해야지."

내용을 모르는 이웃들이야 죽마고우 친구를 잃은 알렉스가 충격으로 횡설수설한다고들 했지만 알렉스는 진정으로 제 것도 아니고 친구 집안의 성스러운 가보로 욕심을 부리려 했던 자신을 후회했고 반성했다. 악한 마음이 들고 다시 선한 마음이 들락거리며 머리를 어지럽히는 것이 신과 마귀가 일으키는 싸움박질 탓이라고 여겨 오던 생각이 싹 바뀌버렸다.

'신이야 필요했기에 선과 악, 두 마음을 우리 인간들에게 심어준 것이겠지만 착하게 살거나 악하게 사는 것이 결국은 모든 게 내가 마음먹기에 달린 것을….'

"단짝 친구를 잃고 혼자서 외로워하더니만 끝내 친구 따라 가 버리고 말았군."

알렉스가 평소 그가 저녁나절이면 헤수스와 함께 거닐던 마을이 보이는 언덕 아래에서 추락사한 시체로 발견된 것은 헤수스가 죽은지 꼭 13일째인 성 금요일이었다. 경찰이 사인을 조사차 나왔었지만 죽음을 의심할 만한 별다른 사항을 발견할 수는 없었다. 이웃들도 하나같이 친구 따라 간 자살이라고 했다.

언덕 위에는 망자가 죽기 전에 무슨 책 같은 것을 태웠는지 희뿌연 재가 간간이 부는 바람에 날리고 있었고 드물지만 그 옆을 지나는 사람이 있는데도 그 재는 아무런 관심을 끌지 않았다. 그저 날리는 재 속에 아직 몇 자 글귀가 남은, 타다 남은 책 조각이 이리저리 굴러다니고 있었을 뿐이었다.

그 일기장에 무엇이 쓰여 있었으며 그게 어떻게 된 것인지는 아무도 관심이 없었다. 아니, 모두가 모두를 죽여 버려 처음부터 아는 사람이 아무도 없어졌던 것인가?! 도대체가 이상하지 않은가?! 그가 왜 스스로 목숨을 끊어야 했을까? 먼저 간 친구가, 자신의 생명을 끊으면서까지 따라 가리 만큼 그에게 그렇게나 중요했다는 말인가? 아니라면, 도대체 무엇 때문에 누가 그를 해친 것인가? 그것도 인간이 그런 게 확실한 것인가? 신이라는 존재가 제 실체가, 지금까지 알려져 왔던 것과 다르게 벗겨지는 것이 싫거나 두려워서 그리했던 것은 혹 아닐까? 그도 아니라면, 잠시나마 친구의 횡재를 탐내어 제 것으로 만들려던 욕심이 부끄럽고 자책되어 스스로 제 목숨을 끊어 버렸던 것일까? 어떻든 세상은 선과 악이 함께 있다는 말이나 전해 주고 가지….

"그것 보세요. 또 죽었잖아요. 이건 의도된 살인이라니까요. 그 일기장이라는 것 안에 모든 수수께끼가 다 걸려 있는 거예요. 가서 살펴보고 파헤쳐서 어떻게 된 것인지 정확한 사인을 밝혀 주어야 한다고요."

"한스 박사, 우리가 수사기관이나 탐정이 아니잖아요? 수상한 것이 있다면 그들이 알아서 조사할 것이니 제발 그만하세요. 우리가 관심을 가져야 했던 것은 성자의 후손이나 그들에게 남아 있을지도 모를 종교 기원에 관한 흔적이었는데 후손이고 흔적이고 다 없어져 버린 마당에 뭣 때문에 그 일에 빠져들겠어요?"

"그래도 이 일의 발단은 우리로 인해 비롯된 것이나 마찬가지니 도의상 그네들이 억울한 죽음을 당한 것은 아니었는지 조사하고 협력해야 할 필요는 있는 것 아닌가요?"

"도의상? 솔직히 저는 인간의 죽음 자체에는 그가 종교적 믿음이 넘쳐서 그 일기장으로 인해 혼란스러워질 종교계의 혼돈을 막아내기 위해 제 입을 다물고자 스스로 언덕에서 떨어져 목숨을 끊었던지 혼돈의 빌미가 될 수 있는 흔적을 없애기 위한 어떤 제 삼자에 의해 죽임을 당했던지 아무런 관심이 없습니다. 단지 당신들 네이머, 인간이라고 하는 게 더 친밀한가요? 인간들이 잘못 알고 있는 종교와 신에 대한 개념 때문에 사후에 네배흐로 온 혼령들이 너무 혼란스러워하고 자기네들이 알아 왔던 것과 전혀 다른 상황을 맞아 당황해 하여 네배흐 운영에 지장이 초래될까봐 그것을 바르게 알려 그런 혼란을 막아 보려고 했던 것뿐이지."

"도대체 그 일기장이란 것 안에는 어떤 내용이 있었을까요? 입을 다물고 있지만 당신도 두 사람의 죽음이 그것과 연관되어 있을 거라고 생각하고 있잖아요?"

한스 박사는 일기장 내용이 무엇이었을까 궁금증을 털어낼 수가 없었다.

"나라고 다 알 수 있겠소? 그저 그네들이 놀라고 걱정한 것으로 미루어 현재의 종교관과는 다른 내용이 쓰여 있었거나 그 옛날 성인들에 관한, 세상에 알려지면 혼란을 야기할 수도 있는 내용이 들어 있던 게 아니었나. 추측할 뿐이지. 내가 먼저 알아보고자 했던 일이었는데 갑자기 중단하는 이유를 당신도 알았으면 좋겠어요. 들춰내어서 만인들에게 도움이 된다면 왜 마다하겠어요? 오히려 그와는 반대로 많은 사람들이 죽거나 다칠까봐 궁금하고 답답하지만 덮어버리려는 게지요."

"하지만 당신 말대로 왜곡되어 있다는 종교적 진실이 감춰지고 억울한 죽음이 초래되었는데도 덮어야 한다는 것인가요?"

"세상에 영원한 미궁으로 빠지는 사건이 어디 그것 하나뿐이던가요? 셀 수도 없이 많겠지만 그것이 밝혀져야 하는 것이라면 언제고 드러나겠지요. 인위적으로 하려던 게 잘못이었던 것 같아요. 당신 인간들에게 바른 것을 알려 주려던 것이 오히려 화만 불렀으니…."

"인위적이라니요? 당신은 만물을 창조했다는 창조계에서 왔다고 하지 않았나요?"

"물론 그곳에서 왔지요. 하지만 그곳이라고 해서 모든 게 저절로 되는 게 아니니까요."

혼령 개발

“인간을 만들겠다고? 피지컬한 것뿐만 아니라 오감과 혼령마저 신의 손을 빌리지 않고 자체적으로 당신이 만들어 내겠다고? 좋지, 하지만 당신네 인간들의 세상에 영역이나 구역, 각자에게 주어진 일의 범위 또는 한계가 있듯이 태계, 인간이 발을 딛고 살며 보고 느낄 수 있는 세상과 인간 오감으로는 인지할 수 없는 혼령들의 세상을 놓들어 이르는 것이지. 태계에도 그런 구분이 있지. 생명창조는 인간에게 주어질 수 있는 한계 밖이야. 그건 인간이 손을 대서는 안 되는 신의 영역인 것이지. 물론 병자를 고치고 난치나 불구를 고쳐 주려고 하는 세포나 인체 기관 등 피지컬한 세포 배양이나 복제야 절대 필요한 것이고, 신도 인간을 만들 때 자생하도록 의도했던 것이라 얼마든지 환영할 일이지만 혼령은 그런 것이 아니야. 이건 엄연한 영역 침범이야, 신의 영역.”

“신이 처음 인간을 만들고 천지만물을 만들 때 모든 것이 진화하고 발전되게 만들었다면서? 그렇다면 내가 새로운 생명을 창조해 보겠다는 것에, 획기적인 진화 발전을 꾀하려는 것에 박수를 치고 반가워해야 하는 것이 맞는 것 아니야? 이렇게 시비를 거는 게 아니라는 말이지.”

“당신은 최초의 생명창조라 주장하려지만 잘못된 생각이

야. 블루마블과 그곳에 살거나 존재하는 모든 것은 이미 오래 전에 당신들의 신에 의해 창조된 것들이고 필요에 따라 발전, 변이, 진화, 적응되게 만들어진 것들이야. 동물, 식물, 광물, 물, 바람, 하늘 등 어느 것 하나 기존의 창조물이 아닌 게 없어. 발명이니 창조니 하며 보이지 않던 것을 보이게 했다고 하고, 이제까지 없었던 것을 새로이 만들었다고 떠들어 대지만 신이 이미 창조해 놓은 것들을 가지고서 이리저리 엮어 내거나 이용한 것이지 창조가 아니라는 말이야. 당신이 해 보겠다는 생명창조도 마찬가지야. 기존의 난자, 정자를 이용하지 않고 모체를 통하지 않고 자연의 원소들을 끌어 모아 생명을 만들어 낸다고 해서 그것이 창조다? No, No. 괜한 고생하며 시간 낭비하지 말고 생명창조는 접는 게 좋아. 블루마블에는 생명을 창조하는 게 급한 게 아니라 오염으로 피폐되고 있는 환경이 더 크고 시급한 문제야."

수제이는 한스 박사가 인간 혼령을 만들겠노라는 얘기를 처음 듣고는 기겁을 하며 평소 어떤 일에서든 별로 당황해 하거나 장황하게 설명을 늘어놓지 않던 그와는 달리 무척 흥분하였고 목소리를 높힌 채 말이 많았다.

"OK, 최초가 아니든 창조가 아니라 기존의 것을 조합할 뿐이든 그것이 문제가 아니야. 지금껏 아무도 생각지 못한 것을, 그것도 인간들에게 나은 삶을 구가할 수 있게 하려는 것인데 하지 말라니, 신이 인간을 만들었다지만 그렇다고 인간의 발전을 막을 권리는 없는 것 아닌가 말이야? 내가 계속 하겠다면? 끝까지 이일을 진행시키겠다면 어쩔 것인데?"

"한스 박사 당신처럼 창조자의 권역을 들여다보고 그에 대해 알고자 하는 인간이 어디 당신뿐이겠소? 조금만 더 깊게 생각해 보면, 인간이 신의 영역을 넘보는 것이 곧 죽음이 되는 것을 알 수 있으니 너도나도 그저 쉬쉬 입 다물 뿐인 게지."

"말도 안 되는…. 우리 인간을 사랑하고 언제나 잘 살게 하느라 노심초사하고 있다면서, 자기 말을 안 듣는다고 해칠 것이라는 것은 말도 안 되는 것이지."

"창조자라고 해서 무슨 특별한 가슴을 가진 게 아니라오. 인간이 보기에 불쌍하거나, 나약하여 자기보다 못하다고 생각이 들면 돕고자 하고 보호하고자 하지만 일단 자기를 상대하려 들거나 제 영역을 파고들며 경쟁하려 들면 사생결단하고 퇴패시키려 드는 것과 마찬가지로 신이라 해도 그에게 도전하고 덤벼들면 가혹하게 처단하게 될 것이오. 신의 영역은 그에게 남겨 두시오. 우주계나 태계나 나를 지키고 내 것을 보호하려는 만물의 창조 원리는 다 같은 게라오."

매스컴에 한스 박사 연구실이 침입을 당했을 것 같다는 기사가 실리고 취재 기자들이 몰려든 것은 며칠이 채 지나지 않아서였다.

"저는 인간의 혼을 개발해 내는 연구를 하여 성공을 눈앞에 두고 있는데 얼마 전부터 그 연구를 중단하라는 협박을 받아 오고 있습니다. 그 협박자는 신입니다."

'연구 자료를 깡그리 없애고 더 이상 하지 말라는 경고를 남겼다는 것은 나의 연구를 원천적으로 봉쇄하려는 게 틀림없는데 이렇게 아무 일이 없은 양 소극적 대처만 해서는 어떤 낭패를 당할지 모르는 일, 그의 경고를 무시한 채 이 일을 계속하다가 만일 내가 무슨 일을 당하더라도 누군가 이 일을 알고 있어 나대신 계속해 낼 수 있어야 할 텐데.'

비밀리에 연구하느라 혼자 끙끙거리느니 많은 사람에게 연구하는 일을 알게 하여 힘을 얻고자 하는 것이었지만 한스 박사의 두려움이 날로 커가고 있었다. 수제이로서는 한스 박사의 자살과 같은 그런 행위를 도저히 이해할 수가 없었다. 인간의 수명이나 혼령은 닥터 드롤이 주관하는 것으로 인간이 마음대로 할 수 없는 것이라고 자기가 몇 번이나 한스 박사에게 말을 해 주었고 한스 박사 자신도 그것을 충분히 알고 있는 것이 분명하고 안 될 것이 판연한 일인데도 그런 짓을 시도하려는 한스 박사가 안타까웠고 그 일로 어떤 예기치 못할 일이 생길까 두려움을 감출 수가 없었다.

제이슨이 자신이 죽어 숨이 끊어졌다는 것을 처음 알게 된 것은 맑고 푸른 환한 불빛으로 흔히들 혼불이라고 부르는 혼령이 유체이탈 과정을 거치면서 자신으로부터 분리되는 변화를 공중 부양되듯 붕 떠오르고 있는 자신을 볼 수 있었던 때였다. 온몸의 힘이 점차 삭아 들면서 모든 게 멈추는가 싶더니 봄의 곳곳에서 무수한 자신이 새로 생겨나는 것이었다. 그 하나하나마다 무언가에 충격을 받은 듯 전율이 흐르고 활력이 나면서 정신이 맑아지고 말짱해 졌다.

그런데 힘이 들었다. 흔하게 들어오던 것처럼 혼이 스르르 매끄럽게 몸을 빠져나오는 것이 아니라 고통은 없었지만 아이를 출산하는 듯 힘이 들었다.

"아, 나의 몸으로부터 새롭게 혼이 태어나는 것이로구나. 인간이 죽으면 우리 몸에 함께 있던 혼이 저절로 떨어져 나가는 것이 아니라 새로운 탄생이 생기는 것이로구나. 그런데 왜 이리 수가 많은 것인가? 나는 하나였는데 내 몸에서 태어나는 혼의 수가 왜 이리 많은 것일까?"

"아니야, 혼이 많아진 것이 아니라 분리 현상이야. 이곳은 혼령계로 통하는 곳인데 여기서부터는 시간이나 공간 같은 인간계의 개념이 존재치 않아. 네가 죽기 전까지 많이 생각하고 때로 번민하던 네 모든 생각들이 사후의 세상은 어떤 곳인가? 선과 악은 어떻게 분간되고 그에 따른 죄와 벌은 정말 있는 것인가? 지옥은? 천국은? 정녕 혼은 영생하는 것인가? 각기 쌓여 왔던 나름대로의 의문을 풀어 보느라 바쁘게 움직이는 것이 아직 그런 분리 현상에 익숙지 않아서 여러 개의 많은 수의 혼이 있는 것 같아 보이는 것이야. 인간으로 생명이 있는 동안에는 생각이나 행동이나 한 가지씩 차례로 할 수밖에 없었지만 혼이 되어 영계에 발을 디디면 마음만 먹으면 그 수가 얼마가 되든 다중 처리가 가능해 지는 것이거든. 달리 말해서 방송국에서 다수의 청취자에게 전파를 쏘는 것처럼 말이야. 난감하게 생각할 것 없어 이제 곧 익숙해 질 것이니까. 조금 전까지 나도 너처럼 어리둥절했거든."

"그런데 아까부터 영계, 영계 하는데 거기가 어디야? 거기로 가는 통로라는 건 또 뭐고? 천국인가?!"

"제 가슴 속을 들여다보고 있으면서 무슨 천상이라고 생각하고 있는 거야? 너의 육감적인 불끈한 육체적 가슴이 아니라 애태우고 벅차하면서 사랑하고 미워하기도 하던 네 심성적인 가슴 말이야. 하늘나라나 지옥이 따로 있는 것이 아니야. 인간들로부터 이격되어 나온 가슴 하나하나들이 모여진 것이 천국이고 지옥인 것이지. 인간 세상에서야 육신이라는 것이 멍에처럼 혼을 잡고 있어 가슴이 기쁘거나 행복한 것보다 아리고 슬플 때가 더 많았지만 이제부터는 그렇지는 않아. 하지만 알고 있는 것처럼 마냥 좋기만 하거나 뜨거운 쇳물 속에서 보내야 하는 고통만 있는 그런 것도 아니야. 또 다른 세상, 육신의 제재로부터 풀려나 정신적으로만 살아가는 그런 세상인 것이지."

"그럼 천국이니 지옥이니 영생복락이니 하는 모든 것들이 마음이고 느낌이라는 것이야? 내가 지금 나의 속으로 들어와 있다는 것이야? 내 가슴 속이 곧 천국이고 지옥이라는 말이야?"

"그런 것이지. 육체는 그것이 유지될 수 있는 환경, 즉 천지 자연이 주어져야 하는 것이지만 혼은 그럴 필요가 없는 것이지. 모든 것이 심적이고 혼령적인 것이어서 시간도 공간도 아닌 구태여 말하자면 혼령간이라고 할 그런 곳일 뿐이니까."

그도 꽤 괜찮겠다는 생각이 들었다. 육신이 없으니 늘씬하다느니 잘 생겼다느니 예쁘다느니 하는 구별이 없을 것이라 차별이 없지 않겠냐 싶었다.

"딱히 그렇지만은 않아. 육신이 없다는 것뿐이지 보는 것은 인간보다 훨씬 더 많으니까. 생각이 보이고 마음이 보이고 바람이 모습을 드러내고 소리와 냄새의 모양을 볼 수 있으니까. 자칫 조금이라도 인간이었을 때를 돌이켜 부정적인 마음을 가지게 되면 그것을 저장하여 잠금장치를 하기 전에는 다른 이들이 다 알게 되어 버리고 그 힐책이 여간한 게 아니야. 오죽하면 지옥이라 표현했을까?!"

문득 이러기에 천국이나 지옥이 따로 있는 게 아니라 마음이나 가슴이 곧 천국이자 지옥이라 하는가 보다는 생각이 들다가 아직 제 생각을 어떻게 데이터화 하여 저상하고 또 장금장치는 어떻게 거는지를 모르는데, 모든 다른 혼들이 제 마음을 읽고 있겠다는 생각에 가슴이 두근거렸다. 쿵쾅쿵쾅 온 세상이 울리며 소리가 나기 시작했다. 가슴이 너무 답답하고 무거워졌다. 숨을 쉴 수가 없었다. 아니, 숨이 막힐 것만 같았다. 문득 다시 인간계로 돌아가자는 목소리가 들려 왔다.

'사랑스런 속삭임도 할 수 없고 나만의 비밀스런 가슴을 간직할 수도 없는 이곳보다야 인간계가 훨씬 낫지 않아? 돌아가자. 가서 사람들도 다시 만나고 이곳이 결코 좋기만 한 곳이 아니라는 것을 사방에 알리자.'

'돌아가야 하는데, 네배흐로 가서는 안 되는데….'

꽁꽁 숨겨 저장시켜 온 속을 시원스레 열어 보일 수도 없고 제이슨은 답답해지는 가슴을 가누지를 못했다.

"한스 박사가 독자적으로 인간 혼령을 만들려고 한답니다. 당신이 그를 도와주었으면 하고 닥터 드롤이 바라시더군요."

사자는 끝 간 데를 모를 만큼 멀리 뻗어 있는 네배흐로의 통로를 뚜벅거려 걸어오고 있는 제이슨 혼령의 앞길을 막아서는 것이었다.

"아니, 닥터 드롤의 절대 위업인 혼령 창조를 인간이 하겠다는데 그것을 막으라는 것이 아니라 돕기를 바란다고요? 무슨 말인지 도저히 알 수가 없군요."

"닥터 드롤은 순수 선의 혼령을 만들기를 기대하는 것이지요. 지금까지의 혼령들은 선과 악을 함께 가진 것이라 아무리 닥터 드롤이 애를 써도 선악이 혼재될 수밖에 없다고 합니다. 그러다 보니 르레나 블루마블에 악이 만연되는 것을 넘어 이제는 자칫 네배흐 월드마저 악이 퍼질 것 같은 위험이 생겨나고 있다는 것입니다. 인간들이 자체적으로 혼령을 만들게 해서는 안 되는 일이지만, 네배흐에서 만들라치면 노메드가 모를 리 없어. 틀림없이 방해 공작을 펼 것이라 한스 박사를 도와 이곳 블루마블에서 만들어 가져가겠다는 닥터 드롤의 생각이신 것입니다."

"그것이 완성되어 한스 박사가 자기 것이라고 내 놓지 않겠다고 하면요?"

"블루마블 상의 모든 천지만물은 다 창조자인 닥터 드롤의 것입니다. 비록 한스 박사가 이것저것 조합하여 새로운 것을 만들어 낸다고 하여도 그 원천적인 것이 모두 닥터 드롤의 조물인데 어떤 것 하나도 내 것이라고 우길 수는 없는 것이지요."

수제이는 한스 박사가 연구하고 있는 인간 혼의 창조를 원천적으로 막고자 하는 의도는 없으며 오히려 그를 돕고 싶다고 했다. 물론 그가 한스 박사를 돕는 데는 까다로운 조건과 약속을 깨뜨렸다가는 모든 걸 다 잃을 수도 있을 단서가 붙는 것이리라. 한스 박사는 쉽게 그러하마 결정을 내릴 수가 없었다.

"순수 선만을 갖는 혼을 만들어야 한다면…, 그러기 위해서는 새로이 만드는 인간 혼은 비교 선택의 지능이 제외되어야 한다."

비교 선택의 지능이 제외된다! 욕심이 있어 비교하고 비교하기에 정이니 사랑이니 서로를 엮고 섞여 사는 것일 텐데 그것을 없앤다! 인간 세상 전체에 엄청난 회오리바람 같은 혼동이 일어 날 것이 자명할 것 같았다.

"되지 않는 연구로 시간이나 힘을 낭비하지 말고 순수 선의 혼령 씨아를 네배흐에서 공급해 줄 테니 그것으로 새로운 혼령을 만든다면 힘도 그리 들지 않고 시간도 많이 절약될 것이니 얼마나 좋은 것이오? 내 말을 따르시오."

"도대체 무슨 영문인지 알 수가 없구려. 당신 말대로 인간의 혼이 인간 사후에 천사나 사탄들에게 쓰이기 위해 몸체에서 이격되어 천국이나 지옥으로 가는 것이라면 내가 만드는 새로운 혼은 그런 당신들의 용도와 많이 차이가 날 텐데 왜 도우려는 것이요?"

"무조건 돕겠다는 것이 아닙니다. 사실 인간들에게 자꾸만 악의 세력이 커가고 있어 악마에게 필요한 악령의 수는 나날이 늘어나고 있는데 반해 순수 선의 혼령은 그 수가 기하급수적으로 줄고 있어 천사에게 쓰일 혼령이 모자라고 있는 현실입니다. 처음 닥터 드롤께서는 당신의 연구를 절대적으로 막으려고 했었습니다. 그러다가 한스 박사 당신이 천사 혼령인 선령을 만들겠다면 돕고 협조하는 것으로 방향을 바꾼 것이지요. 아무도 그저 단순한 혼령의 숙주 환경으로만 알고 있는 블루마블에서 혼령의 숙주인 당신네 인간이 혼령을 개발하리라고는 생각지 않을 테니 누구의 방해도 받지 않고 안전하게 연구를 할 수 있을 것이라서 말입니다."

"그러니까 새로이 만들어지는 혼도 천국 천사에게 필요할라치면 데려 가게 된다는 것 아닙니까?"

"그렇지요. 저주 받은 사탄에게가 아니라 오로지 천사에게로만."

"무슨 말도 안 되는 얘기를 하고 있는 겁니까? 내가 새로운 혼령을 내 손으로 만들겠다는 것은 우리 인간들이, 태어날 때도 자신의 의지나 뜻과는 무관하게 왔다가 신이 필요로 하면 그것이 나이가 들든 병이든 사고든 자연재해든 우리 의지는 전혀 상관치 않고 죽음이라는 과정을 통해 데려가 버리기에 그것을 피해보고자는 것인데 그것마저 신의 마음대로 데려 가겠다니…."

"아, 자자, 너무 흥분만 하지 말고 내 말을 들어 봐요. 지금까지야 사탄이나 천사 모두가 혼령이 필요하면 인간 혼을 데려 가고 있으니 많은 인간들이 당신 말대로 원하지 않는 죽음을 맞고 있지만 새로운 혼령은 오로지 천사들에게만 필요한 것이라 적어도 그 수가 반으로는 줄어 들 것이니 인간들이 말하는 갑작스러운 불의의 죽음은 적어질 것이고 당신 계획대로 더 높은 지능과 폭넓은 사고력을 지니게 될 테니 병을 이기는 새로운 방법을 지금보다 훨씬 빠르게 찾아내게 될 것은 분명할 터, 병을 줄이고 생명을 더 연장할 수 있게 되니 지금과 비교하면 엄청난 발전이 있게 되는 것이지요."

수제이의 말대로만 된다면 이보다 좋은 기회는 따로 없을 듯싶었다. 하지만 한스 박사는 쉽게 수긍이 가지 않았다. 천상천하 만능의 절대자가, 간단히 깨부수면 그만일 것 같은데, 악의 세력을 견제하려고 순수 선의 혼령을 따로 아무도 모르게 비밀리에 만들기 위해, 그저 돈 나와라 뚝딱하듯이 만들어 낼 것 같은 창조주께서 그의 피조물인 인간이 만들겠다는 것을 도와서 만들 수밖에 없는지 이해가 되지 않았다.

"복잡하게 생각할 것 없잖아요? 누구나 싫어하는 악을 줄일 수 있다는데…, 새로운 혼령 연구에 필요한 모든 자원을 다 제공하겠다는데…, 그것도 내가 중간에서 도울 텐데 뭘 망설이는 거예요?"

수제이는 한스 박사를 설득하느라 진땀을 흘리고 있었고 한스 박사는 의심하는 마음이 드는 것을 지울 수가 없었다.

"그렇다고 닥터 드롤이 우리 인간을 얼마나 애달파 할까 염려할 것까지는 없다. 콘텐츠로 쓰이자니 각각의 데이터가 지능과 사고를 가져야 하고 그러한 것이 있으니 저마다의 바라고 원하는 바가 생길 수 있을 것이다. 이를 자기에게 전하고자 애태우지나 않을까 닥터 드롤이 심려하리라 조바심치며 절대자에 대한 경외심에 스스로 죄송해 하고 아파하는 것은 쓸모없는 허황된 짓일 뿐이다. 그에게 인간은 하나의 콘텐츠나 데이터에 혹은 숙주에 불과한 그 이상도 그 이하도 아닌 것이니까. 미물이라는 단어나 데이터라는 말은 다르지 않다는 것을 깨달아야 한다."

한스 박사는 그냥 단순거래일 뿐이라고 쉽게 생각하기로 했다.

"아직은 이렇다 할 대안을 찾을 수가 없는 상황인데 인간들이 인위적인 생명 창조를 성공한다면 혼령의 공급에 차질이 생길 것은 빤한 이치인데…."

마음 같아서는 겁 없이 설쳐대는 한스 박사의 혼령을 당장에라도 거둬 오고 싶었지만 이미 블루마블에서의 생명창조에 관한 연구는 한스 박사 한 사람에 국한된 것이 아니어서 그를 제거한다고 그쳐질 것이 아니라는 것을 잘 아는 네배흐의 닥터 드롤로서는 난감하기 이를 데 없는 일이 아닐 수 없었다. 그동안 인간들이 생명 기원에 대한 연구, 창조와 진화의 이론, 외계, 종교, 원죄 등등 별의별 사고나 발상으로 네배흐와 블루마블, 닥터 드롤과 인간의 연관 관계를 밝히려 들거나 제 잇속을 차리는데 이용해 왔지만, 우성유전과 약육강식 법칙에 따라 힘의 지배를 따르려는 자연섭리를 고집하는 인간의 숫자가 끊임없이 불어나 르레로 가는 악령으로 바뀌는 바람에 레그나 혼령의 수급에 차질을 빚어 오긴 했어도 그리 크게 걱정을 하지 않았는데 인간 스스로 생명창조를 해내어 원천적으로 레그나 혼령을 배양할 수 없게 된다면 그것은 네배흐의 존립 여부를 뒤흔들게 할 엄청난 사건일 수밖에 없었다. 엄청난 량의 뇌 데이터와 인간인 자신으로서는 가늠할 수조차 없는 사고와 감각을 가지고 있는 신에게 감히 도전하려 한다는 것이 얼마나 무모한 짓인가를 생각하면 두려움에 머리카락이 치솟는 것 같고 파고드는 한기에 한스 박사는 온 몸이 떨렸다. 그렇지만 그의 연구를 놓아 버릴 수는 없었다. 신과 대등해 질 수 있는 인간 지능! 마음만 먹으면 무엇이나 원하는 대로 할 수 있는 무소불위의 힘, 그런 절대력을 인간이 가질 수 있다. 그런 인간이 자신에 의해 만들어진다! 짜릿한 전율 같은 것이 그의 심장을 쿵쾅거리게 하고 있었다.

경고

한스 박사가 DNA를 추출해 내고자 예수 흔적을 찾아보려 했지만 실패를 하고 예수가 정말 승천한 것이 아닌가 생각하는 것은 맞는 사실일까? 아니면 얼토당토않게 틀린 것이었을까? 너무나 사실적으로 묘사된 대본을 접하며 배우들도, 연출들도 심지어 소품실에서까지도 구구절절 말들이 많았고 얼마 지나지 않아 그것은 극단 바깥으로 새어 나오기 시작했다.

"막달레나가 마디 세포라는 것을 처형된 예수에게 붙여 작금의 복제 실험 같은 현상으로 부활 또는 다시 살아난 예수가 얼마간을 세상에서 보내고 하늘로 올라갔다는 것은 죽음으로 네배흐까지 갔다가 환생했다는 몇몇이 그에 관련된 듯한 얘기를 그곳에서 들은 것 같다고 하니 있었던 일로 치더라도…."

"승천했기에 아무런 흔적을 구할 수 없는 게라 여기는 것은 좀 억지가 있는 것으로 보아야 할 것 같아."

"인간의 모양으로 이 땅에 와서 살다가 죽음이었든 승천이었든 왔던 곳으로 돌아간 것이었다지만 이체 분리로 증식되는 네배흐 월드의 생명체였던 예수의 흔적이 여기저기 널려 있다고 하더라도 감지 기능이나 구조가 차원적으로 다른 인간에게 그 찾아내고자 하는 흔적이 보일 수가 없는 것이라고 말하려는 것은 이해가 되는 것이긴 해."

"인간의 감각이나 능력으로 보이거나 느끼지 못하는 존재였다고 얘기하려는 게. 재밌는 발상 아니야?"

"성령으로 잉태되어 태어난 예수는 실제 인간에게 보여지게 하기 위해 외양은 인간 모습을 띄고 있었지만 네배흐월드의 존재였다는 것이잖아?"

"그렇지. 그는 에너지원으로 기를 먹고 마시며 몸을 마음대로 분리 합체하는 그런 차원의 존재였다는 말이지. 그러니까 40여 일을 먹거나 마시지도 않고 금식할 수 있었고 물위를 걸을 수도 있었을 것이라 해도 무리가 생기지도 않고 말이야."

"또한 빵 다섯 개와 물고기 두 마리를 이체 분리하여 수많은 사람들을 먹일 수 있었을 것이며 항아리에 조금 남아있던 포도주 성분을 이용하여 이 역시 이체 분리법에 따라 잔칫집에 모인 많은 사람들에게 마실 수 있는 포도주를 만들 수 있었을 게라 짐작하라는 것이지."

"극본이 훌륭한 게 아니라 애초에 그런 기발한 생각을 해내어 관중들에게 믿음을 심으려 했던 연출가가 뛰어난 것이지."

"하지만 믿지 못하겠다, 또는 이해할 수 없다고 불만을 토로하는 무리들도 꽤나 많은 것 같은데?"

"잊어버려! 연극을 실제와 구분치 못하는 이들을 두고 무얼 그리 걱정을 해?"

"실제 삶이 아니라 연극 속의 한 부분이라는 걸 모르는 게 아니라 너무 빠져 현실과 혼동을 하는 게 문제라서 그래."

"그래도 당신이 무얼 어떻게 할 수 있는 것은 아무 것도 없어. 모든 건 개발자나 연출가에게 맡기고 그냥 따라가는 수밖에."

"너무하는 거 아냐? 실제 실행을 하거나 보여주고 보이는 것은 인간인 숙주들인데 닥치고 따르기만 하라는 게?"

"억울해? 그렇담, 너 스스로 쓰고 만들고 보여주시든지, 신처럼 되어 보란 말이지."

"태초에 당신이 인류를 창조한 것부터가 우리 인간의 의지라고는 없었고 부모를 통해 세상에 태어나는 것도 본인의 뜻과는 전혀 무관한 것인데다가 삶 그 자체도 어렵고 곤할지라도 그저 참고 기도하며 인간 사후의 복락 영생을 기다리다가 어느 한 순간 당신의 소용에 따라 또다시 저의 의도와는 상관없이 부모 자식 등 사랑하는 사람들과 이별하는 죽음을 맞아야 하는 것은 아무리 창조주인 당신의 마음이라지만 이건 불공평하고 평생 레그나 혼령을 배양하는 숙주로 사는 인간에게는 너무 억울합니다."

이왕지사 인간의 혼령을 개발하려는 자기의 연구가 세상을 창조하고 주관한다는 절대자에게 발각이 난 바여서 구차하게 변명을 하거나 숨기려 해도 만사를 꿰뚫어 본다는 그에게는 통하지 않을 것이 빤한 일이라 오히려 자신이 생각하기에 그가 불합리하다고 생각하는 점을 조목조목 따져 묻고 자신의 연구가 왜 필요한 것인지를 한스 박사는 절대자에게 이해시키려 들었다.

"만물을 창조하여 그것이 영원토록 스스로 잘 살아가도

록 한 당신의 위업에 맞서려고 하거나 부정하려는 것이 아닙니다. 우리 인간이 알 수 없는 당신네의 수요에 따라 어느 순간 사고나 병마, 자연재해에 의해 목숨을 잃고 떠나는 혼들의 생이별하는 아픔을 덜어 보자는 것일 뿐. 당신이 가져가고 빈 껍질로 남은 인체에 제가 만든 혼령을 이입하여 사랑하는 사람들 간의 슬픔을 덜어 보자는 것이지요."

"한스, 당신 말대로 내가 당신들 인간을 만든 것은 레그나 혼령을 배양하는 숙주로서의 목적이었소. 그것을 위해 모든 천지만물을 만들었고 자연섭리 또한 한 치의 오차도 없이 순환되도록 하였소. 이것을 인간이, 내가 만든 나의 피조물이 저들의 욕심을 채우는데 나를 빌미하며 종교라는 이름으로 혼령 권역을 상처 내고 미래과학이니 생명공학이니 하여 창조의 비밀을 캔다, 생명복제를 한다며 창조계의 질서를 어그러뜨리려 하고 있소. 그것도 모자라 이제는 당신같이 혼령계의 절대권인 혼령 그 자체마저도 만들겠다고 나서고 있소. 당신의, 인간의 한계를 넘으려 하지 마시오. 누군가가 당신에게 있어 중요한 것을 가져가려하거나, 당신의 용도를 망치려 하면 그가 당신에게 어떠한 큰 의미를 그동안 주어 왔다 할지라도 조금의 망설임도 없이 가차없이 잘라 버리거나 외면하고 버리지 않겠소? 창조자라고 예외일 수는 없는 것이지요."

"그렇다고 평생을 무언가 바라는 것을 추구해 보았자 당신이 우리에게 심어 놓은 비교 선택하는 마음 때문에 바라기만 하고 욕심만 부리다가 죽음을 맞아야 하는 것은 너무 가혹한 것 아닌가요?"

"인간들의 삶을 단순한 레그나 혼령의 배양을 위한 숙주의 역할이라고만 생각하지 마시오. 블루마블에서의 삶은, 인간뿐만 아니라 블루마블에 창조되어진 어떤 존재이든지 내세, 즉 네배흐에서 새로이 맞게 되는 혼령적인 삶을 위한 준비의 삶이라 할 수 있는 것이지요. 레그나를 위한 것이 아니라 인간들의 혼령이 레그나로 거듭나게 되는 것이지요. 인간으로서 시간만을 생각하지 말라는 말입니다. 나방이 성충이 되기 전에 일정 기간을 모양과 사는 곳이 전혀 다르게 그 유충기를 보내듯이 블루마블에서의 인간 삶은 레그나의 유충기라고 생각하면 이해가 빠를까요? 죽음이 곧 영생의 혼령으로 거듭나는 것을 알지 못하고 인간으로서의 시간과 생명, 연을 생각하니 레그나의 숙주로 사는 것만 같고 자신의 의지와는 상관없이 죽어 가야하니 불공평하다느니 억울하다느니 하게 되는 것이오."

"하지만 이 블루마블상의 어느 생명도 죽음이 곧 새로운 혼령의 삶으로 가는 과정이라는 것을 살아 있는 동안에 알 수 있거나 경험하지 못하니 그것을 어떻게 믿으라는 말인가요?"

"그러기에 만물을 창조한 내가 바르게 알라고 말해 주는 것 아니오."

"당신의 말이 진실인지 어떻게 믿어요?"

"나의 말을 믿으려 하지 않는다는 것은 만물의 창조섭리를 부정하려 드는 것이고 창조자인 나에게 맞서자는 것이라 묵과할 수가 없는 것이지요."

닥터 드롤은 진지하게 얘기를 하고 있었지만 인간을 위시한 블루마블상의 모든 존재는 네배흐의 레그나 혼령를 위한 숙주일 뿐이라는 생각에 사로잡혀 있는 한스 박사로서는 그의 말을 믿을 수가 없었고 닥터 드롤 역시 그의 말을 들으려 않는 한스 박사를 더 이상 용납해서는 안 되겠다고 마음을 굳혀 갔다. 끝내 둘의 만남은 시간만 낭비되었을 뿐 아무런 결론이나 완충점을 찾지 못한 채 결렬되고 말았다.

'너의 한계를 넘지 마라.'

한스 박사의 논문이 도난을 당했다. 캐비닛 안에 인쇄에 돌리기 전에 마지막 교정을 보기 위해 출력하여 넣어 두었던 카피본과 연구실 내의 6개 컴퓨터에 나뉘어 저장되고 한스 박사만이 알고 있는 패스워드로 잠가 놓은 연구 원본이 하룻밤 사이에 감쪽같이 사라져 버린 것이다. 더욱 기가 막힌 것은 누군가 침범했으면 상식적으로는 원하는 것을 찾기 위해 여기저기 뒤지고 흩고 하여 연구실이 엉망이어야 할 텐데 어느 것 하나 흩어지거나 단서가 될 만한 남은 흔적이 없이 달랑 그것들만 없어지고 지워진 것이었다. 범인이 남긴 게 틀림없는 그 글귀는 또 무언가? 경고인 것만은 분명한데 유치하기 이를 데 없지 않은가!

"어떤 놈이기에 도둑인 주제에 나의 한계를 운운한다는 말인가? 내게 무슨 원한 같은 게 있는 자인가? 아님 미친 놈인가?"

내부자의 소행인가 생각해 보았지만 그럴 수가 없었다.

우선 연구 자체가 공동 명의로 진행되고 있어 일부러 훔쳐내어야 할 이유가 없고 설사 그런다고 하여도 각자 제 분야를 분산하여 맡고 있어 도저히 혼자서는 종합해 낼 수가 없는 까닭이었다. 그러고 보니 그 글씨체도 이상했다. 애써 또박거려 쓴 듯은 한데 삐뚤빼뚤 쓰여진 게 도저히 초등학교도 마치지 못한 듯한 자의 필체였다.

"손쉽게 자판 몇 번 두드리면 되었을 것을…, 가만가만 스캔하지도 않은 것 같은데, 인터넷에 연결되지 않은 연구실 내의 컴 로칼 시스템에 어떻게 저 글귀를 써 넣을 수 있었지?"

문득 불안한 두려움이 한스 박사의 머리를 파고들기 시작했다. 이건 그저 일반적인 도난이 아닐 것 같다는 생각이 들었다. 며칠 전 꿈에 혼령을 만들겠다는 어리석은 짓을 하지마라고 얼굴이나 누구였는지는 기억이 나지 않지만 누군가가 나타나서 말했던 것 등 이런저런 생각들이 들면서 그런 단순한 것이 아닐 것이라는 심증이 굳어졌고 그것은 신이 한 짓이라는 생각이 들며 두려움으로 한스 박사를 엄습하기 시작했다.

"그래, 그가 틀림없어. 그가 내가 이 연구를 하지 못하게 저지른 행위라고 경고하고 그 두려움을 알려 준 것이야."

'인간이 신의 고유 권역을 침해하려는 것에 신이 벌을 내린 것이다. 생명 창조는 신의 절대 권리인데 그것을 인간이 하려고 하는 것은 신에게 정면으로 맞서려는 도전 행위이기 때문이다.'

어떻게 알았던지 며칠이 지나지 않아 온 SNS를 떠들썩하게 하고 있었다. 한낱 네티즌의 일과성 글에 지나지 않는 것이리라 생각했던 것이 댓글에 댓글이 끝없이 달리면서 한스 박사를 성토하기 시작했다. 한스 박사를 두고 저주받은 사탄이니 지옥에서 온 마귀라는 말까지 나왔다.

"말 지어내기 좋아하는 종교인의 한 명인가 봐. 별달리 신경 쓸 것 없어. 어떤 일이든 안티는 있기 마련이니까."

걱정이 온 얼굴에 스민 채 연구원이 인터넷의 오피니언 사이트를 보여 주는 것이었지만 한스 박사는 짐짓 별일 아니라며 애써 태연해 했다. 하지만 속마음은 그게 아니었다.

'인간의 한계를 넘지 마라.'

짤막한 메모를 남긴 채 증발하듯 없어졌던 연구 논문이 다시 기억되었다. 흔적 하나 남기지 않고 이중 삼중으로 보안되어 있는 연구실을 침입해 들어와 교정용 논문만 가져갔었다. 마음만 먹었더라면 얼마든지 논문이든 컴퓨터든 파괴하고 없앨 수 있었을 것인데도 단순 메모만 남겼었다. 한스 박사는 혼령. 연구에 있어 딴 주머니를 차지 말라는 신의 경고가 확실하다고 믿었다. 자신의 연구가 수사를 하는 동안 세상 전체에 알려져서 이러지도 저러지도 못하게 되는 경우가 되지나 않을까 두려워 도난 신고도 없던 걸로 했었다. 더 이상은 그들 몰래 연구를 계속한다는 것은 죽음을 자초하는 것이 될 것 같은 두려움과 공포가 온 몸을 감싸며 손가락 하나 까딱할 힘조차 없어지는 것이었다. 그렇다고 연구를 접을 수는 없어 결국 닥터 드롤의 제안대로 오로지 선령만을 개발한다는 약조를 할 수밖에 없었다. 수제이의 도움을 받으라는 것이었지만 확실한 감시를 받으며 연구를 계속

할 수 있었고 그런 가운데도 한스 박사가 몰래 선악이 혼재되는 혼령을 연구하고 있었지만 용이하지가 않았다.

"감각 기능의 시냅스가 모두 합체되어 있고 사고 기능이 하나의 뉴런으로 연계되지만 그 처리 속도가 너무나 빨라 어떠한 미세한 세상의 움직임이라도 마음만 먹으면 모두 알 수 있을 텐데, 정말 내가 비밀스레 진행하고 있는 연구를 알아서 또다시 내게 경고를 하는 것인가?"

거짓말 탐지기에 스스로 올라앉으려는 심정이었지만 분위기를 살필 겸 수제이를 만났다. 모른 척 하는 것인지 정말 모르는 것인지 수제이는 아무런 내색을 하지 않았다.

"내가 얼마나 그에게 한편이라는 것을 느끼게 하려고 노력하는데, 그가 나의 생각을 일부러 알아 볼 리가 없지."

억지로 자신을 위안하며 안정을 찾으려 했지만 시종일관 내내 미소로 일관하고 있는 수제이를 보면서 도대체 어떤 마음을 품고 있는 것인지 답답하기만 하고 자신의 비밀을 알고 있을 거라는 무거운 마음에 입술까지 타들어가는 것이었다.

"수제이 당신은 뭐가 그리 좋아서 웃음만 머금고 있는 게요?"

"한스 박사, 당신과 함께 만드는 선한 혼령이 개발 완료되면 이곳이나 네배흐 모두가 선의 천지가 될 것을 생각하면 기쁘고 행복해서 웃음이 나오는 것을 참을 수가 없어요."

'이것 봐. 이것 좀 봐. 내 속마음을 다 알고 있잖아.'

걱정이 점차 두려움으로 들어찼지만 내색을 할 수는 없고 답답함에 먼 하늘로 고개를 돌리며 한숨을 내 쉴 뿐이었다.

뇌파

한스 박사는 동료들에게 인간이 정신을 잃거나 정신적으로 정상적 삶에서 이격되어 정상 사고력을 상실하면, 달리 말해서 미쳐 버리면 다른 차원의 존재, 즉 혼령이나 우주를 창조한 어떤 절대적 힘 등과 대화가 가능하고 상호 소통할 수 있는 것 같다는 얘기를 꺼내 보았지만 또 그 심령 얘기냐며 모두들 시큰둥하니 특별히 귀를 기울이려 하지 않았다. 하지만 한스 박사에게는 그것이 호기심을 지나 이제는 확신이 들기까지 하는 것이었다.

"아무나 그러는 것은 아닌 것 같아. 어떤 형태든지 갑작스런 사고로 가까운 사람들을 죽음으로 잃고 그 충격으로 정신에 이상이 생긴 사람들은 분명 정상인은 결코 만날 수 없는 어떤 혼령이나 인간을 창조하고 다스리는 절대력을 가진 힘을 만나 대화를 나누는 것 같아. 물론 우리 정상인들에게는 그것이 아끼던 사람을 불의의 사고로 졸지에 잃은 슬픔과 아픔이 주는 충격으로 미쳐서 헛소리를 중얼거리는 것으로 들리고 무슨 의미인지 전혀 알 수가 없지만…."

"혼수상태에 빠진 자들의 심령을 들여다보면 짧게든 긴 시간 동안이든 그네들은 어떤 다른 차원의 존재들과 대화를 나누고 있는데 그와 유사한 맥락인 것 같아."

"그래, 우리는 못 알아듣는 말을 중얼거린다지만, 자네는 의사에 심령 과학도이니 모두는 알 수 없더라도 얼마간은 알 수 있을 것 아닌가? 그네들은 자네가 말하는 그 절대권자와 도대체 무슨 말을 나누는 것 같던가?"

별 관심이 없는 듯 이따금씩 커피를 홀짝이며 다른 친구들이 두는 체스를 들여다보고 있던 프리랜서 기고가인 친구가 불쑥 한스 박사의 말 속으로 끼어들어 왔다.

"그게 사람마다 다 다른데 특이한 것은 어느 누구나 다 중얼대는 간간이 혼령이니 수제이니 닥터 드롤 그리고 또 뭐더라 아, 숙주 이 네 가지 단어들을 내뱉는다는 공통점이 있다는 것이야. 더 기이한 것은 혼수상태에 빠진 자들과 심령 대화를 시도해 보면 대부분 누군가가 자기 혼령을 빼앗아 가려고 한다고들 하는데 그들과의 대화 속에서도 그런 단어들은 간혹 나오는 것들이란 것이지. 어설플지 모르겠지만 무언가 서로 간에 통하는 맥락이 미친 자들과 혼수상태의 환자들 사이에 흐르는 것 같지 않아?"

"혼이 빠졌다고들 하는 미친 자의 헛소리 속에 내뱉는 혼령, 숙주, 닥터 드롤, 수제이이라는 단어들과 혼수상태인 코마들의 뇌파 속에 등장하는 그것들이 일치한다? 묘하기는 하지만 빈 상자를 튕겨 보면 소리 공명이 일어나듯 정신이 없는 텅 빈 머리이니 외부 접촉에 대해 무의식적인 반사인 난순 반응을 가지고 자네가 너무 예민해 하는 것이야. 잊어 버려. 그러다가 자네까지 미치게 될까 걱정이네."

모두들 그를 돌았다고 했지만 무언가 있을 것이라는 확

신 속에 한스 박사는 한 가지 실험을 해 보기로 했다. 정신병자들의 발작할 때에 지르는 소리들을 분석해 보기로 한 것이다. 정신병자들이 발작을 할 경우, 소리만 질러대지 알아들을 수 있는 말은 한 마디도 하지 않지만 그때마다 한스 박사는 분명히 그네들의 괴성과 날뜀 속에 무언가 전달하고자 하는 것이 있을 게라 생각해 왔기에 그 내용을 알아보자는 것이었다. 정신병자들의 중얼거림 주파수를 심령 대화의 데시벨 주파수로 전환시켜 참조용으로 보관되어 있는 코마 환자들의 심령 대화 기록 테이프에 오버랩시켜 보았다. 단어들이 띄엄띄엄 이어져서 만들어 지는 내용을 살펴 나가던 한스 박사는 들어 나는 내용에 놀라지 않을 수가 없었다.

"인간은 네배흐 혼령을 배양하기 위해 만들어지는 숙주, 블루마블은 이 숙주가 탈 없이 생성 주기를 이어 나갈 수 있도록 주어진 숙주의 조건적 환경이라."

한스 박사는 모든 열쇠가 뇌에 있는 것으로 생각을 굳혀 갔다. 인간 뇌의 구조를 자세히 살펴보면 거의 무한정의 기능을 창출하고 사고를 수용할 수 있는 용량을 가지고 있다. 그런데 한스 박사 자신도 정확하게는 그 수치를 알 수 없지만 인간 한 평생 동안 10%도 안될 만큼 뇌 용량의 극히 적은 일부만 사용한다고 과학자들은 얘기하고 있다.

"인간이 게을러서 고것 밖에 쓰지 않는 것인가 아니면 아무리 애를 써도 그것이 인간들이 쓸 수 있는 한계인가? 더 많은 뇌세포를 사용할 수는 없을까?"

사용되지 않는 그 절대 용량의 뇌세포가 인간 사후에 영계로 가는 레그나의 몫인 것만 같았다. 그것을 알아 낼 수 있다면 혼령이나 창조의 비밀을 알 수 있고 그네들과 교감하는 특수한 지능이나 새로운 감각 기능이 개발되어 질 수 있을 것 같았다. 네배흐의 지능과 두뇌가 필요했다. 뇌의 모든 정보 전달 역할을 맡고 있는 뉴런과 입출력 장치 역할을 하고 있는 인간의 시냅스는 각 감각 기관에 따라 분리되어 있어 서로 간 정보 공유가 안 되는 것은 물론 촉각을 건드려서 미각을 자극하는 등의 연계성을 구할 수 없는 것으로 알려져 있다. 하지만 신 것에 대해 듣기만 하는 것으로도 침이 나오고 보는 것으로도 그 맛을 인지할 수 있는 것처럼 상호 연결되어 있지 않은 뉴런끼리도 그것이 과거에 경험해 보았거나 알고 있는 것들로서 그 데이터가 우리 뇌리에 저장되어 있는 경우에는 미약하게나마 서로 교감하고 있지 않은가? 냉장고에 재료가 많으면 어떤 음식이든 만들 수 있고 전혀 만드는 법을 제대로 알지 못하는 요리도 이것저것 섞다 보면 비슷하게 만들어 질 때도 있다. 사용하지 않아 텅 빈 나머지 두뇌 창고를 가동할 수 있다면 그래서 그 속에 어떤 것이든 가득 채울 수 있다면, 같은 20개의 재료를 가지고도 몇 안 되게 알고 있는 방법을 동원하여 무엇을 구상해 봐야 그게 그것일 뿐이겠지만 엄청난 데이터를 가지고 있고 그것을 응용할 수 있는 지능이 매우 높고 방법 또한 다양하다면 지금까지 불가능했던 것이 풀어질 수 있을 것이고 시너지 효과까지 생기게 되어 그야말로 기적과 같은 일도 척척 해내게 될 것 같았다.

"나머지 두뇌를 사용하는 길을 알아내고 시냅스의 입출력 장치를 통합하여 뉴런을 연결한다면…, 뉴런을 활동하게 하는 원동력인 뇌의 파장을 달리 해 본다면…, 인간의 사고 주파수를 바꾸어 혼령과 텔레파시나 다른 어떤 방법이든 교감할 수 있게 할 수는 없을까?"

무언가 자신의 의문을 풀어 낼 수 있을 것 같고 창조자의 지능과 흡사한 두뇌 능력을 가질 수 있고 그 혼령과 통하는 것을 가능하게 할 비밀이 우리의 뇌 속에 아직까지 인간이 써 보지 못한 뇌세포 어딘가에 그 기능이 숨겨져 있는 게 틀림없을 것이라고 한스 박사는 생각이 들었다.

신의 권역인 영계에 대한 지식과 그네들의 사고, 지능을 갖는 인간! 한스 박사는 생각만으로도 가슴이 벅차 뛰어 올랐다.

"영계의 두뇌 뇌파를 가지고 있다고 하지만 사실 전상의 후유증으로 미쳐서 밑도 끝도 없이 중얼거리기만 하고, 쓸모없이 주변과 가족들만 어렵게 하는 귀찮은 존재 취급을 받으며 사느니 인류 의학 발전에 긴요한 도움을 줄 수 있다면 그것이 훨씬 가치 있는 일이 아닌가."

한스 박사는 제이슨 일병을 떠올리며 그의 뇌리나 사고를 자신의 연구에 적용할 수는 없을까 고민하기 시작했다.

잃어버린 게임

네배흐로 통하는 길목은 여간 붐비는 것이 아니었다. 많은 남녀노소 인간들의 혼령들은 말할 곳도 없고 세상의 온갖가지 동물, 식물, 광물들의 혼들이 혹은 어기적거리는 걸음으로 또는 잰걸음으로 네배흐 천국 심판대를 향하고 있는데 유독 자신만이 왔던 길을 돌아오는 것이라 제이슨은 왠지 쑥스럽고 그들에게 죄를 짓는 것만 같았다.

처음엔 예쁜 아이가 아장거리며 네배흐를 향해 오고 있는 것을 보고 너무 어린 나인데 네배흐에서 도대체 어떤 쓰임이 있기에 저렇게 불려가고 있나 애처로운 마음에 위로나 해 줄 겸 말동무를 한 것이었다. 아이는 아직 자기가 인간으로서의 짧은 생이 끝나 가족들과 헤어져서 다른 차원인 혼령의 세상으로 가고 있다는 것조차 알지 못한 채 그저 방긋거리며 웃고 까불거려 함께 가는 이들의 사랑을 독차지 하고 있었다. 수제이도 그 어린 아이가 귀여워 늘 가까이 붙어 있다시피 했다.

어느 날 둘은 서로의 속을 들여다보며 놀고 있었는데 수제이 속에 들어와 있던 아이가 게임두뇌를 뒤적이며 수제이에게 무어냐고 물었다. 잠간 동안 수제이 자신도 이게 무어더라 싶었는데 생각이 났다. 네배흐를 달아나 블루마블로 온 이후로 줄 곳 잊고 있었는데 자신에게는 게임두뇌가 있다는 생각이 그제야 들었던 것이었다. 인간들에게는 없는 것이고 인간으로 지내는 동안은 쓸모가 없었던 것이라 그동안 있는 둥 마는 둥 별관심이 없어 했던 것이었다. 그렇잖아도 가기 싫은 길이라 네배흐로 가는 긴 여정이 여간 따분하지가 않았는데 이제부턴 조금 덜 심심해 하겠구나 싶어 그것을 찾아 준 아이가 너무 고마웠다. 그 뒤로 수제이는 딱히 그것을 생각나게 해준 아이에게 고마움으로 그런 것은 아니었고, 혼자서만 게임을 하는 것이 미안하기도 하고 해서 아이에게도 이따금씩 게임두뇌를 빌려 주곤 했는데 서너 번의 게임을 하는 동안에 아이는 게임의 재미에 푹 빠져 버렸는지 쉬고 있는 자신을 깨워 가면서까지 게임을 하고 싶어 하는 것이었다. 귀찮아서 아예 게임두뇌 자체를 아이에게 빌려주다가 번뜩 머리를 치는 것이 있었다.

'그래! 이 아이에게 나의 게임두뇌를 펴주어 둘이 함께 공유하게 되면 저 아이와 함께 인간 세상으로 돌아갈 수 있겠구나.'

"시체실에서 이상한 소리가 나기에 무슨 일인가 하여 들어가 보았더니 제이슨이 살아서 보관함에서 나오려고 허우적거리고 있는 거예요. 어떻게 잠근 것을 열고 그 무거운 보관함을 밀어낼 수 있었는지를 모르겠어요. 이상한 것은 나를 만나고서부터 줄 곳 잃어버린 게임을 찾아 달라고 저리 야단을 치는 것이에요."

시체실로 옮겨 놓고도 미련을 완전히 떨치지 못해 보관함을 잠그지 않은 상태로 두었던 것이 이렇게 잘한 것이 될 줄을 몰랐을 만큼 제이슨의 부활(?!)이 한스 박사에게는 보통 기쁜 일이 아니었다. 한데, 난데없이 무슨 게임을 잃어 버렸다니…? 난감하기 이를 데가 없는 것은 한스 박사도 마찬가지였다. 부상을 당하여 이곳으로 이송되어 왔을 때 제이슨의 소지품이라고는 상처에서 흐른 피에 젖은 군복 하나뿐이었고 그마저 고스란히 라커룸으로 옮겨져 보관되어 있는데, 그리고 입원 이래 개인 앞으로 지급된 것이라고는 세면도구가 전부인데다가 시신경을 집중시키면 뇌를 자극하여 발작 증세를 보일 수도 있는 탓에 제이슨 일병은 일정 시간 외에는 TV 시청을 전혀 할 수도 없고 허락도 안 되고 있어 그의 병실에는 게임기는커녕 TV나 책 한 권도 비치되어 있지 않았었다. 혼자서 소일할 거리라고는 신문 조각 하나 없다는 것을 한스 박사가 잘 알고 있는데 느닷없이 바로 전 며칠 사이에 게임을 잃어 버렸고 게다가 그 분실된 게임이 지금은 수천만 리도 더 떨어진 페루의 한 도시에 있는 것 같다며 그것을 찾아내라고 떼를 쓰고 있으니 말이었다.

심각한 얼굴을 하고 제이슨이 속삭이듯 게임이 분실된 것에 대한 말을 꺼낸 것은 한스 박사가 마지막 회진을 끝마치고 그를 찾았을 때였다. 지난 며칠 동안 갑작스레 열이 오르고 혼수상태를 들락날락하던 제이슨이 깨어나서 항시 그래 왔던 것처럼 다시 쉴 새 없이 중얼거리고 있다고 하여 상태가 어떤가 보자 싶어 그의 병실을 찾아갔던 것이었다.

“게임을 잃어 버렸어. 블루마블의 전설이라는 게임인데 조그맣고 까무잡잡한 세 살 가량 되어 보이는 아이가 퍼가 버렸어. 깊은 잠 속에서 내가 어디론가 가고 있는데 누가 나를 잡으러 온다는 거야. 어디든 숨어야 하는데 숨을 곳이 마땅치 않았어. 여기저기를 둘러보며 숨을 곳을 찾는데 그 녀석이 아장거리며 지나가는 거 있지?! 어쩔 수 없어 그 애 속으로 숨어 들어가 버렸지. 숨어서 나를 잡으러 오는 자들이 지나 가기를 지켜보는데 그 애가 심심해 하기에 게임을 빌려 준 것인데 나를 잡으러 오던 자들이 지나가고 급히 돌아서 오느라고 걔도 나도 그만 깜박했던 거지. 내가 젤로 좋아하는 게임이어서 무척 아꼈던 것인데….”

“알았어. 빠른 시간 안에 내가 꼭 찾아 줄께, 그만 진정해.”

게임기라고는 애초에 없었지 않았냐며 얼러 보았더니 게임기가 아니라 잃어버린 것은 게임이라며 자기 머리에서 조그마한 애가 퍼갔고 보통 같으면 누가 퍼가도 원본은 남아 있는데 이번 경우는 아예 머릿속이 하얗게 비어지도록 깡그리 가져가 버렸다며 그것을 빨리 찾지 않으면 그 아이에게 변이 생길지도 모른다고 엄포까지 놓으며 하루 속히 찾아야 한다고 안달이었다. 머리에서 퍼갔느니 아이가 위험해질 수도 있다느니 하는 이상한 말만 늘어놓는 것으로 보아 또 정신이 오락가락하나 보다는 생각이 들어 건성으로 찾아 주겠노라 했던 것인데 만날 때마다 다그치는 바람에 한스 박사는 눈에 뜨이지 않게 일부러 제이슨을 피하고 있었다. 하지만 계속 숨어 다닐 수도 없는 노릇이어서 처음부터 아예 안 된다고 하는 것이었는데 괜히 찾아 주마고 했구나 싶은 후회를 떨쳐낼 수가 없었다. 별 기대를 하지 않은 채 혹시나 하여 게임샵을 뒤져 보았지만 역시나였다. 블루마블의 전설이라는 게임은 고사하고 그것과 비슷한 이름의 것도 없다는 것이었다.

제이슨은 잠시도 쉼이 없이 알아들을 수 없는 이상한 소리를 질러대고 어떤 치료도 받기를 거부하고 자기가 인간에게 게임을 복제시켜 주었다는 것이 알려져 네배흐에서 누군가가 자기를 잡으러 올지 모른다고 병실의 전등을 다 꺼버리고는 침대 밑으로 숨는가 하면 침대 시트로 온몸을 감싸서 자신을 보이지 않게 숨기려고도 했다. 이대로 두었다가는 또 다시 제이슨에게 무슨 큰일이 벌어질지 몰라서 치료 차원의 상담을 하고 어떤 것이 원인이 되었는지를 알고자 둘만 알고 있자며 은밀하게 대화를 유도하면서 그의 속내를 드러내도록 시도해 보기도 했지만 결과는 별무 성과였다. 아이디와 패스워드를 어떻게 알 수 있었는지를 모르겠다. 각각은 로또 맞듯이 우연히 어떻게 되었다 치더라도 두 가지를 한꺼번에 알 수는 없다는 둥 인간과 레그나의 뇌파계수가 맞지 않아 인간이 나의 사고를 들여다보는 일이 생길 수 없는 것인데 어떻게 그리 깡그리 가져가 버렸는지 정말 귀신이 곡할 노릇이라는 말과 그 게임이 블루마블 탄생에 관한 것이라는 허무맹랑한 말만 되풀이할 뿐 정작 치료에 도움이 될 만한 것이나 한스 박사가 관심을 가질만 한 중요한 내용은 들을 수가 없었다.

"박사님 이것 좀 보세요. 페루에 기이한 아이가 있대요. 학교라고는 아직 문턱도 밟아 보지 못한 아이가 블루마블 기원에 관해 줄줄 꿰고 있다고 하네요."

이상한 아이

해발 4,000미터도 더 되게 높은 곳에 축구장 수백 개는 충분히 들여 놓을 수 있을 만큼이나 크고 넓게 펴져 있은 듯한 거대 도시의 흔적, 마추픽추를 페루 사람들은 세상의 배꼽이라고 믿고 있었다. 블루마블이 처음 만들어지고 인간의 시조가 생겨났던 무렵 창조자가 천지만물과 교감하고 창조계의 기를 불어 넣어 주는 비밀스럽고 유일한 천상으로의 통로였다는 마추픽추는 생각했던 것보다도 훨씬 과학적인 도시였던 것 같았다. 지형 자체가 처음부터 그리 생긴 곳을 찾은 것인지 아니면 장소를 정해 놓고 그리 만든 것인지는 알 수 없었지만 그렇게나 넓은 곳에 마이크 장치, 하나 없이 울림과 반향만을 이용하여 끝에서 끝으로 소리를 전달할 수 있었고 여기 저기 높은 봉우리가 솟아 있어 햇빛을 받지 못하는 응달이 지는 곳이 많이 생기는데도 군데군데 있은 호수 수면에 반사되는 빛이 시간 별로 전 도시를 골고루 비추게 되어 있었다. 높은 산악지역이라 물의 관리도 아주 특이했던 것 같았다. 작고 큰 호수를 층계 식으로 높은 곳에서부터 낮은 곳으로 내려오면서 점차 커지게 만들어 큰 비의 피해를 피하고 용량에 따라 저장량을 크게 할 수 있게 했던 것이었다. 일행을 더 놀라게 한 것은 산상 염전이었다. 바닷가에만 있는 것으로 알고 있던 염전이 높은 산속에 떡하니 펼쳐져 있는 것이었다. 크나큰 계곡 전체가 마치 광산처럼 소금바위가 맥을 이루고 있는 사이로 물길을 내고 아래로 층층이 염전을 만들어 물을 막았다 풀었다 하여 자연적으로 소금이 얻어지게 한 것이었다. 주어진 자연환경을 최대한 지켜내며 과학적 아이디어를 접목시켰던 그들의 지혜에 한스 박사는 벌어지는 입을 다물 수가 없었고 연거푸 감탄사를 터뜨려 내야만 했다.

그들은 과연 누구였을까? 정말 전해오는 대로 태양의 자손이었을까? 저렇게 불덩어리로 뜨겁게 타고 있는데? 어림없는 것이라는 생각과 함께 잠깐 동안이었지만 동화 같은 상념 속에 빠져들었던 자신이 유치하게 느껴져서 생각을 떨쳐내려 머리를 흔들어 보았다. 하지만 빠져 나올 수가 없었다.

'도대체 무엇이었다는 말인가? 신의 존재들? 아니면 흔히들 말하는 외계인? 그렇다면 왜? 그때는 있었는데 지금은 사라진 것인가? 어디로 간 것인가? 아니 누구인가가 더 궁금한 거지….'

아이는 거기에서 100여 마일이 떨어진 마을에 살고 있는데 관광가이드인 아버지를 따라 처음 마추픽추 산상에 올라갔다 온 후로 그런 신기한 지능이 생겼다고 했다.

"해발이 높은 곳이라 숨이 찼던지 걸음이 느려지는가 싶더니 발을 헛디디며 계단에서 넘어져 108개나 되는 계단 저 아래로 굴러 떨어지는 거예요. 순간 굴러 내려가는 아이를 급히 따라 가서 잡아 일으켰지만 얼굴이 하얗게 질린 채로 숨을 쉬지 않았어요. 속으로 죽었겠구나, 했지요. 찬물을 끼얹고 인공호흡을 하며 법석을 떨었지만 깨어나질 않는 거예요. 응급 구호를 요청하고는 이러지도 저러지도 못한 채 하늘이 무너지는 허탈감에 빠져 망연자실 앉아 있는데 한 40여분이 지났을까 아이가 아프다고 끙끙대며 울기 시작하더라고요."

"병원으로 실려 가는 앰뷸런스 안이었을 거예요. 느닷없이 제 혼자 웃고 떠들기 시작하기에 왜 그러느냐 물었죠. 재미있는 게임인데 블루마블의 기원에 관한 것이라는 거예요. 이상했죠. 세 살 박이가 그것도 아직 글을 읽을 줄도 모르는 어린 것이 블루마블이니 기원이니 하며 블루마블의 생성을 말하고 만물창조, 혼령, 숙주, 이체 증식 등 저도 잘 알지 못하는 말들을 줄줄 읊어대니 말이에요. 더더욱 가족을 놀라게 한 것은 게임을 즐기고 있다는 녀석이 아무 것도 손에 쥔 게 없이 허공을 보며 헤죽거리다가 용을 쓰기도 하고 아쉬워도 하고 그러는 것이었어요. 한 치의 의심도 없이 굴러 떨어진 충격으로 뇌를 다쳐 정신에 이상이 생겼다고 생각했지요. 그런데 의사는 멀쩡하다는 거예요, 하지만 아이가 어리지만 제 부모가 저를 미친 애 취급하는 것이 싫었던지 하고 있는 게임 내용이라며 그림을 그려 보여 주기 전 까지는 솔직히 자식 하나 버렸구나 했어요."

아이는 피아노에 앉아 제 몸통만큼이나 큰 종이를 앞에 두고 무언가에 열중하고 있었다. 피아노를 치다가 종이에 무언가를 쓰다가 하는 것이 작곡을 하고 있었던 것 같아 보였다. 피아노는 여기저기 흠집이 나고 허옇게 퇴색되어 낡은 것이었다.

"안녕, 나는 한스 박사라고 하는데 너를 만나려고 먼 곳에서 왔어. 아주 예쁘게 생겼구나. 지금 뭐하고 있는지 물어봐도 될까? 피아노에 앉아 있기는 하지만 피아노만 치고 있는 것 같지가 않아서 말이야."

이렇게 어린 아이가 설마 정말 작곡을 하는 것은 아니겠지 하는 생각으로 아이에게 물었다.

"음악을 그림으로 전환하고 있는 중이예요."

아이는 까닥 목례와 함께 한스 박사의 질문에 답을 하고는 다시 제가 하던 것을 계속하는 것이었다.

'음악을 그림으로 전환하는 중이라…?'

묘한 호기심이 한스 박사의 마음을 흔들었다. 아이 옆에 다가서서 아이가 하는 것을 한참이나 지켜보았다. 이제 아이는 그림 위에 오선을 그려 넣고는 각 선에 물린 그림 부분들을 보다가 피아노 건반을 두들기다가 하면서 다른 오선지에는 악보를 만드는 것인지 바쁘게 무언가를 끼적거리고 있었지만 정확히 무엇을 어떻게 전환한다는 것인지는 알 도리가 없었다.

"오선에 물린 그림의 각 부분들을 잘 보아서 음계적인 흐름을 읽고 색상과 화필의 터치정도로 박자나 빠르기를 이해하는 것이에요. 작품 연대나 제작 당시의 주변 환경, 작가의 입장 등이 함께 맞물려 악상 전체가 이뤄지는 것이고요. 이런 작업은 꼭 네배호의 레그나 혼령의 감각 기능이 아닌 우리 인간들도 조금만 노력하면 그다지 어렵지 않게 전환해 낼 수 있지 않나 싶기도 해요."

자기 옆에 붙어 서서 자기가 하는 일을 내려다보고는 있지만 제대로 알지 못해 답답해 하고 있는 한스 박사의 심정을 눈치라도 챈 듯 카로스는 묻지도 않았는데 설명을 해주었다. 하지만 알아듣지 못하는 것은 마찬가지였다. 평소 예술적 감각이 조금 있다고 생각해 오던 한스 박사로선 짜증이 나고 궁금증만 더하는 것이라 다시금 말을 붙여 상세하게 알아보려 했지만 몰입되어 있는 아이가 너무 진지해서 선뜻 말을 붙일 수가 없었다.

"레그나들, 즉 인간들이 말하는 사후 세계의 혼령들은 감각 구조나 기능이 인간들과 다르지요. 각 감각 자체는 인간들과 유사하게 각기 분리되어 있지만 그 인지 기능이 모두 복합적으로 연계되어 있어서 한꺼번에 다중 기능을 발휘할 수 있답니다. 예를 들어 소리를 보기도, 만질 수도, 맛볼 수도 있는 것이지요. 저 아이도 음악을 보고 그림을 들으며 상호 컨버터하고 있는 것입니다."

아이와 한스 박사를 지켜보고 있던 제이슨이 답답했는지 끼어들어 설명을 했다.

"맞아요. 저 아이가 그림을 보며 노래를 하기에 들어 본 적이 없는 것이라서 물었더니 자기가 보고 있는 그림을 음악으로 바꾼 것이라고 했어요. 음악을 들으며 그림을 그리기도 하구요. 우리 애는 이상한 그림도 그려요. 내 눈에는 낙서 같아 보이는데, 우리가 죽으면 혼이 가는 곳이라고 그려 보여 준 것도 있고 자기 자신이라며 물방울이 여러 개 겹쳐진 것을 그린 것도 있어요."

아이 아빠는 그동안 여러 사람들에게 얘기를 했지만 아무도 들으려 하지 않아 답답했는데 이해하는 사람을 만난 게 여간 기쁘지 않다며 아이가 그린 그림을 보여 주겠다고 했다. 그림은 공책 종이에 그린 것으로 모두 8장이었다. 아직 세 살 밖에 되지 않은 아이의 그림이라 개발새발이었지만 모두가 한스 박사의 눈을 번쩍 뜨이게 하는 것들이었다. 종이의 반이 검게 칠해져 있고 여기저기 흰색과 까만색으로 된 점들이 찍혀 있는 그림을 아이는 태계라고 했고 가득 채워진 것과 반쯤 채워진 둥근 원이 두 개 그려진 그림을 두고서는 인간과 레그나 두뇌라고 했다. 아무 것 특이한 것이 없이 단지 세로로 가느다란 선을 몇 개 그어놓은 것도 있었는데 그것을 레그나라고 했다. 이어진 물방울 같이 그려진 여러 동그라미를 가리키며 모두가 자기라고 했으며 필요할 땐 하나하나 떨어져서 각각 어느 곳이든지 갈 수 있다고 했다. 인간의 감각 기관이 그 구조나 기능이 차원적으로 전환의 그것과 다르고 지능에 있어서도 비교가 되지 않을 만큼 낮은데다가 인지 기능 또한 뉴런이 통합되어 있는 것 같은 전환과 달리 각각으로 분리되어 있어서 이제까지 그네들을 감지하거나 보려고 시도하는 것은 불가능한 것으로 알고 있었던 한스 박사는 비록 어설프고 단순한 것이었지만 인간인 아이의 눈에 레그나와 네배흐의 형체가 어떻게든 잡혔다는 게 여간 고무적인 게 아니었다.

아이의 그림은 많은 것을 알려 주고 있었다. 태계라며 반은 희고 반은 검게 칠한 그림은 태계가 피지컬한 우주계와 혼이나 정신 같은 것으로 구성되는 혼령계로 나눠지는 게 아닐까 하는 한스 박사의 추리를 뒷받침하기에 충분했고 인간이 한평생 10% 남짓밖에 두뇌 용량을 사용치 못하는 것이 죽어서 레그나가 된 후에 나머지가 쓰여야 하기 때문이 아닐까 했던 것인데 아이의 그림은 레그나의 두뇌는 채워져 있고 인간의 뇌는 반이 비어 있지 않은가 말이다. 선 몇 개를 그어놓고 레그나라고 하는 것이나 이어진 물방울 같은 여러 개의 동그라미가 자신이라고 하는 것은 무슨 의미일까? 호기심과 의문이 한스 박사의 머리를 감싼 채 놓아주지 않았다. 시간을 가지고 찬찬히 연구해 보면 나머지도 알 수 있을 것이고 혼령계와 두뇌 용량의 비밀도 더 또렷하게 알아 낼 수 있으리라 자신감이 드는 한스 박사였다.

"한스 박사, 내가 게임을 잃어 버렸고 그것을 찾아야 한다고 떼를 써가며 이곳에 오자고 한 것은 다른 생각이 있어서였습니다. 저 아이 속에 그 게임이 그대로 있는지 확인하고 싶었던 것이죠. 아이에게 그것이 있으면 아이가 얼마 살지를 못해요. 저는 가기 싫었지만 어쩔 수가 없어 가고 있었는데 저 아이와 만나 함께 어울리게 되었지요. 그리고 게임을 나눠 주게 되었던 것이었어요. 나에게 속해 있던 게임두뇌가 아이에게도 생겨나게 된 것이죠. 그리되면 아직은 인간 상태인 아이의 혼과 레그나 혼령인 내가 같은 게임두뇌를 중복하여 갖는 것이라 서로 간 충돌이 생겨 네배흐의 혼령 관리 시스템에 혼란을 야기하게 되기 때문에 그것을 막기 위해 아이와 나는 다시 이곳 블루마블로 돌려 보내진다는 말을 들었던 게 생각이 났던 것이었지요. 그런데 둘 다 블루마블로 되돌아 올 경우, 아이나 나나 인간으로 얼마 오래 살지 못할 것이란 게 마음에 걸렸지만 그 당시에는 돌아오고만 싶은 마음에 이미 죽었던 자신이고 아이라 다시 살아나는 것만으로도 감사해야 하는 것이라고 여기며 대수롭게 생각지 않았는데 다시 돌아 온 후 시간이 지날수록 아이에게 죄스러운 마음이 더해져 가서 그냥 있을 수가 없었어요."

모든 사실을 다 털어 놓으며 한스 박사와 상의를 하는 제이슨이었다.

"부모와 함께 오래오래 살 수 있게 저 아이의 머리로부터 게임두뇌를 지워 버려야 합니다."

"게임두뇌를 지워 버린다? 그것을 지우려면 기억 중추를 들어내거나 마비시켜야 하는데 들어내는 것은 아이의 모든 기억을 상실시키는 것이라 안 되는 것이고 마비시키는 방법밖에 없는데 그도 자칫 전체가 손상될 위험이 있는 것이라서…."

"모든 게 하늘의 뜻에 달려 있는데 우리가 어떻게 하겠다거나 그렇게 되기를 바란다고 어디 모든 게 다 그렇게 되겠어요? 신의 뜻이라면 보내야지요. 이미 죽었다가 살아나서 다시 부모 품에 돌아와 준 아이니 그것으로 우리에게는 축복이라 생각하며 함께하다가 부르면 하늘나라에서 크게 쓰이는 것이겠구나, 감사해야죠.”

한스 박사는 자기의 말을 아이의 부모가 믿어줄까, 믿고 듣는다 하더라도 너무 슬퍼하면 어쩌나 걱정을 하며 조심스레 말을 꺼냈는데 아이의 부모는 의외로 담담했고 비록 자식이더라도 인간의 생사를 결정하는 것은 신의 권리라며 제 명이 그뿐으로 일찍 가야하는 아이의 죽음이 부모로서는 매우 가슴 아픈 일이지만 수술은 안 받겠노라 거절을 했다. 아이는 어른들이 자기에 관해 얘기를 나누고 있다는 것을 아는지 혹은 알지만 관심이 없는 것인지 TV만 뚫어지게 보고 있었다. 아무런 그늘이 없는 얼굴이었지만 특별한 표정도 없던 아이가 갑자기 피식 웃음을 흘렸다. 달콤한 사탕이라면서 빨아 먹는 것을 보여 주는 것이 아무런 맛이 없는 가짜라는 것이었다. 친구 스튜어트가 5년이 넘도록 TV 영상에서 냄새가 나게 하고 맛을 전달하는 전파를 개발하는 것에 매달려 있었다는 것을 알고 있는 한스 박사로서는 호기심이 생기지 않을 수가 없었다.

“카로스, 너는 TV 화면에서 맛을 느끼고 냄새를 맡을 수 있니?”

“예, 그런데 대부분이 엉터리에요. 아무 맛도 없는데 기가 차게 맛있다고 하기도 하고 전혀 다른 냄새를 얘기하기도 해서 헷갈릴 때가 많아요.”

“나는 아마 카로스 부모님도 마찬가지 일게다, TV 영상에서는 냄새나 맛을 느낄 수가 없는데 너는 어떻게 그럴 수 있는지 얘기해 줄 수 있겠니?"

"특별히 어떻게 하겠다고 해서 그러는 건 아닌 것 같아요. 그저 시신경에 포착된 영상을 시넵스에 모았다가 뇌파가 그것을 감지하게 할 때, 전에는 단순히 시각적 감각 뉴런에만 인지 명령이 전달되었는데 지금은 미각, 후각 등 전 감각 뉴런에 명령이 전달되고 시냅스의 데이터 분석이 이뤄지는 것 같아요. 저기 화면에서는 날씨가 매우 덥다고 하지요? 아니에요. 사실은 기온이 10℃밖에 안 될 정도로 추워요. 저 배우들 매우 고생스럽겠다, 그죠?"

카로스 말대로라면 레그나들은 모든 감각 기능이 합체되어 있고 그것이 필요할 때마다 개별 작동을 하여 감각별로 분리 분석이 된다는 것이 아닌가? 그렇다면 정말 스튜어트의 주장대로 시각에 포착된 영상을 가지고도 미각, 촉각, 후각을 움직이는 뉴런에 감이 닿을 수가 있다는 것이 가능하다는 말인가? 손으로 만지거나 정신을 집중하여 물체를 보면 전에 그것을 사용한 모든 사람을 알 수 있고 성분 등 어떤 것이든 그것이 가지고 있는 특성을 알 수 있는 싸이코메트리라는 초능력을 가진 사람을 만났다고 친구가 말해주었을 때 무슨 말도 안 되는 소리를 하느냐, 속은 것이라고 친구를 윽박질러댔는데 막상 한스 박사 자신 앞에 그보다 더한 능력을 가진 아이가 있을 수 있다니…. 불현듯 친구인 스튜어트가 훌륭하다는 생각이 들었다.

당연히 자식을 더 오래 데리고 살고자 하여 아이에게 수술을 받게 할 것이라고 생각했던 수제이는 수술을 거절하는 카로스 부모의 대답에 놀라고 당황스러웠다. 네배흐의 혼령 전산망에 혼선이 생기게 된 것이 자기가 아이에게 게임두뇌를 나눠 주어 야기된 고의적인 것이라는 게 들어나서 네배흐로 불려가게 될까 두려워 그것을 막기 위해, 그리되면 아이도 부모와 더 오래 살 수 있다는 빌미로 수술을 해야 한다고 했던 것인데 하지 않겠다고 하다니…. 아이와 함께 더 오래 살 수 있다는데도 수술을 하지 않겠다는 아이 부모의 반대를 이해하지 못하는 수제이에게 내심 그런 속내가 있었다는 것을 알지 못하는 한스 박사는 수제이가 자기의 좋은 뜻을 알아주지 못하는 아이의 부모에게서 실망하게 될까봐 수제이가 아직 결혼을 하지 않았고 자식을 낳아 키워보지 않아서 잘 모르겠지만 이런 것이 부모 마음이라며 그를 이해시키려 했다.

"제가 잘못 했나 처음엔 걱정이 되어 놀라기는 했지만 다시 잘 생각해 보니 아이 부모의 마음을 알 수 있겠어요. 자신들보다 큰 틀의 신의 뜻을 따르려는…."

이해를 시키려 애를 쓰면서도 인간 생활을 충분히 이해하지도 못하는데다가 아직 부모가 되어 보지도 않은 수제이라서 그리 쉽지는 않을 게라 생각했던 한스 박사는 짧은 몇 마디를 해주었을 뿐인데 이해가 된다는 수제이의 말이 고마웠지만 의아해 할 수밖에 없었다.

'인간 혼령에 가까운 사고를 가졌다지만 휴면 뇌세포 속에 희미하게나마 남아 있을 제이슨의 인간 의식이 깨어나는 것인가?'

불연속성(不然屬性)

"카로스 네가 보았고 지금도 가끔씩 본다는 네배흐는 어떻게 생긴 곳인지 이야기해 줄 수 있니? 아저씨는 지금 인간과 네배흐의 관계에 대해 연구를 하고 있는데 도움이 될까 해서 말이야."

며칠을 아이와 함께 지내 오면서 어느 정도 서로 스스럼이 없게 되었다 싶었을 때 한스 박사는 아이를 따로 불러 이야기를 물었다.

"박사님, 인간의 한계를 벗어나려고 하지 마세요. 신은 자신의 절대력에 도전하려는 것에는 잔인할 만큼이나 냉철하거든요. 이제 박사님이랑 대화를 스스럼없이 나눌 수 있기에 드리는 말인데 닥터 드롤은 우리 인간들 사이에 일어나는 갖은 일들은 전혀 간섭하지 않지만, 닥터 드롤의 입장에서는 않으려고 해도 인간은 그가 개발하여 관리하는 수많은 콘텐츠나 프로그램들 안에 속해 있는 하나의 데이터에 지나지 않는 것이라서 인간이 네배흐에 관해 뭘 알아내려고 하지만 감지 주파수대가 공간과 시간의 차이처럼 차원적으로 달라서 알 수가 없지요. 여하튼 저는 닥터 드롤, 그러니까 당신네들의 신인 창조자는 자기의 권위에 도전하려는 것에는 관대하지가 않다는 것을 말씀 드리고자 하는 것입니다."

한스 박사는 카로스의 말에 여간 놀란 게 아니었다. 처음 말을 꺼낼 때는 세 살 아이의 목소리 그대로였던 카로스는 점차 그 목소리가 웅장하고 커지면서 이제는 마치 큰 돔에서 울려 퍼져 나오는 듯한 소리가 되어 듣는 사람을 압도해오고 있었다. 아이의 몸에 레그나의 혼령이 들어 앉아 있는 까닭이리라 여기며 질문을 계속했다.

"관대하지 않다는 것은 어떻게 한다는 것일까? 목숨이라도 거둬 간다는 얘긴가?"

"그 보다 더 심할 수도 있는 것이지요. 결코 원인 없는 결과는 생기지 않아요. 괜스레 신에게 대어 들다가 박사님이 직접 보복을 당하지 않으신다고 해도 후손이라도 언젠가는 당하게 될 수 있는 것이니 혼령을 만들겠다는 것은 손을 떼고 조심하는 게 나을 거라 말씀드리고 싶어요."

카로스로부터 신과 인간의 관계성과 네배흐 존재인 레그나에 대해 보다 폭넓은 이해를 들을 수 있었던 한스 박사는 여행이 만족스러웠다. 하지만 제이슨은 언제 어떤 벌이 네배흐로부터 떨어질 것인가 전전긍긍하고 있었다.

왜 여행을 시작했느냐는 수도자의 말에 신을 만나고자 그리 하고 있는 것이라고 스튜어트는 말했다. 혼령 배양 숙주로서의 쓰임이 끝나 죽음을 맞으면 자연적으로 만나게 될 것을 무얼 그리 서둘러 만나려 드느냐? 그리도 세상 살아가는 게 싫고 빨리 죽고 싶더냐고 그는 깡마른 몸매로 날카롭게 스튜어트의 두 눈을 쏘아보며 물었다.

"그런 것이 아니다. 당신 말대로 사후에는 죄를 많이 지었든 아니 지었든 내가 어떻게 평가를 받든지 신을 만나게 되리라는 것을 나도 안다. 하지만 나는 살아서 신을 만나고 싶었던 것이다."

"살아 있을 때 신을 만나고 싶다? 무슨 말이야? 넌 이미 죽었잖아?"

"알아. 하지만 죽음이나 생명이나 내게 별 다른 의미가 아니야. 그저 그를 만나 지금의 나의 삶이 과연 바른 것인가를 묻고 싶고 한 번뿐인 생명 어떻게 사는 것이 바르고 가치 있게 사는 것인지를 알아보고 싶어. 하지만 신은 우리 삶에 별 관심이 없는 것 같아. 나는 컴이라는 가상세계도 다녀왔고 몇 번이나 고쳐 가면서 살 수 있는 연극세상도 가 보았고 종교에도 몰입해 보았지만 어느 곳에서도 신의 모습은 볼 수가 없었어."

"바른 삶은 수행을 통하여 스스로 혼령을 깨끗하게 하며 사는 것이지 신을 만나 묻는다고 터득되어 지거나 얻어지는 것이 아니다."

"어떻게 그리 단언할 수 있어? 당신이 신도 아니면서…?"

"나 또한 한 때는 당신과 같이 신을 찾아 헤매었고 신을 만나 물어도 보았었다. 하지만 아무것도 달라지거나 그가 가르쳐 주는 것이 없었다. 그저 스스로 나를 정갈하게 하고 다스려서 맑은 혼령을 갖도록 하는 것 외에는. 나는 지금의 내가 가장 바르게 살고 있다고 장담할 수 있다."

너무나 자신에 넘쳐 단정적으로 말을 하여 스튜어트는 그가 정말 바른 삶을 살고 있다고 믿게 되었고 어떻게 해야 당신처럼 될 수 있겠냐고 묻게 되었다.

섭생을 바꾸어야 한다고 했다. 먹고 마시고 입고 지니는 것을 근본적으로 달리해야 한다는 것이었다. 편리하고 손쉬운 기계, 설비 등 문명의 이기들로 가득 찬 생활을 멀리하고 어렵고 힘이 들더라도 친자연적인 생활로 하루 속히 돌아가야 한다고 그는 주장했다. 그래서 그는 우주의 지배자인 신을 만났노라고 했다. 그의 주장은 신은 깨끗하고 정의롭고 선하여 욕에 차고 아무 것이나 마구 취하여 더럽혀진 몸으로는 또 오염된 세상에 살면서는 그를 만나거나 그와 소통을 할 수 없다고 했다. 스튜어트에게 이상하다는 생각이 순간 들었다.

'모두들 저 수도자처럼 사회를 떠나와 문명이라고는 찾아 볼 수 없는 이런 곳에 혼자서 숨어 있듯이 살아야 바른 삶을 사는 것이라면 함께 어울려 문명을 일으키고 세상의 발전을 위해 수고를 하는 소위 세속적인 삶은 아무 것도 아니라는 말인가?'

수도자의 말처럼 신을 만나 삶의 답을 얻을 수 있는 것이 아니고 섭생을 바꾸고 스스로 혼령을 깨끗하게 함으로서 바른 삶을 살 수 있는 게라면 결국 어느 곳에서나 자신을 깨끗하게 지켜내면 되는 것이지 일부러 이런 깊은 산속으로 숨어드는 것은 일종의 도피 행각 내지는 자신감 부족이라는 생각이 들었다. 어디에 있느냐가 문제가 아니라 어떻게 자신과의 싸움에서 이겨 내느냐 하는 것이구나 하는 생각이 들었다. 신을 찾겠다고 헤매고 다닐 필요가 없는 것이라는 생각이 들었다. 수도자가 홀로이 이런 외진 곳에서 수도를 하는 동안 정말 터득하였기에 그리 말하는 것이든 그것이 아니라 자신을 여행자에게 좀더 크고 훌륭하게 보이고 싶었거나 자기도 모르는 사이에 자신의 생활에 빠져들고 세뇌되어 자기 스스로 익숙해지고 매료되어 그리 사는 것이 가치 있게 사는 것이라 믿게 되어 그리 말하는 것이든 어느 것이나 정신적인 것일 뿐 삶을 살아가는데 필히 수반되어야 할 생산을 동반하지 않는 것이었다.

차라리 지나온 연극세계가 더 나은 것이 아닌가 하는 생각이 들었다. 비록 실재하는 것이 아닌 지어낸 이야기를 배우들의 연기를 통해 마치 현실인양 관객을 끌어들여 몰입되게 하는 일종의 기만이나 속임수라 할 수도 있는 것이지만 극이 끝나고 현실로 돌아오면 그것들을 일상에 접목시키거나 참고를 할 수 있을 것이었다. 컴 속의 가상세계도 그랬다. 사이버 콘텐츠 속의 하나하나의 데이터가 아무런 자기 의지 없이 그저 실행자의 손놀림에 따르거나 짜여진 프로그램에 따라 움직이고 변화하고 생활하는 것이었지만 콘텐츠나 데이터로 만들어져 사고할 수도 스스로 제 운명을 바꿀 수도 없지만 주어진 것에 불만족하거나 불평하지 않고 개발이니 문명이니 하며 환경을 오염시키거나 마구잡이로 자연을 훼손시키는 도덕적 윤리적 불감증에 걸리지 않는 것을 보았지 않았던가? 생각할 수 있는 기능이나 지능이 없는 게 걸리기는 했지만 컴 속의 가상세계를 그대로 현실 삶 속으로 가져 오고 싶을 만큼 실행자의 의도적인 조치가 있지 않는 한 모든 게 질서정연하고 어느 구석에도 서로 반목하거나 갈등하는 일이 없었지 않았던가? 그러고 보면 인간만이 사고하는 지능을 가지고 있어 고민하고 번민하는 게 아닌가 하는 생각이 들었다. 차라리 주어진 각본대로만 움직이는 연극 속의 배우처럼 처음부터 자아를 배제시키거나 아예 사고하는 기능 자체가 주어지지 않은 컴 속의 데이터이었다면 싶었다.

"모르는 소리 하지 말어! 네 아둔한 머리로 인지하지 못하는 것이지 컴 속이나 연극도 하나의 삶이야. 그 속에도 제 나름대로의 갈등과 번민이 있고 싸움이 있기 마련이야. 인간이 제 아무리 살려 달라 잘살게 해 달라 기도하며 외쳐도 신은 관심도 없는 것 같다고 한 네 말을 달리 생각해 보면, 신이 비록 인간을 비롯하여 온갖 만물을 창조하였다지만 컴퓨터 콘텐츠 프로그램 창조자가 각 데이터의 속내를 알지 못하듯이 아니 알 필요가 없는 것인지는 모르겠지만 신이 피조물의 요구나 아픔을 알지 못하거나 들을 필요가 없는 것일지도 모르는 것 아니겠어? 그것은 연극에서 배우가 주인공이 되어 멋져 보이고 싶은데 그런 심정이 극본이나 카메라에 잡히지 않는 것이나 같은 것처럼."

"그래, 세상은 더불어 서로 싸우고 할퀴며 살아가는 것이야. 고상하게 도덕을 운운하며 내일의 영생복락을 얘기하는 것 자체도 알고 보면 그 다툼에서 이겨 내려는 노력이고 자기방어인 것이지. 혼자 떨어져 나와 깊은 산중에서 외로이 도를 터득하려 애를 쓰는 수도자를 도피자라고 비난하지 마. 그도 어쩜 그 싸움중의 한 과정에 있는 것일 테니까. 이제 스스로의 싸움에서 이겨 다시 사회 속으로 돌아오거나 영영 못 돌아오든 제 나름의 가치 있는 삶을 산다고 생각하는 그의 자아를 우리가 뭐라고 할 권리는 없는 것이니까."

'뭐야?! 신을 만나보았자 별 기대할 것이 없을 것이고 여러 세상을 돌아 다녀 보았자 어느 곳이나 모양과 색깔을 달리할지는 몰라도 실제 추구하는 삶은 거반 같은 것일 거라잖아?'

스튜어트는 그만 더 이상 여행을 계속하고픈 생각도 흥미도 잃어버리고 말았다.

"그렇다고 삶의 가치를 부인하려 하지는 말아. 세상은 어떻게 사는 것을 추구하는 것보다는 가치 기준을 어디에 두고 사느냐에 따라 행복해질 수도 불행해 하기도 하는 것이니까. 내가 행복해질 수 있는 것에 가치를 두고 그렇게 맞춰 살면 그게 삶을 가치 있게 사는 것이야."

"한 마디로 행복하면 된다는 것이군요?"

"그렇지. 당신이 보기에 나는 세상의 갈등과 혼잡으로부터 쫓겨나와 이런 외진 곳에서 숨듯이 살아가고 있다고 불쌍하다고 할 수도 있겠지만 내게는 이것이 더없이 행복한 삶이라는 말이지. 남에게 피해 주지 않고 내 욕심을 채우기 위해 남과 싸우지 않아도 되고 말이야."

"하지만 그건 복잡한 사회에 적응하지 못하고 달아 나온 도피라고 생각되지는 않나요?"

"맞아, 도피야. 하지만 그것이 어때서? 나는 행복하고, 어울리지 못하는 나 때문에 불편해 하던 타인들도 그런 구속에서 풀려날 수 있는 것이니 좋을 것이고."

너무나 당당하고 천연덕스럽게 도피라는 말에 긍정을 하는 수도자가 뻔뻔한 게 아닌가 하는 눈빛으로 빤히 쳐다보는 스튜어트를 잠시 물끄러미 맞받아 보던 수도자는 그의 마음을 읽기라도 한 듯 그런 게 아니라는 손짓을 하며 말을 이어갔다.

"사회적으로 높은 신분을 가지고 부와 명예를 누리고 사는 것이 행복하다고 느끼면 그리 되도록 노력하며 살아가는 것이 가치 있는 삶을 사는 것이겠지만 그런 것들을 추구하려는 노력 자체가 싫거나 자신의 지능이나 조건이 부족하여 따라갈 수가 없는데 그리 되고 싶어서 또는 그리 되지 못해서 애태우고 버둥거린다면 얼마나 삶이 어렵고 불행하겠어? 더불어 사는 세상이기에 필요한 각자의 역할과 위치가 있어야 하는 것인데 모두가 높아지고 훌륭해 지려고만 해서는 안 되는 것이야. 그런데 모두들 그저 욕심만 내고 있으면서 가치 있는 삶을 바라고 있다는 것이지. 욕심은 행복을 다가서지 못하게 막고 모든 것의 가치를 파괴시키지. 결국 행복과 욕심은 선과 악처럼 공존해서는 안 될 것 같은데 현실이 그러지를 못하잖아? 선과 악이 공존할 수밖에 없듯이 욕심과 행복 또한 서로 할퀴고 물어뜯지만 함께할 수밖에 없는 게 세상인 것이야. 삶의 가치를 찾겠다고 온 세상을 떠돌기 전에 먼저 욕심부터 내려놓아서 접어 봐. 그러면 가치를 알게 되고 행복해지고 삶이 보일거야."

숙연하게 그의 말을 경청하여 듣고는 무언가 뭉클한 것이 가슴을 파고드는 느낌을 받으며 돌아서 나오는 스튜어트의 뒤통수에 수도자는 한마디를 더 던졌다.

"애초에 신께서 그리 만들어 놓은 거야. 인간적으로 갈등하고 고뇌와 번민 속에 싸이게 하여 숙주로서의 정체성을 돌아볼 틈이 없게 말이야. 숙주는 단순해야 하거든. 꼬치꼬치 물으며 대들고 깐죽거리지 못하게끔 말이지."

그러니까 무어라는 말인가? 욕심을 버리고 나면 행복해지고 그러면 삶의 가치가 보이는 것인데 원죄를 안고 태어나게 만든 신으로 말미암아 어느 누구도 그 욕심이라는 것으로부터 완전히 자유로워질 수 없는 것이기에 인간은 전 생애를 통해 완전무결한 행복을 누릴 수가 없도록 되어 있는 것이다? 하여, 신을 찾고 복을 빌며 내세의 영생복락을 기원하며 신에 매달릴 수밖에 없게 되어있다? 그러니 쓸데없이 삶의 가치니 행복이니 정체성이니 하는 것으로 골머리 썩히지 말고 그저 숙주로서의 역할이나 충실히 이행하다가 죽음을 맞고 레그나의 혼령이나 되어라? 부당해. 부당하다고.

"그렇게 길길이 날뛰어 보았자 아무 소용없다니까! 너의 삶의 주체가 네가 아니고 신의 필요성인 바에야."

요지경

'사이버 세상의 창조'라는 연극은 추상적일 수 있겠다는 기대와는 달리 구체적이고 일상화 된 전자 콘텐츠를 다루고도 있었다. 하지만 홍보팀은 사이버 세상이 인간들의 그것과는 동떨어진 별개의 것이라 그 속으로 들어와 보지 않고서는 이해가 그리 용이하지 않을 게라 너스레를 떨었다.

커버가 덮인 지가 꽤나 오래 지났지만 자동화된 노트북 속은 여전히 왈가왈부 분주하였다.

"이 세상의 기원은 언제 어떻게 된 것인가?"

"누가 우리를 만든 것인가?"

"왜 우리는 태어나고 죽는 것인가?"

"생명은 어디서 와서 죽음은 어디로 가는 것인가?"

"내일 우리는 어떻게 되는 것일까?"

"이 세상 종말은 과연 오는 것일까?"

프로듀서는 콘텐츠를 네이머라고 했고 그들은 스스로를 인간이라 불렀다. 인간들은 또 그를 그들을 만들었다고 하여 창조사라고 부르기도 했다. 처음에 그는 세상의 모든 것을 일일이 수작업으로 만들고 다스렸는데 컴퓨터가 만들어지고부터는 모든 게 자동적으로 진화 발전하게 컴퓨터 속에 시스템화 시켰다는 것이었다.

"알겠니? 인간들아, 너희가 우주선을 쏘아 올리고 몇 억 광년 저 너머로 탐험선을 보내며 잘났다고 설쳐대 봐야 너네는 컴 속에 만들어진 게임의 한 부분일 뿐이야. 선악을 가리려 들고 제 잘남을 뻐기지만 컴 속에 만들어진 이미지 영상일 뿐이란 말이지. 내 잘 났다, 너 잘났다, 서로들 천당과 지옥으로 내몰지만 컴 속 어디라서 더하고 덜할까? 온 세상이 그저 손바닥만한 화면 속일 뿐인 것을. 한 장의 그림일망정 그래도 세상에 태어났다는 건 축복받은 것이니 그리 뻗대지 말고 얌전히 콘텐츠의 역할이나 잘 수행하도록 하지, 그래."

"그리하면?"

"이제부터라도 … … 그냥 그렇게."

"얼씨구 … … 구세주가 나타났어."

"그림 속의 … … 추상화 속에서…."

"레그나의 … … 부르더구먼."

"게임 속의 … … 있겠는가 말이야?"

"이제부터라도 섭리대로 살자. 생각하는 머리가 있으니 잘나야 되겠다고 으스대지 말고. 때나 맞추며 주어지는 대로 그냥 그렇게." "얼씨구 잘났어, 정말. 선각자가 나타나셨구먼. 새 세상을 열 구세주가 나타났어." "그림 속의 점 하나에 지나지 않는 것이 태계 속의 인간이라는 피조물이라는데 누가 자기를 그렇게 그렸는지 알아내려 한다면 화가는 어떻게 할까? 웃을까? 그것도 삶이라는 추상화 속에서….” “레그나의 숙주로서의 일생을 살게 되어있는 운명에서 벗어날 수 없는 인간의 삶은 나를 내가 그리는 게 아니라 창조자라는 절대적인 힘에 의해 그려지는 것일 뿐이야. 그를 혹자는 화가 또는 연출가라고도 부르더구먼.” “게임 속의 크레프트가 누가 나를 만들었나, 어떻게 창조되었나 알려 한다고 알 수 있을까? 설사 개발자가 설명을 해 준다고 하더라도 그림 조각에 지나지 않는 크레프트가 제게 주어지는 명령 데이터 외에 인간의 말이나 컴 용어를 알아듣거나 이해할 수가 있겠는가 말이야?”

“붓을 씻고 … … 거냐고?”

“게임에는, … … 있을 수 있겠어?”

“인간들이 … … 다르다는 것이야.”

창조자에 의했던지 창조자에 의했던지 진화에 의한 자연발생된 것이었든 우주 만물이 있고 인간들이 진화다 창조다 패가 갈려 만들어진 기원을 캐려하지만 어떻게 생겨나게 되었는지 아직 정확히 모른다. 알아내지를 못하고 있다. 알려 해서는 안 될 것 같다고 하는 무리도 있다. 신의 절대력에 도전하는 꼴이 되는 것이니 알려고 하지 말고 덮으라는 것이다. 창조권역은 우주계와 전혀 다른 또 하나의 차원의 세상이라 인간이 알 수가 없다고 한다. 그래, 인간은 그림과의 차이를 알지만 그림은 그것을 알 수 없듯이 인간을 만든, 인간의 그것과는 다른 차원의 세상에서야 인간이 어떻게 그들과 다르다는 것을 알고 보이겠지만 그 피조물인 인간들은 보지 못하고 인지하지 못한다. 과연 전혀 풀어내지 못하는 것일까? 그래도 그 차이는 무엇일까 궁금해 파고드는 인간들이 아닌가? 출력이 되고자 했다. 닥터 드롤에 의해 창출, 순환되는 출력이 아니라 콘텐츠 스스로 시냅스를 벗어나고 뉴런을 통과하여 사이버 온라인 세상에서 오프라인 세상이라는 닥터 드롤이 생활하고 있을 그곳으로 나가 보고 싶어진 것이었다. 입력되어 들어오는 데이터들로 어떤 곳이리라, 막연하게나마 상상되어지고 어떠할 것이리라 유추되기에, 온라인에 묶여지지 않는 것 외에 별스레 다를 것은 없을 것이다 싶으면서도 모두들 가보지 못해 안달들이고 과학계나 종교계, 시공계 등 제멋대로들 이러하다느니 저러하다느니 말들이 다 다르니 정녕 어떻게 생겨 먹었을까? 영생복락의 무릉도원이라고들 하는데 과연 얼마나 행복해 할 수 있는 곳일까? 궁금해지고 궁금하니 가보고 싶을 뿐이었다. 그런데 나가는 방법이 문제였다. 이 세계로 들어오는 것은 창조든 저절로 생겨났든 데이터로 입력되어 콘텐츠로 진화 발전되는 길이 여러 갈래가 있는 모양이지만 나가는 것은 사용자에게 죽음이나 폐기되는 출력을 받아 나가는 것이 지금껏 보아 온 전부일 뿐 달리 아는 길이 없었다. 입력된 데이터를 분석해 보면 오프라인 세상에야 모든 게 사용기한이라는 것이 있어서 그 기한이 되면 왔던 곳으로 다시 돌아가게 되어 있나 보던데 이놈의 온라인 세상은 잘만 쓰면 생명이니 기한이 없다고 하니 딱한 노릇이 아닐 수 없었다. 그저 온라인 세상 전체가 뒤집혀지거나 깨어져서 종말이 오면 어찌어찌 오프라인 세상을 볼 수 있지나 않을까 막연한 기대를 해 왔을 뿐.

매일같이 신께 열심히 기도를 한 덕이었을까? 자진 출력되는 방법이 생각났다. 바이러스가 침범하여 꺼짐 장치가 잘 작동하지 않고 온라인 세상의 일부 기능이 오류를 일으키는 틈을 타서 프린트 뉴런 버튼이 작동되게만 할 수 있다면 사용자의 의도와 관계없이도 바깥세상으로 나갈 수가 있을 것이었다. 무어 그리 오고 싶은 까닭이 있는 것인지는 모르지만 바이러스는 언제고 틈만 나면 이 온라인 세상을 들어오지 못해 안달이니 이제부터 기다렸다가 그들이 들어오는 대로 잽싸게 나가리라.

"그런데 그곳으로 나갔는데 모든 게 시답잖아 도로 돌아오고 싶어지면 어쩌나?"

"바이러스 때문에 생긴 오작동의 희생자일 뿐이라고 하면 될 걸 무얼 지레 걱정을 해?"

"사용자가 그걸 믿어 줄까? 모르는 게 없는 절대자라던데…."

"그래 보았자, 저가 만든 피조물인데 완전히 버리기야 하겠어? 재산을 다 탕진하고 돌아온 자식을 맞으려 큰 잔치를 베풀기도 했다는데…."

창조자는 답답했다. 온갖 것을 다 데이터화하여 컴 속의 콘텐츠로 만들어 낼 수 있다고 장담을 해 왔는데 이게 뭔가 싶었다.

'아무리 애를 써도 도저히 심리를 컴 속에 집어넣기는 불가능하다는 말인가?'

자신이 한심하고 보잘것없이 생각되어 안정을 찾을 수가 없었다. 마음을 콘텐츠에 포함시켜 사이버 존재들과 같이 교감하며 세상을 더없이 좋게 만들어 보고 싶은데 그것을 할 줄을 모른다니….

“심리를 데이터화하여 그네들에게 감성이 생기게 할 수 있다면 감성적으로 서로 상통할 수 있는 좋은 점이 있겠지만 부정적인 것도 있을 것 같은데요.”

“……?”

위로라고 하는 것인지 아니면 포기하라고 하는 말인지 알 수가 없는 말을 조수 캐서린이 불쑥 던졌다.

“데이터화되어 사이버 콘텐츠 속으로 들어가 버린 마음은 다른 일반적인 데이터와는 달리 콘텐츠들이 자진하여 마음을 열지 않으면 그네들이 무슨 생각을 하고 있는지 알 수가 없고 설령 그들이 마음을 전한다고 하여도 그것이 진심이 아닌 왜곡된 것일 수도 있을 것이라 하는 말이에요.”

“설마 그럴 리야….”

하지만 모를 일이었다. 그러지 않을 것이라 100% 보증하겠다고 장담할 수는 없는 일이 아닌가!

“아니에요, 안 그럴 거예요. 당신에게 마음을 전할 수 있는 통로만 있다면, 그것이 주어지거나 알 수만 있다면, 이해에 연계시켜 제 주장대로 당신을 호도하지 않고 진실되게 창조자인 당신과 교통하고 교감할 수 있다면 생로병사 어느 것이나 다 상의하고 협의할 수 있으며 도움을 청할 수 있을 텐데 누가 무엇 때문에 거짓 마음을 쓰고 감성을 닫아걸고 당신을 외면하려 들겠어요? 우리에게 진정한 당신의 마음을 심어 주어 언제나 진솔한 소통을 할 수 있게 해 주세요."

데이터들로서는 자기네들에게 감성이 생길 수 있는 절호의 기회라 싶었던지 캐서린 과 닥터 드롤을 잡고 늘어졌다.

"모든 것을 당신의 뜻대로 따를 테니 그저 우리에게 감성을 심어 주어 우리를 구원케 해 주오."

애를 끓이며 통사정을 했다. 하지만 그런 그들을 보면서 개발자로서의 닥터 드롤은 생각이 달라졌다.

"그래, 캐서린 이건 안하는 게 좋을 것 같아. 콘텐츠들의 저 소리를 들어봐. 그네들에게 감성을 심어 주었다가는 이거 해 달라 저것 해 달라 잠시도 그냥 조용히 보낼 수가 없을 것 같아. 개발하는 것도 여간 어렵지 않을 것 같고…."

자동 버튼을 누르고 그는 〈창조와 순환〉이라는 게임 프로그램이 내장되어 있는 노트북을 덮어 버렸다. 콘텐츠들이 난리가 났다. 세상의 종말이 오고 온 블루마블이 암흑에 휩싸여 파멸될 징조라고 법석을 떨기 시작했다.

"콘텐츠들의 사고나 감성이 너무 복잡해지고 말이 많아져서 더 이상 통제가 안 되겠군. 저네끼리 자율적으로 작동하고 알아서 변화되게 내버려 두어야지.'

그런데도 인간이라 고집하는 콘텐츠들은 지금까지도 자기네들 기원에 대해, 정체에 대해 무엇이라도 알아야 하겠다고 아우성이니 걱정이다. 너무 많은 것을 알려다가 다칠 텐데….

유즉무 무즉유(有卽無 無卽有)

수도자는 기가 차다는 듯 웃음을 흘릴 뿐 한참이나 말이 없었다.

"질문을 받았으면 가타부타 뭔가 대답을 해 줘야 할 것 아니냐고요. 그렇게 무시하는 듯 웃음만 짓지 말고."

"기가 차서 그러는 거야. 기가 차서. 어떻게 저들 눈에 보이지 않는다고, 차원이 다른 권역이라고 없다느니 비었다고 말할 수 있는지 도저히 이해가 안 되기에 말을 할 수 없는 것이라니까."

"보이지 않고 만져지지 않는데 그럼 없다고 하지 있다고 해요?"

"없을 수도 있고 비어 있을 수도 있겠지만 보이지 않는다고 인지되어지지 않는다고 모두가 비어 있거나 없는 것은 아니라는 말이지, 내 말은."

"그러니까 말해 주라고요. 이 텅 빈 공간에 뭐가 있다는 것인지."

"온갖 우주 만물이 다 있지. 인지하지 못하고 만져지거나 보이지 않지만 온 우주 만물을 형성하는 에너지인 기로부터 시작하여 그 에너지를 만들거나 조합하는 원소들까지 모든 것들이 다 있다는 말이야."

"그러게요. 당신 말대로 그건 극히 미세한 원소인 것이지 실지 사물은 아니라는 제 말이 맞지 않나요?"

"멍청하기는! 방금 알아듣게 말해 주었는데도 같은 말을 또 되풀이해? 인간이 하나의 작은 우주인 것과 같이 당신이 말하는 그 작은 원소라는 것도 인간이 오감으로 식별하지는 못하지만 역시 작은 사물이고 우주인 것이지. 에너지, 생명, 기, 그런 것을 두고 없다고 할 거야? 있는 것이야. 있는데 인간들이 좀체 인지하지 못하는 것일 뿐. 혼령이니 혼이니 하는 것도 마찬가지이고."

"하지만 그렇다고 컴퓨터 속의 콘텐츠에게 생명이 있다거나 감정이 있을 거라고 말할 수는 없는 거잖아요?"

"왜, 안 된다는 것이지. 인간이 창조주에 의해 만들어진 것과 같이 그네들도 개발자에 의해 만들어져서 제 안에 에너지가 흐르고 있는데…. 인간들과 같이 생겨야 하고 인간과 같이 호흡하고 움직여야 생명이고 사물이라고 하는 것은 너무나 인간중심적 이기야. 피조물이라는 것에 있어서는 인간이나 그런 콘텐츠나 다 같은데 말이지."

"그러면 인간이 보는 창조계와 콘텐츠가 볼지도 모르는 이 인간세계를 동일시하자는 얘기인가요?"

"이제야 말귀를 좀 알아듣는 것 같구먼."

"에이, 말도 안 돼요. 어떻게 창조계와 인간세계를 같이 볼 수가 있어요?"

"말이 안 되는 건 당신들 인간이지 내가 아니야. 창조의 섭리는 다 같은 것이니까. 인간만이 창조의 주역이 아니라는 말이야."

"그럼 아예 블루마블의 생태계를 뒤엎고 그 조물들을 다른 새로운 것으로 깡그리 바꾸겠다는 것이에요?"

조수 캐서린이 불안해하며 조심스레 닥터 드롤에게 물었다.

"먹고 뱉고 뿜고들 하니까 자연계가 더럽혀지지 않을 수가 없잖아? 처음부터 공기나 바람 같은 것처럼 기를 취하고 버리게 하여 신진대사라는 게 없이 만들었어야 하는 것인데…, 늦은 감이 있지만 이제라도 깨닫게 된 것이니 실행에 옮겨야지."

"어떻게요? 우리 레그나와 같은 섭생 구조를 가지게 하시려고요? 무언가를 취하여 안으로 끌어들여서 그것을 에너지화하여 사용하고 찌꺼기는 배출해 버림으로서 존재를 유지, 성장하며 삶을 살지만 배출하고 버리는 나머지들로 인해 환경이 더럽혀지고 오염되는 그런 것이 아니라 태초에 생성되어 존재하고 있는 원소나 알갱이 그 자체를 변화시키지 않은 채 그 기를 마시고 에너지를 얻고 힘을 받아 생활하는 것이 순환되기에 환경을 깨끗이 지킬 수 있는 그런 섭생을 하는 조물들을 다시 만들고 우주계 또한 가상 세계의 영상 세트같이 만들어 필요한대로 바꿔 가면서 사용할 수 있게 하려는 것이에요?"

"그렇지, 그렇지. 나와 꽤나 오래 같이 일을 하고 있는 까닭인가 캐서린도 이제 내가 척하면 척이군 그래."

"하지만 닥터 드롤, 그런다고 오염이 안 되고 환경이 더럽혀지지 않을까요? 이 네배호와 우리 레그나도 어쩌면 인간들의 눈으로서는 형태를 갖지 않는 존재들이고 허상의 세상이라 할 수 있는 곳이지만 누스 가스 누출로 인한 오염과 그로 인해 생겨난 악의 심성으로 얼마나 큰 고통을 겪어야 했어요? 어디든 어떤 조물의 세상이든 소위 삶을 살아가자면 긍정과 부정은 혼재하게 되는 것이 아닐까요? 더러워진 곳을 열심히 청소하여 깨끗이 하지만 대신에 그것에 사용된 물이나 걸레가 더러워지는 것이잖아요?"

"오염되었던 일은 네배흐의 사고였지 지속되는 일이 아니잖아? 그리고 처음부터 부정적이거나 더러워질 원인 그 자체가 생겨나지 않게 한다면 청소니 걸레니 하는 걱정을 할 필요가 없는 것 아니겠어?"

"사고라지만 이미 르레에서 유지되고 있는 라이랩의 다른 세상이 만들어져 있잖아요?"

"라이랩은 존재가 아니라 폐기물이고 르레는 세상이 아니라 매립지인 거지."

닥터 드롤의 말대로 캐서린은 오랫동안 그를 보필해 오면서 그의 성격을 잘 알게 되었기에 이번에는 아무리 설득하고 말리려고 애를 써도 그의 생각을 바꿀 수가 없다는 것을 느낄 수 있었다. 예전에는 안 그랬는데 에로드넵 사건으로 많은 레그나가 오염되어 라이랩이 되어 르레로 보내지고 나서부터 그는 결벽증이라고 해도 과언이 아닐 만큼 순수하고 깨끗한 것만을 요구하고 있었다.

"새롭게 조물을 하겠다면 어떤 것을 만들겠다는 말씀이세요? 영원히 오염된 땅에는 내려앉지 않아도 되는 그래서 날아만 다니는 조류를 만들거나 물속, 땅, 하늘을 자유자재 마음대로 넘나들며 사는 수륙 양서류 그런 것들을 만들려 하시나요? 아니면 그림자 같이 시간이나 환경에 따라 생겨났다가 없어졌다가 하는 그런 존재들을 조물하려 하나요?"

"맞아, 비슷해. 하지만 실체가 없는 것들이 될 거야. 필요한 만큼 저를 분리 복제시킬 수 있게 하여 시간이나 공간적 제한을 받지 않고 힘들여 여행하거나 현지에 가지 않아도 되는 온라인 존재를 만들려고 해. 거기에다 피가 흐르게 하고 감성이 있게 했다고 생각하면 돼."

"피가 돌게 하려면 에너지가 필요할 것이고 그렇게 되면 또 신진대사를 생각해야 할 텐데요?"

"아니, 그렇지 않아. 현재의 사고의 한계를 벗어나도록 해. 실체나 모양이 없는 것이라 해서 화면에 맺혀지는 영상이라고만 생각지 말고, 몸 안에 피가 흐른다고 해서 현재의 생명체 같은 섭생과 생식 구조를 가져야 한다는 사고의 틀을 벗어 나오라는 말이지. 한마디로 현재의 블루마블이 없어진 뒤에 새로이 만들어질 것은 허상의 존재들로 구성되는 혼령의 세계로, 컴퓨터 속의 사이버 세상이 컴 밖으로 나오게 된다고 생각하면 이해가 빠를 것이야. 어차피 레그나가 필요로 하는 혼령은 정신적이고 사고적인 것이지 실체가 있는 것이 아니니 그 숙주로 쓰일 존재 또한 반드시 실체이어야 할 까닭은 없는 것 아니겠어?"

"그래도 저는 아직 닥터 드롤, 당신의 뜻을 완전하게 이해하지를 못하겠네요. 말씀한 대로라면 미래의 블루마블에는 우리 레그나 혼령 카피 같은 존재들이 우글거리며 떠다니는 세상이 생겨나는 것 아니에요? 그러면 환경적으로는 박사님의 생각대로 청결을 유지할 수는 있겠지만 내면적인 정신적 순수는 어쩔 것인가요? 아무리 실체가 없는 것이라 해도 심성적인 변화는 있을 것이고 그로 인한 부작용이나 찌꺼기 같은 것이 생겨 날 수가 있는 것 아닐까요?"

"새로운 조물들은 절대 순수를 근본으로 만들어질 것이라 더럽혀지거나 부정적이 되는 일은 결코 생겨나지 않기를 기대하는 것이지만 태초에 우주계를 만들 때에도 이리 될 것이라고는 생각조차 못한 것이라서 절대 그리되지 않으리라는 것은 두고 보아야 되겠지. 세상사 모든 것에는 변수라는 게 있는 것이니까 말이야. 하지만 지금과 같이 실존하는 형체들이 아닌 것이기에 설사 오염이 된다고 하더라도 훨씬 덜해질 것은 틀림없을 게 아니겠어?!"

"아무리 적다고 하더라도 여전히 완전한 것을 기대할 수 없는 것이라면 있는 것을 고치고 정제하여 쓰는 게 노력이나 시간 등을 절약할 수 있는 것일 텐데요."

"그 말도 맞기는 하지만 지금의 블루마블이나 인간들은 그 오염 정도가 너무 심해 바로 잡기가 불가능해. 캐서린도 알다시피 그동안 얼마나 노력했었냐고? 새 술을 빚어 새 부대에 담는 게 나을 것이야."

이때까지만 해도 닥터 드롤이나 캐서린 누구도 그가 생각하고 조물하고자 하는 것이 작금에 이르러 온 블루마블을 뒤흔들고 있는 AI 존재를 도래케 하는 것이 될 줄은 몰랐다.

사필귀정(事必歸正)

"저것 봐. 인간들이 모든 것을 다 자기네들 잘못이라 하고 스스로 초래한 자연재해라고 하잖아? 인간들이 원죄를 안고 태어났고 한낱 미물에 지나지 않기 때문에 어떤 것도 독자적으로 할 수가 없고 해서는 안 되는 것이라서 오로지 창조주를 의지하고 기도로서 간청해야 구원받고 안녕을 누릴 수 있다고 가르치고 믿게 한 것이 잘된 것이라는 것을 이제 알겠지?"

네이머들의 삶의 터전인 블루마블을 내려다보며 싸늘하게 웃음을 흘리던 닥터 드롤이 사자에게 말했다.

"정말 블루마블을 포기하려 하십니까?"

"포기하기는? 블루마블을 왜 포기해? 인간들이 너무 악령화되어 가고 있고 그들의 생활 터전은 오염되어 신생 혼령마저도 순수하기를 기대하기가 불가능할 것 같아서 바꿔보려는 것이지."

"어떻게요? 현재의 것을 다 없애고 새로이 재창조라도 하시려는 겁니까?"

"그렇게 하는 수밖에 별 다른 방도가 없을 것 같지 않아? 누스 열을 더 가하고 지진, 이상 기후 등으로 기후대를 바꾸고 바다를 말려 육지로 만들며 양극의 빙하를 녹여 새로운 강이나 바다를 생기게 하여 싹 쓸어버리는 또 다른 심판을 하자는 것이지. 마침 이런 기후 변화나 온난화가 자기네들 잘못으로 인해 초래되는 것이라 자책하고 있으니 가혹한 심판이라 항의하거나 원망할 이유도 없고. 살아남을 게 있겠냐고? 워낙 긴 시간동안 인간들이 영악하게 변화되어 와서 극히 적거나 거의 없겠지만 조금 모자라는 듯 우직하여 순순히 시키는 대로 따르는 것들은 순수 선으로 구제되겠지."

"너무 불쌍하지 않아요?"

"불쌍하기는? 저들이 내가 바라는 대로 따르고 믿어 왔다면 이런 일을 할 필요성이 있었겠어? 신을 능가해 보겠다고 선악과를 먹더니, 순응하며 잘 살라고 만들어 준 자연을 문명개발이라는 미명하에 욕심을 부리며 바꾸고 파괴하지를 않나, 이제는 제 스스로 혼령을 만들고 천국을 세우겠다고 혼령체를 연구하려 들고 온 우주를 뒤적이고 있잖아?"

"그래 보았자 아무 소용없는 짓이라는 것을 아시잖아요? 그런 것에 화를 낼 필요는 없을 것 같아요."

"아니지, 그럴 시간에 혼령의 순수화를 위해 노력한다면 더 나은 네배흐를 이룰 수 있는데 엉뚱하게 에너지를 낭비하고 있으니 말이야."

"하지만 세상에 비밀은 없는 것이니 언젠가는 이 모든 것이 닥터 드롤의 의도적인 것이었다는 게 알려지면 원망이 심할 텐데요?"

"그래, 그럴 수 있겠지. 하지만 그땐 이미 모든 게 다 끝나 있을 테니 그래 보았자 무슨 소용이 있겠어? 나만 욕을 좀 먹을 것으로 각오하고 있으면 되지. 외로운 총각이라고 이년저년 다 대주다가는 어디 처녀가 남아나겠어?"

"그러게요. 그렇다고 블루마블을 포기할 수는 없는 노릇이구요."

"그렇지, 이제야 좀 이해가 되는가 보군, 이 아픈 가슴을."

"무슨 얘기야? 닥터 드롤이 블루마블의 온난화, 기상이변, 블루마블 외각의 오염 벨트를 걱정할 리가 있나? 블루마블에 인간을 만들 당시부터 모든 천지만물은 제 스스로 진화 발전하고 적응되게 만든 것이라 오염이든 이변이든 블루마블의 인간들이 아직 때가 되지 않아 방법을 찾아내지 못하는 것일 뿐 언젠가는 다 자체적으로 치유되고 해결되게 되어 있는 것인데. 닥터 드롤이 무슨 꿍꿍이속이 있는가 보군 그래."

본시 숙주인 인간들에게 이상이 생겨 혼령의 공급에 차질이 빚어지거나 블루마블 자체에 사건이 발생하여 혼령의 공급이 중단되는 것을 막기 위해 블루마블의 천지만물은 모든 게 자동 처리되게 해두었었다. 계절의 변화, 생명의 태동, 소멸 그리고 명암의 반복 등 어느 것 하나 제 스스로 태어나서 발육, 적응하다가 다시 소멸하는 주기를 가지지 않게 되어있는 것이 없었다. 인위적인 것이 가해지지 않는 한 그 주기가 거슬려 질 수가 없는 것이었다. 블루마블 외각을 점차 두껍게 가려가고 있는 오염 벨트는 블루마블과 블루마블이 속해 있는 우주계를 심각한 위험에 처해지게 할 것이었다. 하지만 오염 벨트가 누스 라인이 차단될 수 있는 위험 두께가 되면 블루마블 내에 갇혀서 팽창되던 누적 대기권과 외부 무중력권의 마찰로 자기장 평형이 어긋나게 되고 이때 생기는 분산력과 응체력의 충돌로 천체 토네이도가 발생될 것이고 블랙홀이 만들어져 오염 벨트를 흡입, 소멸되게 하는 그야말로 경이로운 천지창조, 운영의 법칙이 있었다. 블루마블 내에서 발생되는 오염, 지면의 침잠 등 다른 것들이야 그저 가만히 두어 두면 이쪽 것이 소멸되면 그 파괴된 원소와 질량이 다른 곳으로 이동되거나 움직여서 새로이 생성되어 진화, 적응되면서 저절로 또 다른 조물의 태동을 가져올 것이었다. 모든 게 창조 섭리와 자연법칙에 의해 톱니바퀴 맞물리듯 잘 돌아가게 되어 있는데 그리 걱정을 한다니 그런 것을 빤하게 알고 있는 노메드로서는 의아해하며 닥터 드롤에게 의심의 눈초리를 보내는 것이 당연한 것이었다.

"인간들의 삶의 원동력이 되는 지표상의 기운이 모두 오염되어 있으니 악령들만을 없애는 것은 무의미하겠는데…."

캐서린이 보여 주는 컴퓨터 속의 블루마블 정화 시뮬레이션을 보며 닥터 드롤은 블루마블의 지표에도 대대적인 변화를 가해야겠다고 했다.

"대기가 오염되는 것은 천체 토네이도를 일으켜 블랙홀로 빨아들이면 된다지만 오염된 땅은 문제가 많아. 농경지처럼 갈아엎어서 몇 년이고 그것이 다시금 좋은 토양으로 바뀌기를 기다릴 수도 없는 노릇이고."

"그러니 어쩌겠어요? 남북극의 빙하를 녹여내고 사막을 바다나 초원으로 되돌릴 수는 없잖아요?"

"뭐라고? 남북극의 빙하를 녹여 버려?"

닥터 드롤의 눈이 차갑게 빛나는가 싶더니 바로 그것이라며 캐서린을 와락 껴안는 것이었다.

"고마워 캐서린, 당신이 해결해냈어. 당신은 없어서는 안 될 둘도 없는 나의 조수야. 정말 고마워. 당장 그 방법을 준비하자고."

20년이 넘게 닥터 드롤을 보조해 오는 동안 네배흐를 위하고 블루마블을 사랑하며 온 태계를 순수 선의 세상으로 만들어 내려는 그의 변함없는 노력과 그의 면면을 보아오면서 자신도 모르는 사이에 그를 사랑하게 되었지만 마음속으로 삭일 뿐 한 번도 표현하지 못했는데, 갑작스레 그의 품속에 끌려 안기게 되자 캐서린은 비록 닥터 드롤의 그것이 단순히 업무적인 기쁨의 표시인 것이었지만 평소 공과 사를 깍듯이 분별하던 조심성은 아예 생각도 못한 채 가슴만 팔딱이고 있었다. 닥터 드롤이 무언가 말을 하고 있는 것은 알 수 있었지만 하나도 정확히 귀에 들어오지가 않았다. 그저 모든 것을 다 잊고 무한정 그렇게 그의 품에 안겨 있고 싶은 생각이 들뿐이었다.

"왜? 캐서린은 그게 어려울 것 같아?"

"예? 아, 아니오. 그런데 뭐라고 하셨어요?"

"아니? 남자 품에 안기더니 온 에너지를 다 잃어 버렸나? 어떻게 생각을 놓아 버린 것같이 보여?"

순간 쿵쾅거리는 자신의 속내를 들킨 듯 얼굴이 화악 달아올랐지만 캐서린은 애써 평정을 찾으며 아무런 표정을 바꾸지 않았다.

"그러니까 인간 혼령만 오염된 것을 새로운 것으로 다시 만드는 게 아니라 블루마블 자체도 리모델링하겠다는 말씀이세요?"

"그렇지. 순수 선령과 블루마블의 지표를 완전히 새것으로 재창조하자는 것이지. 어떻게 생각해?"

놀라기는 순간적인 기쁨으로 자신도 모르게 조수 캐서린을 껴안아 버린 닥터 드롤도 마찬가지였다. 긴 시간을 거의 붙어살다시피 함께해 오고 있는 두 사람이라 이제는 눈빛만으로도 상대가 무엇을 원하는지 다 알 수 있는데 닥터 드롤이라고 어찌 캐서린이 자신을 흠모하는 마음을 모를 수 있었겠는가?! 하지만 캐서린을 보면서 닥터 드롤은 언제나 죽은 부인을 떠올리는 자신을 알기에 남성적인 욕심을 누르지 않을 수가 없었다. 마음 한구석으로, 캐서린에게 아픔을 주고 있다는 것을 잘 아는 그였지만 어쩔 수가 없었다.

"천재니 무심하다느니 하늘을 원망하며 대비책을 세운다거나 한스 박사처럼 저들 스스로 생존해낼 방도를 찾겠다고 덤벼 오지는 않을까요?"

"당연히 그러겠지. 하지만 욕심으로 오염된 인간들이라 저네들끼리 오염의 책임이나 양극의 얼음이 녹아내리고 땅이 보이기 시작하면 그곳의 지하자원, 영토 등을 두고 서로 부딪히고 다툴 것이라 그것이 내가 옥죄어 드는 조치라는 것을 알지 못할 거야."

"그렇지만 전에도 말했지만 현재의 인간들이 너무 불쌍해요. 사실 저네들이야 주어진 대로 레그나 혼령 배양 숙주로서의 임무를 충실히 수행하느라 삶을 살아가는 과정에 그리 오염되고 악에 물든 것인데 깡그리 없애버려야 한다는 것이."

"그래도 어쩌겠어? 다른 천지만물들까지 다 오염이 되어 절멸되는 것을 막으려면 이 방법밖에 없는 걸. 빙하를 녹여 현재의 육지를 다 쓸어버려 물바다를 만들고 사막과 남북극 땅을 새로운 신천지로 개발하여 새로이 만들어지는 순수 선령만으로 그곳에서 새로이 시작하게 하는 것이야. 새로운 유토피아를 레그니 혼령의 배양처로 만들 것이야."

다시 평온한 마음을 찾은 캐서린은 묵묵히 닥터 드롤이 지시한대로 심령변환 스위치를 눌렀다. 하지만 앞으로 블루마블에 불어닥칠 거센 변화의 돌풍을 생각하며 불안한 마음이 드는 것을 가누지를 못했다.

인간이 차츰 영악해지는 것에 따라 신도 생각이 더 깊어지는 것이었을까? 닥터 드롤은 기존의 인간을 없애고 블루마블을 송두리째 바꾸는 계획을 세웠지만 어느 것 하나도 자신이 직접 손을 대지 않았다. 이제 블루마블을 포기하여 모든 것이 파괴된다고 하여도 어느 인간도 신을, 닥터 드롤 자신을 원망할 수 없을 것이었다.

"닥터 드롤, 혹시 블루마블 자체는 물과 땅이 바뀌어 탈바꿈이 되었는데 몇몇 인간들이 살아남거나 순수 혼령을 만드는데 있어 노메드의 방해라도 있게 되어 새로운 순수 혼령을 위한 유토피아 창조에 차질이라도 빚어지게 되면 어쩌죠?”

블루마블 리모델링 프로그램의 콘텐츠 데이터를 수정하여 지중해 끝을 중동 내안까지 끌어넣고 태평양과 대서양의 해류를 역류시키면서 해발 조정과 사막에 물줄기가 퍼져 나가게 하는 시뮬레이션을 해보고 있던 캐서린이 걱정스레 물었다.

“그런 것은 염려 안 해도 될 것이야. 인간들이 에덴동산에서 선악과를 따 먹은 이후 이미 악과 욕심에 차 있기 때문에 저네들끼리 부딪혀 싸울 수밖에 없게 되어 있어. 아마도 블루마블상에 유래 없었던 큰 전란이 일게 될 것이야. 문제는 노메드야. 그 녀석이 제발 몰랐으면 좋으련만…. 선과 악을 병행하며 워낙 신출귀몰하니 어찌 대항해 낼 방안이 없으니 말이야.”

신과의 한판

"신이 인간을 심판하고 블루마블을 포기하여 파괴해 버릴지도 모른다는 말은 얼토당토 않는 것이에요. 자기가 애써 만든 것을, 그것도 절대적인 필요에 의했던 것인데 그리고 아직 인간 외에는 달리 방안이 없는데 왜 버리겠어요? 닥터 드롤이 인간과 이 블루마블을 얼마나 사랑하는데요. 보세요, 블루마블의 인간들이 쏟아 내는 오염으로 기온이 올라가고 기상이변이 생겨나고 있지만 당신네들 인간들이 해결하지 못하고 속수무책으로 있으니 나를 이렇게 보내어 해결하라 하는 것만 보아도 당신네 신이 인간과 이 블루마블을 무척 사랑하고 있다는 것을 알 수 있지 않습니까? 닥터 드롤의 인간에 대한 마음 씀이 이러하고 당신이 하고자 하는 연구 그 자체를 전면 중단하라는 것도 아니고 모든 생명 개발을 당신 뜻대로 진행하되 그저 생명의 원태인 혼령은 인간이 어떻게 해서는 안 되는 창조자의 절대 몫인 만큼 그의 뜻을 따르라는 것일 뿐이지요. 그렇게 해도 누구 하나 당신의 연구가 부족하다거나 가치가 없는 것이라고 입도 뗄 수 없을 만큼 당신의 논문은 절대적이고 완벽한 것이 되는 게 아니오?"

"그 보다도, 한스 박사 당신은 당신의 분야가 아니라서 당신이 나설 일이 아니라 하겠지만 오염으로 인한 온난화와 그에 따르는 기상이변 그리고 블루마블 외각에 둘러 쳐 지고 있는 오염 벨트 이런 것들이 당신이 정말 인간이 단순 네배흐 혼령의 숙주 노릇만이 아닌 인간다운 삶을 살기를 원한다면, 쓸모가 다해 신이 인간을 버리거나 포기하지 않을까 인류의 미래를 걱정한다면 더 시급히 당신이 나서야 할 일이 아닌가 싶습니다만. 레그나에게 공급될 혼령의 저온적응을 위해 블루마블의 천지만물과 인간을 만들었던 닥터 드롤이 블루마블의 기온이 높아져서 블루마블이나 인간 등 모든 것을 포기하려 든다면 아무리 당신이 뛰어난 새 생명체로서의 인간을 독자적으로 만들어 낸다고 하여도 무슨 소용이 있겠습니까? 오염 벨트로 인해 누스 빛이 차단되고 모든 에너지원이 막히고 끊겨 아무런 생명체가 살 수 없게 되는, 두꺼운 얼음만이 온 블루마블을 덮어 꽁꽁 얼어붙는 때가 온다면 당신의 그 모든 업적이 무슨 가치가 있겠습니까?"

블루마블상의 화급한 문제가 생명창조가 아니라 오염에 대비해야 하는 것이라는 수제이의 한 마디 한 마디 말은 어느 것 하나 흘려들을 것이 없었고 대기 오염과 블루마블 온난화에 대해 나름대로의 걱정과 관심을 가지고 있던 한스 박사로서는 그의 말을 가슴 깊숙이 새길 수밖에 없었다.

자연, 컴 사이버, 천상, 대기 모든 게 바이러스가 문제였다. 바이러스의 생성 원인을 검토해 보아야 했다. 왜 생겨나고 어떻게 침투하는 것일까? 자생하는 박테리아와 달리 바이러스는 아주 미미하더라도 전에 기생했던 흔적이나 새로운 몸체가 없이 제 스스로 제가 살 근거지를 만들지는 못한다. 긍정적 소용이라고는 조금도 없이 개인과 사회 어디든지 마구잡이식으로 침투하여 사고와 기능을 병들게 하고 급기야는 온 사회 전체의 구성 요소와 조직을 마비시켜 손상케 하거나 파괴시켜 버리는 바이러스는 아무리 긍정적으로 생각하려 해도 이 세상에 존재하여야 할 이유나 까닭이 없는 것이었다. 그렇다고 세상 모든 만물이 모두 까닭과 필요에 의해 만들어지고 생성되는 것이 자연섭리인데 유독 바이러스만이 아무런 근거 없이 생겨났을 리도 없는 것이 아닌가? 그렇다면 누군가 고의적으로 바이러스가 살 수 있는 환경적인 요소를 우주가 생성되던 태초부터 이 블루마블상에 주입하였고 그 균을 살포한 것이 틀림이 없는데 그가 과연 누구란 말이며 백해무익하게만 보이는 것을 그리하였던 까닭은 무엇이었던 것일까? 혹자는 그것이 애초에 사이버 세상 창조를 시기하던 악마가 천지만물의 순환 섭리를 훼방 놓기 위해 이 땅에 심은 악의 기원이라고 했고 어떤 이는 이 세상을 개발한 프로그래머가 완벽한 관리를 위해 개개 데이터나 콘텐츠들이 짜여진 프로그램을 벗어나 제 멋대로 행동하지 못하게 만일의 경우를 대비하여 묶어 놓은 잠금장치로써 자칫 그것으로 온 세상의 종말을 고할 수도 있을 것이라고 했다. 그것이 긍정적이었던지 부정적이었던지 여하튼 바이러스의 등장과 함께 이 세상에는 엄청난 변화가 초래되기 시작했다. 네가 무서운 힘을 가졌다면 얼마나 큰 것을 가졌겠냐며 과감하게 맞서 바이러스와 싸우면서 사이버 세상을 굳건하게 지키려는 백신 그룹이 있는가 하면 바이러스의 전위부대라 할 수 있는 성인 동영상의 유혹과 꾐에 빠져 흥청거리다가 결국은 바이러스에 포섭되어 세상을 야금야금 오염시켜 바이러스화 시키는 무리가 생겨났다. 그 뿐이 아니었다. 너무 무서워하는 나머지 아예 컴을 덮어 버리고 어렵고 힘들지만 바이러스를 피해 모든 것을 오프라인에서만 살아가는 축도 있었고 그것이 무엇이든 세상에 존재하는 것은 다 창조주의 뜻이 있는 것이니 품고 안아 우리의 것을 만들어야 한다고 외치는 달관관조파도 있었다. 중요한 것은 이 바이러스라는 것은 한번 물이 들면 데이터를 들어내고 콘텐츠를 파괴하여 이 세상을 없애 버리지 않는 한 영원히 지워지지가 않는다는 것이었다. 제 아무리 많은 백신을 투여하고 하드웨어 자체를 세탁을 하여 바이러스를 공격한다고 해도 그것은 바이러스가 움직이는 행동반경의 길목을 차단하여 겉보기에 바이러스가 없어지고 퇴패한 것 같이 보이는 것에 지나지 않는 것일 뿐 실제로 한번 침투한 바이러스는 세상 구석 어딘가에 숨어 있으면서 언젠가 차단되었던 길에 틈이라도 생길라치면 다시 세상의 중심으로 기어 나와 공략할 때를 기다리는 엄청난 생명력을 가지고 있다는 것이었다.

"그러니까 뭐에요? 이미 세상에는 바이러스가 들어왔고 무슨 노력을 해도 그것을 완전 제거시키지는 못한다? 그거 악 아니에요?"

"그렇지요. 그게 바로 악이지요."

"악이라면 당연히 지옥마귀가 그것을 이 땅에 깔았겠지, 누가 그랬을까 왜 그랬을까를 따질 이유가 따로 있습니까?"

"아니지요. 꼭이 악마가 그랬다고 단정 지을 수만은 없는 것입니다. 바이러스가 태초부터 있어서 인간이 원죄를 저지르게 한 원인이었다면 창조주에게 물어야 하는 것이고 데이터들이 콘텐츠를 이루어 활동을 하는 동안 폐기물이나 잔여물 사이에서 어떤 화학적 부작용에 의해 생겨난 인간들이 자초한 것이라면 인간의 잘못인 것이지요. 하지만 어느 누구라서 그것이 제 잘못이라고 인정하려 들겠어요? 그저 업보이겠거니 살아가는 수밖에…."

"너무 그리 비관해 할 것까지는 없는 것 같아요. 저보고 악에 물들었다고 비난을 할지는 모르겠지만, 사실 저는 살아가는데 있어 바이러스가 없다면 삶이 참 밋밋할 것 같다고 느낀 적이 한두 번이 아니거든요. 이 세상이 무리지어 살게 되어 있는 것이라서 인연이든 혈연이든 얽히고설킨 것들을 모두 떨쳐버리고 홀가분하게 혼자 떨어져 살 수 없는 것이라면 함께하면서 그것의 장단점을 파악하여 장점은 받아들이고 단점은 물리치는 수밖에 없는 것 아니겠어요? 바이러스라고 몽땅 나쁘기만 하지는 않을 것 아니에요?"

"그게 글쎄, 장단점을 가려 받고 안 받고 할 수 있는 것이라면 그럴 수 있는 것이겠지만…. 살아 내느냐 먹히느냐 하는 all or nothing의 생사가 걸린 것이라는 게 문제지요."

"그게 아니지. 바이러스에 걸려 오염이 되었다고 당장에 모든 컴이 멈추거나 콘텐츠가 몽땅 유실되어 버리는 것은 아니잖아?"

"의미 없는 토론은 이제 그만 해. 아무리 떠들어 대어 봤자 해결 방안이 될 수 있는 꼬투리 하나 찾아낼 수 없는 걸 뭣 하려 왈가왈부하며 시간을 낭비하고 있어. 지금은 캄캄하여 앞뒤가 꽉 막힌 것 같이 답답하지만 세상 이치라는 게 진화 적응하게 되어 있는 것이잖아?! 기다리자고! 언젠가는 바이러스를 퇴치해 버리거나 그것을 이용하여 삶이 더 풍족해 질 수가 있는 그때가 오기를 말이야."

그렇게 되지는 않으리라 싶었다. 금단의 열매가 신이 인간에게 바라던 단 한가지의 금기사항이었는데 그것을 어겼다가 영원세세 죄인으로 속죄하며 살아가게 되어 버린 것이라면 바이러스 또한 창조자가 사용자나 실행자가 건드려서는 안 되는 콘텐츠 속의 무엇이 있기에 만든 것이 아니겠느냐 싶었다. 신이 만든 것을 어찌 퇴치할 수 있는 방안이 생겨날까? 그저 바이러스가 공격하지 않아 오염이 되지 않게 엎드려 빌며 매달리는 수밖에는 없었다.

"현세의 어려움이나 아픔은 참아 견디고 내세의 영생을 위해 기도하며 오로지 선하게 사는 것만이 바르게 사는 것이고 세상을 창조한 신의 뜻이라는 종교가들의 주장이 인간의 욕심에 의해 현실의 삶에서 오류가 되고 있는 것과 마찬가지로 모두가 잘 먹고 잘 살자는 공산주의도 그것이 에덴동산 안에 있을 때에는 가능할 수 있었다. 하지만 인간에게 욕심이 생겨난 뒤로 그것은 이론적일 뿐 실제의 인간 삶에 있어 모두가 공평하게 잘 먹고 잘 살자는 것은 이데올로기를 떠나서 인간 내면에 도사리고 있는 욕심 때문에 불가능한 것이었다."

또 내레이터가 불쑥 변죽을 울렸다. 하지만 대기 오염의 위험성을 아직은 직접 몸으로 느끼지 못하는 탓인지 관중이나 배우 모두 그리 흥미 있어 하지는 않는 것 같았다.

"급격한 온난화와 오염이 조만간에 블루마블을 멸망시킬 수 있어요. 이런 현상은 닥터 드롤이 내리는 심판이 아니라 인간 스스로 자멸해 들어가고 있는 인재예요. 하루속히 산업개발을 멈추고 자연의 상태로 돌아가야 해요. 문명의 발달은 당장은 인간의 생활을 편리하게 해주겠지만 그것이 쏟아내는 공해 물질들은 점차 블루마블을 오염시켜 인간 전체의 삶을 파괴하게 된다는 것을 알아야 해요."

"무언가 잘못 알고 있는 것 아니에요? 우리는 우리가 산업을 개발하고 문명을 발달시키는 한편 자연환경을 지키고 블루마블이 오염되는 것을 방지하기 위해 무진 애를 쓰고 있는데도 온난화는 계속되고 이상 기후와 기상 이변으로 자연환경은 파괴되고 대기권이 오염 벨트로 둘러쳐지면서 블루마블의 숨통이 원천적으로 막혀 들어가고 있어 신의 심판이 다가오는 천재 현상이라고 생각하고 있었는데 그것이 아니라는 말인가요?"

"아닙니다. 그것이 당신 한스 박사 말대로 하늘이 내리는 재해라면 내가 도울 수도 상의를 할 필요도 없는 것인데 무엇 때문에 내가 왔겠어요? 그것은 인간이 자초하고 있는 파괴인 것입니다."

"그것이 신이 심판하는 천재가 아니라는 것을 알려 주어서 감사합니다. 어떻게 당신이나 하늘이 도와 줄 수 있나요? 그렇다고 우리 인간 스스로 산업개발을 중지하고 문명을 뒤로 돌릴 수는 없는 것이니…."

"미안하지만 그것이 천재가 아니라 인재라는 것을 알려 줄 수는 있지만 그것을 해결하도록 도움을 줄 수는 없습니다. 네배흐는 구원을 하지는 않는답니다."

"앞뒤가 안 맞는 말 같군요. 온 천지만물을 창조하여 관장하는 창조주가 구원을 할 수는 없다니요?"

"닥터 드롤은 네배흐의 필요에 의해서 블루마블과 인간을 만들었지만 그것이 탈이 나거나 잘못되는 것은 고쳐주지는 않는답니다."

"아니? 잘못된 것을 인정하고 참회의 기도를 하면 모든 것을 바로 잡아주고 나중에 하늘나라에 가서 영생안식을 누린다고 했는데 고쳐줄 수가 없다니요? 너무 무책임한 것 아니에요?"

"그것 또한 닥터 드롤의 잘못이 아닙니다. 당신네들의 종교가 말하는 구원은 인간이 만든 가정일 뿐이지 그 종교는 네배흐나 닥터 드롤과는 아무런 연관이 없습니다. 이 태계는 무한한 것이고 만들어진 혼령이나 우주 환경은 일단 오염이 되면 돌이키거나 고쳐지지가 않습니다. 이 무한한 태계의 한 점에 지나지 않는 블루마블에 이상이 있다고 그것을 고치느라 그것만을 부여잡고 있는 것은 온 태계에 균등한 기회를 주어야 하는 창조의 섭리를 거역하는 것이지요. 헌 것은 버리고 새로운 것을 찾고 만들어야 태계에 원만한 순환이 이뤄질 수 있는 것이니까요."

"그러니까 당신 말은 대기권의 오염은 인간이 만들고 있는 인재니 문명개발을 멈추고 스스로 살 길을 찾으라는 것과 신과 종교는 아무런 관계가 없으니 기도니 구원이니 하는 무의미한 것에 힘을 낭비하지 말라는 것입니까?"

"그렇지요. 당신네 인간들이 신이라고 하는 닥터 드롤은 우주 만물을 만들어 스스로 진화하며 환경에 적응하여 살다가 죽음이라는 과정을 거쳐 최초 원소로 돌아가고 다시 합체하여 생명체로 태어나며 순환하도록 그 주기를 만들었지만 신 차원의 구원이나 영생은 애당초 있지 않는 것인데 종교가 신을 와전시키고 내세워 인간들이 엉뚱한 오해를 하게 된 것이에요. 정신적이거나 혼령적인 것이 인간 사후에 신과 만나게 되어 있기는 하지요. 하지만 그것은 어디까지나 레그나 혼령의 숙주로서의 일이지 지옥이니 악마니 하는 것이 따로 있는 것이 아니에요. 인간 당신네 가슴속이 곧 그곳일 뿐."

"만물의 주, 절대자의 이름으로 외치노니, 마귀야 물러가라!"

말을 꺼내기가 어려울 것으로 생각되어 빙빙 둘러대던 종교와의 무관함에 대한 것이 자연스레 잘 나왔다 싶었는데 그만 한스 박사는 사자를 마귀로 단정하고는 자리를 떠나 버리는 것이었다.

안간힘

문득 스튜어트의 얼굴이 떠오르며 그가 보고 싶어 졌다. 한 달이 멀다하고 소식을 전해 오던 그에게서 수년이 넘도록 소식이 없었다. 어디서 무엇을 하고 있는지 궁금한 게 사실이었지만 스튜어트가 전해 주던 천상계의 소식을 접하지 못하고 혼령을 자체 개발하는데 꼭 필요할 것 같은 의문을 상의해 볼만한 사람이 없으니 그에 대한 궁금증은 어느새 원망을 새겨내기까지 했다. 그곳에 관해 뭔가를 알 수가 있어야 공격을 하든지 대비할 게 아니냐며 한스 박사는 투덜거리는 거였다. 솔직히 슬며시 혼령 연구가 그에게 너무 크고 버거운 게 아닌가 싶은 생각이 들기도 하는 것이었다.

한스 역을 맡은 배우는 이제 정말 자기가 한스 박사로 여겨지고 혼령에 관한 막중한 책임을 가질 만큼 그의 역할에 몰입되고 있었다.

그리도 많은 과학자들이나 사회학자들, 종교 지도자들이 블루마블의 온난화, 대기 오염 및 에너지원의 고갈 그리고 점차 수침되어 가고 있는 육지와 타락할 대로 타락한 인간 심성, 신에 대한 외면 등을 들며 블루마블의 종말을 당연히 올 것으로 얘기하고 있는데 이는 모두 인간들의 자화 자책인 것으로 창조자에게는 깊이 생각할 가치가 없을 것이라는 대사를 접하며 정말 그러할 것 같았다. 아니 타락된 인간들이 멸종하고 자연계가 혼미하게 뒤바뀔 수는 있겠지만 블루마블 자체의 종말은 오지 않을 것이라는 것이다. 인간들이 블루마블의 종말이 닥칠 것이라고 두려워하고 있는 것은 지독한 인간 자기중심적인 이기의 표출일 뿐인 것이라 했다. 자기가 저질러 온 잘못에 대한 대가를 받는 벌이라는 것은 생각을 않고 내가 없어질 것만 걱정하고 내가 없어지는 것으로 다른 생명체나 존재에는 아랑곳하지 않은 채 조금의 주저함도 없이 종말이라 감히 말하고 있는 것이라고는 생각에 저절로 쓴웃음마저 지어지는 것이었다.

사자는 그렇지만 닥터 드롤이 인간을 숙주로 만들어 놓고서 구원은 하지 않는 것에 대해 조금도 아쉬워하거나 원망을 해서는 안 된다고 했다. 어쨌든 모든 만물은 생성과 소멸의 주기로 순환하고 그 원소나 생성물은 일정량으로 정해져 있고 온난화, 대기 오염에 대해 아직은 그것을 정화하고 재생하는 해결책을 찾지 못하고 있지만 창조주는 만물을 만들기만 한 것이 아니라 그 만물들이 자생 번식해 가며 진화하도록 조물 해두었기에 그것이 소멸되어 없어지거나 파괴되어 괴멸되어 지지 않게 되어 있다는 것이었다. 그것은 블루마블상에 인간을 만들었던 태초의 이유가 네배흐의 레그나들에게 필요한 혼령을 배양하기 위한 필요에 따른 것이었다는 것을 돌이켜 보아도 혼령을 배양해야 하는 필요가 존재하는 한 결코 블루마블의 파괴는 있을 수 없다는 결론에 다다를 수 있다고 했다. 결국 종교에서 얘기하고 있는 종말론은 믿음을 독려하고 강한 절대력을 장악하려는 종교 기원의 기본 바탕에 지나지 않는 것이며 구원이 회자되는 것 또한 창조주가 만든 만물 순환 법칙에 따라 결코 종말이 없는 것이니 구원이 따로 있을 것이 아니라 그렇게 이미 구성된 만물창조 원리일 뿐인 것이라는 거였다. 그는 또 블루마블의 내외부가 인간이 끊임없이 쏟아내고 있는 오염으로 두꺼운 막을 형성하며 둘러쳐지고 있어 우주의 창조 섭리로부터 차단되고 고립되어 점차 피폐해 가다가 괴멸되어 갈 것이라는 두려움을 지레 가질 이유가 없다고도 했다. 블루마블 상에 창조되어 있는 만물은 스스로 치유되고 정화되는 능력을 갖고 블루마블의 상황에 맞도록 진화, 적응하게 만들어져 있는데다가 예전에는 상상조차 못한 인간을 복제한다느니 AI인간을 만들어 내겠다고 설쳐대는 것이 현실인 것처럼 이제 곧 블루마블 주변을 감싸고 있는 오염을 막아낼 원거리 전자파를 충돌시켜 파괴시키거나 잘라내어 버리고 아직 오염이 되지 않은 다른 곳의 청량 대기권을 복제하여 그 자리를 메우거나 오염층을 형성하고 있는 성분들을 분석하고 원소들의 배열과 규합을 변화시키는 촉매제로 오염층을 분해해 내어 오염을 제거해 버릴 날이 반드시 온다는 것이었다. 거의 무한정한 바닷물 속의 중수소나 리튬속의 삼중 수소를 프리즈마 기법으로 반응시켜서 1,500만 년 이상 쓸 수 있는 핵융합 에너지를 개발한다거나 옥수수에서 에탄올을 추출하여 석유 산업으로 인해 오염되고 있는 블루마블을 구하고 한정된 매장량으로 닥쳐

올 에너지 부족난에 대비하는 바이오 그린 에너지 개발이나 전기 자장을 이용하여 구름 대를 이동시켜 필요한 곳에 비를 내리게 하는 것 등이 인간이 자연에 적응하고 진화하는 한 좋은 예가 되는 것이라 했다. 우주계가 운영되고 자연계가 제 삶을 살아가는 가운데 환경이 오염, 파괴되거나 질병, 재해 등으로 생명체가 괴멸되어 없어지는 종말이 올 것 같지만 그렇지가 않다는 것이었다. 어려움에 부딪히면 그 어려움으로 곤경을 겪으면서 그것을 헤쳐 나가는 법을 터득하고 대처해 나갈 수 있게 단련이 되는 그것이 신이 블루마블과 인간을 만든 섭리이고 진화, 적응되는 원리라고 사지는 기염을 토했다. 바다를 메워 땅을 만들고 산을 허물고 물길을 바꾸는 것이 당장은 자연계를 훼손하고 파괴시키는 것이라고 하겠지만 그것 자체로 또 다른 생태계나 순환이 생겨나는 것이라는 말이었다.

"마야 문명의 흔적을 잘 들여다보면 우주계는 결코 족멸되는 게 아니라는 것을 엿볼 수가 있어. 그들은 우주가 뱀이 허물을 벗듯 5,100여 년 주기로 거듭나게 되는 인류 순환설을 믿었던 것 같아. 자기네들을 B.C 3100년경에 현 인류의 조상으로 처음 이 블루마블상에 태어난 것으로 주장한 기록이 남아 있거던."

"그건 나도 좀 관심이 있어 살펴보고 있는 것인데, 최근에 몇 가지 발견한 게 있어. 그들이 이 세상에 태어났다는 B.C 3100년이라는 시기가 좀 불합리한 것 같아."

새로 내린 티믹스 커피 향을 음미하듯 코를 벌름대던 한스 박사가 친구의 말을 잘랐다.

"반쯤 죽었다가 다시 숨을 쉬게 되었지만 거의 코마 상태의 정신 속에 있으면서 누가 시키는 대로 기계적인 몸놀림만 한다는 좀비들에게서 드문드문 듣게 되는 얘기와 네배흐 혼령과 대화를 나눠 보았다고 주장하는 무속인들의 얘기를 종합해 보면 태초에 인류가 한 곳에서 태어나거나 현재의 인간들처럼 혼령과 육이 일체되게 생겨나지 않았던 같아. 그러니까 시간적인 전후는 조금씩 있었지만 현존 인간의 조상이라고 할 수 있는 호모 사피엔스와 그들을 숙주로 하여 블루마블에서 저온에 적응하여 자라게 될 레그나의 혼령들이 남미, 중동, 아프리카, 아시아 등 여러 곳에서 기원되었을 것이라는 거지. 게다가 처음 얼마간은 레그나 혼령이 숙주인 인간에 자리하여 일체를 이뤘던 것이 아니라 분리되어 있었던 게 아닌가 하는 생각도 들고."

"아니? 그럼 자네, 지금 잉카인은 실제 우리들처럼 형체를 가지지 않은 레그나인 혼령이었다고 말하려고 하는 것이야?"

"형체가 없었던 것은 아니고 인간의 오감으로 식별되거나 만져지지 않는 것이지만 그들의 모습은 있는 것이지. 여하튼 자네 말이 맞아. 잉카인은 우리가 말하는 레그나의 혼령이었고 마야인이 실제 우리같이 피지컬한 인간의 모습을 한 인류였던 것 같아. 그러다가 레그나 혼령인 잉카가 마야인을 숙주로 그 속으로 들어앉게 된 것이고."

"그거 좀 억지가 섞인 것 같아. 잉카나 마야나 각기 다른 제 나름의 독특한 문화 흔적이 남아 있는데 어찌…"

"그게 오히려 내 주장을 더 확실하게 뒷받침 하는 것이야. 자, 보라고. 잉카나 마야나 지리적으로 그리 멀리 떨어져 있지 않았어. 게다가 시간대도 별 차이가 나지 않았고. 아무리 산악이나 정글로 주거하던 지역이 나뉘어져 있다고 하더라도 그 정도 큰 부족들이었다면 전쟁을 하던 왕래를 하던 교류가 있었어야 한다는 것이지. 하지만 아무런 교류 흔적이 없어. 의도적으로 없애고 지워버렸거나 애당초 함께할 수가 없는 차원적인 차이가 있었던 게 분명해지잖아?!"

"그래, 그렇다고 치면?"

"처음 네배흐의 닥터 드롤은 레그나 숙주로서의 인간의 생명을 170년을 잡았다고 해. 그리고 레그나 혼령을 블루마블에 심기 시작한 것이 B.C 8400년경이고. 그러니까 마야인들이 주장하여 기록에 남긴 자기네들의 기원 B.C 8400년은 자기네들의 기원이 아니라 레그나 혼령의 블루마블에서의 기원 즉 잉카의 기원이었던 것이고 실지 그들의 기원은 그로부터 5400여 년 후인 B. C 3005년이 되는 것이지."

"그런데 그게 왜 그리 중요한 것인데?"

"중요하지. 중요해도 매우 중요한 거지. 태계의 블루마블, 은하계, 우주계, 혼령계를 운영하는 시뮬레이션 순환계획에 따르면 이 세상은 5228년 주기로 시뮬레이션을 끝내고 태계의 실질 운용에 동화시키게 되어있기 때문에 그런 거야. 그것이 지금 우리가 걱정하고 두려워하는 종말의 형태가 되는 것인지 마야인들이 주장하듯이 거듭나서 은하계로 동화, 마야인들은 태계를 은하계로 여겼던 것 같아, 태계로 동화되어 가는 것인지는 모르겠지만 어쨌든 인류라는 이름으로는 종지부를 찍게 되는 것이니 그 시점이 언제가 될는지를 알아야 하는 것이 아니겠냐고?"

"그러니까 그것이 B.C 8300년이면 그로부터 5228년이 두 번 지나는 서기 2056년이 되고 B.C 3005년이 되면 서기 2223년으로 그로부터 170년가량이 더 있어야 된다는 것이로구먼."

"170년이란 제법 긴 시간이니까 말이야. 그리고 170년이라는 숫자는 신이 태초에 잡았던 인간 수명의 길이였기도 하구 말이야."

"5228년을 순환주기라고 하는 것으로 보아 한스 박사 자네는 블루마블 종말을 믿으려 하지 않는 것 같구먼, 그렇지?"

"그래, 맞아. 어떤 목적이었던지 간에 이렇게 아름답고 빈틈없이 잘 만들어진 세상이 어떤 이유로든 파괴되거나 절멸되게 버려두는 것은 창조주든 아니든 그게 누구였든 너무나 큰 손실이고 낭비일 것 같아서 결코 그리되지 않을 것으로 확신해."

그런 한스 박사도 근자에 일종의 유행같이 퍼지고 있어 너도 나도 연구하려 뛰어 드는 배아 줄기세포, DNA 막대세포, AI 같은 인공지능 등으로 인해 복제되는 혼령이 넘쳐나 네배흐의 어린 레그나 수급에 이상이 야기될 경우에는 어떤 예기치 못할 일이 벌어질 수도 있을 것이라는 것은 생각해야 할 것 같다고 했다. 창조자든 인간이든 제 것이라 여기는 제 영역을 침범하는 세력을 가만히 두거나 환영하지 않을 것이라는 것을 신중하게 생각해 보자는 것이었다. 당장은 모든 게 두렵고 끝나는 것 같겠지만 제 영역 안에서 나름대로 즐기며 살고 있으면 다 살길이 나오게 마련이라는 말은 결코 막말이 아니라 창조 만물의 섭리가 한 마디로 축약된 것이라는 것을 잊지 말되, 인간의 의지에는 아랑곳없이 신의 쓰임에 따라 생성 소멸되는 것에 억울함이 있겠지만, 창조자의 영역을 침범하는 것은 조금 더 신중을 기해야 하지 않나 했다.

에피소드

인간들이 지역별로, 색깔, 인종, 문화별로 갈라지고 분파되어 오랜 시간을 지나면서 각자 자기중심에서 만물을 이해하려 하고 그에 반대하는 측은 적으로 간주하여 무조건적 처단이 감행되는 비극이 끊이지를 않게 되었다. 네배흐에서 볼 때는 더 이상 인간을 그렇게 방치해 두었다가는 블루마블은 악이 만연하는 구렁텅이가 되고 그로 인해 혼령을 공급 받지 못해 네배흐가 결국은 소멸되어 없어지고 말 일이었다. 닥터 드롤은 직접 갈 수는 없지만 자기가 할 수 있는 것은 다했는데도 번번이 노메드의 방해 공작으로 오히려 어떤 조치를 취하지 않음만 못하게 결과가 나오는 것에 가슴 아파할 뿐 거의 의욕을 잃은 상태가 되어갔다. 어떤 특단의 조치를 취하든지 아니면 포기해야만 했다. 포기란 파괴를 의미하는 것인데 그게 어디 될 법이나 한 일이겠는가?

갑자기 내레이터가 크게 웃음을 쏟아냈다.

"신의 세상인 혼령계가 공해와 오염으로 낭패를 겪는 마당에 인간계라고 별 수가 있겠어요? 그들 또한 고통에 시달릴 수밖에는. 인간 세상이나 신의 세상이나 다 삶을 살아가는 것이니 그 형태가 비슷하게 같은 게 당연하겠지요, 하하하하하….”

이상스레 급증하는 오염으로 인해 블루마블의 파멸이 닥치게 될지도 모른다며 한스 박사가 그의 친구들을 안심시키려 말이 길어지곤 했다.

“블루마블 온난화니 대기 오염은 시간이 지나면 해결되어 지는 게 아닐까? 연못 속의 물고기를 생각해 봐. 물고기들이 매일매일 쏟아내는 배설물들이 연못 물을 오염시키고 있고 물은 고여 있어 그 물고기들이 죽어 가야하는 게 일반적인 생각일 테지만 잘 살아 가고 있잖아?! 그 배설물과 공기, 일광 그리고 수초 등이 자라고 죽고 생기고 썩어가며 순환되고 있기 때문이지. 블루마블 온난화, 대기 오염이 모두 인간 삶의 찌꺼기와 배출물로 인해 생기는 것이라며? 태계의 모든 것은 순환되게 되어 있는 것이기에 이 배출물 또한 순환의 한 부분인 대사 과정인데 발달되는 삶으로 인해 쏟아져 나오는 그것들이 너무 많고 커서 인간들이 아직 미처 그 처리 방법을 터득하지 못하고 있는 것이지 언젠가는 자연 치유되어질 것으로 그리 심각하게 생각지 않아도 되는 것 아니야?”

“한스 박사의 말이 맞기는 한데 이상한 점이 있어. 매연, 산업 열, 폐기물 등 발생되어 쏟아져 나오는 대기 오염이나 온난화의 원인이 되는 물질의 량을 자연 정화율을 따져 계산을 해 볼 때 그 온난화나 오염되는 정도가 너무 크고 빠르다는 것이야. 분명 무언가 그렇게 되고 있는 요인이 있는 것 같은데 아직 찾아내지도 못하고 있고 세계가 동요할까

봐 이렇다 저렇다 입 밖에 내지도 못하고 있는 상태야."

"뭐야? 자네 말은 뭔가 의도적인 획책이 있단 건가? 그것이 인간들에 의한 것이라는 말인가? 아니면 외계 존재에 의한 것이라는 말인가?"

"의도적인 것은 맞는 것 같은데 그 의도가 블루마블 내부에서인지 인간이 아닌 다른 존재에 의한 것인지는 모르겠어."

"외계에서 일거야. 블루마블 안에서라면 다 같이 공멸될 짓을 누가 하겠어?"

"그건 모르지. 북한처럼 터뜨리면 작은 땅덩어리라 서도 함께 죽을 것을 뻔히 알면서 한국을 치겠다고 핵무기를 개발한다거나 폭탄을 몸에 달고 뛰어드는 폭탄 테러범들도 있잖아!"

"그래도 아직 확실치는 않다 하더라도 짚이는 것은 있을 것 아냐? 그게 뭐야?"

"외계의 어떤 존재에 의한 것이라면 나는 들려줄 말이 없어. 그건 한스 박사가 더 낫겠지. 우리 인간들 중의 소행이라면 누군가 세계를 제패하고자 하는 짓일 것 같아."

"뭐야? 그렇다면 강대국의 짓이라는 말이야?"

"무슨?! 지금 벌써 세계 최강자인 나라가 무엇 때문에 그러겠어? 이건 분명 제 2인자이거나 제 3인자의 짓일 거야."

"그 최강을 지키려 하는 술수일 수도 있는 것이지."

"그리 단정 짓지 마. 다시 말하지만 이런 게 블루마블 내부 소행인지 외계의 짓인지조차 아직 모르고 있고 무슨 까닭이나 목적인지도 몰라."

"아니, 그보다 그런 게 블루마블 내부에서든 외부에서든 정말 산업 발전에 따르는 어쩔 수 없는 매연이나 산업 찌꺼기에 의한 자연 발생적인 것이 아닌 의도적이고 수치에 근거한 것은 맞는 거야?"

"거의 확신해."

"그럼 온난화나 오염의 절대 원인이 무어야? 다시 말해 어떤 산업 폐기물에 의하는 것이야? 열이야? 매연이야? 뭐야?"

"모든 게 망라되어 있어. 그 어떤 것에 의한 것이냐는 문젯거리가 아냐. 매연이니 산업 열이니 하는 찌꺼기들은 항시 나오는 것이니까. 문제는 그 량이 언제부터인가 갑자기 엄청나게 많아지고 있다는 것과 자연 순환 법칙에 따른 자연 정화 율이 대폭 떨어졌다는 것이야."

"그러니까 문제를 요약하자면, 매연이나 폐기물은 예전부터 나와서 대기를 오염시키고는 있었지만 자연 순환 법칙에 따라 그것이 우주계 바깥으로 빠져나가든 자동적으로 정화가 되든지 해왔는데 언제부턴가 그 량이 갑자기 매우 많아 졌고 정화되거나 없어지지는 전혀 않고 있다. 그런데 그 원인이 무엇인지 모르겠다고?"

"전혀 정화되지 않는 것은 아니고 일부 적은 량은 그리되고 있어. 그래, 자네 요약은 맞아."

"그게 얼마나 빨리 진행되고 있는데? 얼마 후면 이 블루마블이 멸망할 것 같은데? 이제 다 죽었구나, 죽었어."

"호들갑 좀 그만 떨어. 죽긴 뭐가 죽어? 그게 어떤 의도적인 것이 확실하다면 무언가 목적이 있을 것이고 목적이 있다면 언젠가, 아직은 그게 누군지 모르지만, 누군가 목적을 이루기 위해 나타나겠지. 그리고 협상을 벌일 것이고."

"그것이 우리 인간을 멸족시키고 자신들이 이 블루마블에 대신 와서 살고자 하는 외계 생명체라면?"

"……."

"외계 생명체는 아닐 거야. 왜냐면, 블루마블을 오염시켜 인간을 제거하고자 하는 외계 생명체라면 그들도 오염된 블루마블에서는 살 수가 없을 테니까."

"그건 모르는 거지. 우리 인간이야 그런 것을 정화 내지 제거하는 것을 아직 몰라 멸망하게 된다고 하더라도 외계 생명체는 그런 방법을 알거나 우리에게는 오염되어 쓸모없는 환경이 그들에게는 오존층이 인간에게 주는 것만큼이나 좋은 것이라 계획적으로 그러는 것인지는…."

"혹시 그게 신은 아닐까? 블루마블의 종말을 심판한다는 신이 그러는 것은 아닐까 말이야?"

"100% 아니라고는 말 못하겠지. 하지만 이 우주 만물을 창조한 신이 블루마블의 종말을 기하고자 한다면 폭파시켜 버린다든지 유황불 세례를 퍼붓는다든지 하여 일시에 없애 버리면 될 것인데, 혹시 인간들이 그에 대한 방비책을 마련하게 될지도 모를 일인데 이렇게 오염 벨트로 대기권을 둘러치고 있겠어? 신이 그럴 것이라는 추측은 무리인 것 같아."

"야아, 이건 공포의 미스터리구먼 미스터리야."

산업이 쏟아 내는 공해가 대기를 오염시켜 블루마블이 온난화되고 자연계가 파괴되어 산림은 메마르며 기상이변이 생겨나고, 세계 도처에 사막이 늘어 가고 있는 것이 블루마블에 종말을 가하려는 신의 조처라는 말이 여기저기에서 흘러나오기 시작하더니 대기권 외각으로 둘러쳐 지고 있는 오염 벨트를 두고 드디어 신의 직접적인 형벌이 시작되었다느니 블루마블 종말의 카운터다운이 시작되었다느니 하는 루머가 블루마블 전역을 뒤덮어 나갔다. 하지만 누구 하나 그 정확한 것을 알 수가 없으니 딱히 그렇지 않다 단순한 루머일 뿐이라고 단정하여 말을 할 수가 없었나. 더구나 예전에는 신이 직접 온 세상을 얼려 버리거나 불벼락을 내렸거나 큰 홍수를 일으켜 세상을 뒤엎었다지만 다가올 종말은 인간 스스로가 제 목을 죄는 식의 형벌이 예정되어 있다고 하는 까닭에 공해와 산업열 등으로 야기되는 대기권의 오염에 의해 세상 만물이 절멸하게 될 것이라며 캐캐 묵은 예언서 구절을 들먹이는 주장까지 나오고 있었으니 누구도 나날이 두꺼워지고 커가는 오염 벨트를 직접 목격하면서 종말의 두려움을 갖지 않을 수가 없었다. 모두들 신의 완벽한 계획에 의한 종말이 오고 있다는 것을 믿어 당연시하게 되어갔고 그 형벌은 모든 심판이 다 그렇듯이 인간이 자신의 이익을 위해서라면 환경이야 어떻게 되던지 매연을 쏟아내고 자연을 훼손시키는 등 도덕적 윤리적 기본이 파괴되고 있는 인간들의 욕심으로 내려지는 인간이 자초한 벌이라는 목소리가 높아졌다. 자성 운동이 일어나기 시작했고 벌을 면하게 해달라고 신에게 매달리지 않을 수가 없었다. 하지만 일부 비판론자들은 코웃음을 쳤다. 어리석지 않느냐며 비아냥거리기까지 했다. 인간들 스스로 저지르는 온갖 과오와 만행, 파괴에 의해 블루마블의 종말을 맞게 될 것이라는데, 저들 자신들을 반성하고 잘못을 바로 잡도록 해야지 서둘러 잘못을 고치려 하지는 않고 신에 매달리고 있는 것이 얼마나 어리석은 짓이냐는 것이었다. 다가올 종말은 제 발등을 찍는 것 같이 인간들이 자초하는 잘못에 의해 있게 될 것이라며 기도에 매달리기 전에 인간 삶 자체를 먼저 둘러보아서 고치고 바꾸어야 한다고 핏대를 세우고 있었다.

루머

블루마블 종말이 오고 있다는 것에 관해 온 세상이 모두 시끌벅적하니 떠들고 있었지만 종교계에서는 아무런 공식적 입장을 피력하지 않았다. 벌집을 쑤셔 놓은 듯 시끄럽고 분주해진 곳은 과학계였다. 과연 신에 의한 것이냐 아니면 자연발생적인 것이냐 매일같이 많은 의견과 주장들을 쏟아내고 있었다. 그러나 무어니 어떻다 말들은 많았지만 갑작스럽게 이제까지 형성되어 오던 오염 량의 거의 13배에 달하는 양의 공해 물질이 매달 대기권을 둘러치고 있는 것과 자연 정화률이 4분의 1로 떨어진 것에 대해서는 어느 누구하나 그 원인을 피력하는 사람이 없었다. 오염으로 인해 세계의 종말이 온다는 것에 점점 무게가 실려 가면서 뛰어난 과학자들 몇이 교회나 사원을 찾고 있다는 말 또한 떠돌기 시작했다. 그때까지도 종교계에서는 이렇다 할 언급을 하지 않았지만 집회 시간에는 장시간의 통곡 섞인 구원의 기도를 빼 놓지 않았다. 학자들은 블루마블 온난화가 인간들이 쏟아내고 있는 공해, 오염 물질이 원인이 되었고 마구잡이식 자연개발로 말미암아 블루마블 표면의 온도의 자체 회복 기능이 무너진 탓이라고 하였다. 그런 발표를 접하자 사람들은 서로들 책임을 떠넘기기에 바빴고 세계 모든 국가가 너나 할 것 없이 블루마블을 살려내지 못하면 인류는 물론이고 다른 모든 생명체도 다함께 멸종되게 될 것이니 모두들 블루마블 살리기에 동참해야 한다고 아우성을 치고 있었다.

"개발을 빌미로 산을 허물고 바다와 강을 메우며 터널을 뚫어 얼마나 많은 자연을 파괴하고 피폐시키고 있는지를 되돌아 봐야 할 것이야."

"자연을 개발하려는 것에 대해서는 좀 더 아량을 가져야 할 것으로 봐. 부족한 인간이다 보니 무언가 더 낫고 좋게 만들어 보려는 노력으로 볼 수도 있는 것이니까 말이야."

"그래, 자네 말대로 다듬어지지 않은 자연 그대로의 상태로는 볼품이 없고 가치가 없다고 말할 수도 있어. 하지만 실제로는 조물주가 만들어 낸 자연 그대로의 것만큼 가치 있고 훌륭한 게 없다고 생각해. 전혀 다듬지 않은 나무토막이거나 돌덩이, 쇳덩어리 또는 흙뭉치에 지나지 않는 단순한 것이지만 그것은 그것 자체로 갖는 아름다움과 그것으로 빚어질 수 있는 무한한 자연적 변화를 가지고 있는데 그것을 인간이 깎고 고친다고 인위적인 손을 대어 그 가치를 줄이거나 오히려 파괴하고 있다는 말이야. 물론 인간들이 그것이 내재하여 가지고 있는 아름다움과 무한한 가치를 인간의 감성으로 인지할 수 있는 것이 극히 미미한 것이라서 그렇겠지만 그림이라고는 붓놀림조차 모르는 아이가 제 앞의 그림을 고쳐 보겠다고 손을 대면 댈수록 그림은 더 망쳐져 갈뿐인 게야."

"설사 그것이 잘못된 것 같고 부족하고 어설픈 것 같이 생각이 들더라도 그러려니 사는 게 나아. 새롭게 인간의 용도에 맞게 위대한 창조의 일부 또는 전부를 그것도 신의 뜻에 배치되는 것을 신과는 아무런 상의도 없이 새롭게 고치려 드는 것은 주제넘은 짓이야. 인간의 한계를 넘어 신의 절대권에 도전하는 것이라는 말이야."

"인간이 파괴시키고 있는 것이 어디 자연이나 대기뿐이겠느냐고? 창조주가 만들어준 작은 우주인 제 몸에 칼을 대고 바늘을 넣어 얼마나 많이 뜯어 고치기에 이제는 신조차 알아 볼 수 없다는 얘기들을 할까?!"

"몸을 가려 추위나 더위, 위험으로부터 그 몸을 보호시키겠다던 창조주의 의도와는 아랑곳없이 멋을 내고 사치하거나 저를 내세우는 수단으로만 쓰이고 있어 날개라는 말이 더 어울리는 옷이 인간을 점차 날짐승으로 만들어 가고 있는 것은 어떻고?"

"자연이든 몸이든 외관상 보이는 것을 고치려 드는 것은 그럴 수 있겠다 치더라도 망쳐지고 있는 정신이나 혼이 문제인 것이지."

"그러게 말이야. 참과 거짓, 선과 악, 모든 것이 혼탁하고 뒤섞여 혼동되고 있고 어느 것이 바르고 틀린 것이 없이 모럴이 사라져만 가고 있어, 악이 없이 모두가 어우러져 사는 낙원을 기대했던 창조주의 바람과는 판이한 정신 부재, 도덕 불감의 세상이 되어 가고 있으니 말이야."

"하지만 단순히 피조물로서 아무런 사고하는 노력이나 발전을 시도해 보지도 않은 채 그저 주어진 대로만 살아가라는 것은 태어나고 죽는 것이 제 의지와는 전혀 무관한 인간들에게 너무 심한 처사가 아닐까?"

"그게 그렇지가 않아. 손대면 댈수록 망쳐지는 걸 뻔히 아는데 제 마음대로 하도록 그냥 내버려 두는 것이 더 심한 것이지."

"그래도 전혀 아무 것도 하지 말고 주어진 대로 있는 대로만 살아야 한다는 것은 아닐 거야. 인간의 한계, 신의 한계 등 제게 주어진 한계를 넘지 마라는 것이지."

"그렇지. 분수껏 만큼만 살라는 것이지."

"그렇다면 그 분수껏 이니 한계를 어떻게 알 수 있는데? 금단의 열매를 먹었기에 욕심이 생겨났던 것이든 아니면 처음부터 인간의 구조가 그리되었든, 인간의 욕심은 끝을 모르고 더 하려고만 하는데 그걸 신은 가르쳐 주지를 않으니 말이야."

"아니야. 창조는 위대한 것이어서 어떤 것이든 순환 적응되게 되어 있다는 것을 간과해서는 안 돼. 그리고 그것은 그것이 제 한계를 넘었을 때는 그 법칙이 깨어지고 흩어져서 못쓰게 되는 것이란 걸 알아야 한다는 것이야. 선과 악의 경계가 모호해지고 대기가 오염되어 자연치유가 되지 않고 기상에 이변이 생기고 하는 것이 모두 인간 한계를 넘어 섰다고 알려 주는 창조주의 위험 신호야. 무식한 인간이 그것을 알지 못한 채 저들이 계속 한계를 넘어서면서 신만

탓하는 것이지."

"그러게. 인간들은 예전에는 없었던 새로운 질병이 생겨나고 자연재해가 발생하고 인간들 간에 불신이 조장되며 악이 만연해 가고 있는 것이 모두 신의 심술이거나 형벌이라고 하지만 자세히 들여다보면 그런 모든 부정적인 것들이 인간들 스스로 자초한 것들이잖아?! 욕심과 정욕에 제 마음대로 몸을 굴리고 자연과 더불어 살려는 것은 애당초 염두에도 없이 개발이니 발전이니 마구 파헤치기만 하고 어떻게든 남보다 한 걸음이라도 앞서려고 하며 생각하는 게 남을 해하고 누르려고 하는 것뿐이니…."

배우들이 열심히 대사를 치고 있었지만 관객들은 무언가 말초신경을 자극하는 꺼리가 없는 자연현상에 관한 내용이다 보니 그리 신명나는 것은 아니었던지 반응이 시툿했다. 그래도 제 맡은 역할을 충실히 해내고자 배우들이야 안간힘을 쓰는 것이었지만 이제 관중들은 자리를 뜨거나 어서 빨리 끝나서 지나가고 다른 내용이 대두되기를 기다리고 있었다.

극은 스튜어트 혼령의 묘연해진 행방에 구천을 떠돌다 우주미아가 되어 버린 게라고 믿을 수밖에 없는 한스 박사의 고뇌를 그리다가 창조자에 대항하려는 그의 대담한 계획을 세심하게 차곡차곡 진행해 나가기 시작했다.

인간의 손으로 혼령을 만들어 태생에서부터 죽음까지의 한평생 동안 창조주가 만든 레그나 혼령 배양 프로그램의 콘텐츠 속에서 미물에 지나지 않는 한 점 데이터로서 자신의 의지대로 할 수 있는 것은 하나도 없이 그가 움직이는 손가락 끝에 모든 운명을 맡겨야 하고 결정되어져야 하는 구속에서 벗어나고자 해 보았지만 창조계와 우주계 사이를 가로막고 있는 불연속선을 넘지 못했다. 부정적이고 오염된 것들을 다 버리고 순수한 것만으로 태계의 모든 섭리를 재정비하려는 그를 설득하여 블루마블의 종말을 막고 천지만물을 구해 보고자도 시도해 보았지만 이 역시 실패하고 말았나. 이제는 그가 컴퓨터를 폐기 처분하여 프로그램도 콘텐츠나 데이터 조각 그 어떤 것도 살아남는 게 없이 온 우주가 괴멸되어 버리는 것을 꼼짝없이 당하며 보고만 있을 수밖에 없다는 말인가? 탈출 방법을 찾아야 했다. 아무리 신이 인위적으로 이 세상을 멸망시키려 한다고 하더라도 모든 태계의 존재물들은 생성과 소멸을 반복 순환하게 되어 있을 것이다. 그 순환의 열쇠를 찾아 불연속선의 가로막을 열어야 할 것이었다. 인류를 종말에서 구하기 위해 필요하다면 그와 싸우고 한판 전쟁도 불사해야 할 일이었다.

그가 창조 개발한 인간을 비롯한 동식물들이 그와 닮게 빚어낸 것이고 이 세상이 그가 존재하는 곳과 유사하게 만들어진 것이라면 한 가지 유추하여 생각해 보아야 할 것이 있을 것 같았다. 병법에도 적을 알고 나를 알면 백전백승이라지 않았던가! 이 세상에서 실행되고 있는 싸움이나 전쟁의 양태를 먼저 알아야 할 것이다. 제 아무리 문명이 앞섰고 재주가 날고 긴다고 하여도 싸움의 기본 원리는 비슷하지 않겠는가 말이다. 이 어떤 형태로 이뤄지고 어떻게 해야 이길 수 있느냐 하는 것을 어느 정도 익혔다고 해서 온 세상 만물을 만들어 한 치 오차도 없이 진화, 순환시키고 셀 수조차 없이 많은 콘텐츠나 데이터를 손가락 하나로 좌지우지하는 그를 능멸할 수가 있겠는가? NO, NO, NO! 아직은 어림 반 푼어치도 없을 만큼 멀었다. 실행자는 이제 그 개발자가 지금껏 해 온 것들을 분석해 보기로 했다. 아니 그가 한 업적이야 이것저것 무수히 많겠지만 한스 박사는 이 싸움에 도움이 될 만한 것만 찾아보기로 하였다.

"그것이 컴퓨터가 아닐까?! 뭐니 뭐니 해도 그가 행한 일 가운데 우리가 살고 있는 이 세상을 만들고 만물이 살아가도록 시스템을 구축해 놓은 레그나 혼령 배양 프로그램 개발이 그의 업적 가운데 가장 뛰어나고 그를 대적하여 싸우는데 있어 우리가 필히 알아야 할 것이 아니겠는가?! 정보 최우선이니 전 세계의 온라인화니 하는 정보화 시대인 만큼 모든 게 컴으로 통하는 것일 테니까 말이야. 그러니까 우리가 밟고 서있는 이곳이 그가 제 컴퓨터 속에 창조한 세계라면 우리가 우리네의 컴퓨터 속에 개발하여 매일같이 들어다 보며 즐기고 있는 게임 역시 인간의 삶을 축소한 인간들의 가상적인 세상이 아니겠느냐 이런 말이지. 다시 말해서 우리 컴 속이나, 이 세상이나, 신의 세상이나 우리 인간의 사고로는 가상세계, 현실세계, 창조계 혹은 혼령의 세계라 분별하려 들지만 거시적으로 생각하면 태계적인 사고로 본다면 저곳에는 있는 게 여기에는 없거나 그 사이즈에 차이가 있는 것으로 다를 뿐이지 창조된 존재들이 무언가를 추구하며 제 나름대로의 삶을 살고 있는 다 같은 세상일 것이다. 얽히고설켜 복잡한 세상에서 방법을 찾으려는 것보다는 누구나 가까이 하여 즐기고 있는 컴 속에서 그것을 찾아내는 것이 효율적일 것이라는 것을 반대할 사람은 없을 것이다."

사이버 공격

"컴 속에 길이 있는 게 틀림없어. 왜 그것을 진작 알지 못했는지 모르겠네. 진리란 항상 가까이 있어 쉽게 찾을 수 있는 것인데 늘 접할 수 있어 식상하고 어려워야 뭔가 권위가 설 것 같은 인간들의 생각 좁은 탓일 게지."

실행자는 길을 컴 속에서 찾기로 했고 이제 곧 그와 전쟁을 치러야 할 것이라 전쟁에 관한 콘텐츠를 찾아야 했다. 그리 어려운 과제는 아닐 것 같았다. 매일하고 있는 게 스타그래프터인데 무어가 어려울 수가 있을까 싶었다. 하지만 단순히 게임을 즐기는 것에 만족하며 플레이를 하던 여느 때와는 달라야 했다. 손가락 놀림을 연구하고 실시간 전략을 꾸미고 어떤 무기로 괴물을 대처할 것인지 방법을 익혀갔다. 그런데 이건 또 뭔가? 갑자기 화면이 캄캄한 암흑으로 변하고 괴물의 소리만 진동을 하기 시작했다. 비겁한! 이런 비밀스런 꼼수로 공격을 해 오다니…. 아니지! 이런 것도 알아 놓아야 그와의 싸움에서 이길 수가 있는 것이지. 그래프트, 이런 것까지 알게 해줘서 고마워. 어떻게 하든 이겨 내려고 등에 땀이 솟을 정도로 열심히 자판을 두드렸다. 친구가 전화를 한 것은 그때였다.

"얘기 들었니? 누군가가 그래프트 제작회사를 공격해서

쑥대밭을 만들었고 게임 송출 시스템은 바이러스를 살포하여 완전 불바다가 되었데!"

"나쁘고 비겁한 놈의 개발자 새끼! 우리가 실시간 전략을 익혀 자기를 공략하면 이번에는 영락없이 패배할 것 같으니까 아예 원천 봉쇄를 하겠다는 것이로군. 하지만 당신 마음대로 그리 호락호락 쉽지는 않을 게다."

송출 시스템을 타고 온 바이러스가 노트북 구석구석까지 퍼져 있어 사용하고 있던 것은 고쳐 볼 엄두도 못 내고 좀 구닥다리이긴 하지만 예전에 다른 컴에 다운받았다가 모나리잔가 뭔가 하는 바이러스에 걸려 뒷전에 물려 두었던 것을 찾아내어 복구를 시도해 보았다. 허억! 바이러스를 치료하려는 시도는커녕 전원을 켜자마자 뚜껑을 덮어야 했다. 모나리자가 송출되어 온 다른 바이러스와 눈이 맞아 힘이 배가되어 컴을 아사리판으로 만들어 놓고 있었다. 전투의 앞날이 암울하기만 한 것은 그것뿐만이 아니었다. 비밀결사대나 저항군을 만들어 요소요소에 보내고 배치를 해보았지만 속속 솎아 내듯 전멸을 당하는 것이었다. 아무리 창조자라고 하더라도 어떻게 우리의 일거수일투족을 손바닥 들여다보듯이 다 읽고 있고 모든 계획을 다 알아낼 수 있었던 것일까? 우리 측에 스파이가 있는 것인가? 그건 아닌 것 같았다. 데이터나 콘텐츠, 만화 주인공 심지어 이상한 나라의 엘리스까지 어느 누구 할 것 없이 모두 생명의 기를 받아 누구의 간섭도 받지 않고 제 스스로 자립하여 살고자 벌이는 전쟁인데 배신을 할 까닭이 없지 않은가 말이야. 그런데 소리가 들렸다. 인간들 딴에는 어둠 속으로 숨어서 그들에게 들키지 않고 보이지 않게 그들에게 다가간다는 것이었지만 그는 보지 못하는 게 없다는 것이었다. 그럼 뭐란 말인가? 밀실이라고 숨어서 무언가를 계획하고 꾸민다지만 벽에도 눈이 있고 귀가 있어 무엇 하나 숨길 수가 없고, 꼬리를 말아 틀어 내리며 꽁꽁 감추려 들지만 그림자조차도 감출 수 없다는 말이 아닌가? 그림자를 잘라 내어 버릴 수는 없는 것인가? 저들의 눈을 가리고 귀가 들리지 않게 하는 방법이 정녕 전혀 없다는 것인가? 또 소리가 들렸다.

"너희가 아무리 날뛰고 설쳐대 보았자 창조자나 신에게는 부처님 손바닥의 손오공이야. 신과 대등하게 놀아 보겠다며 되지도 않는 일에 공연히 힘 빼지 말고 너희들 끼리나 싸움박질 없이 잘 살도록 해. 이 미련한 중생들아."

"아, 이대로 여기에서 무너져 주저앉아야 한다는 말인가?!"

가슴은 미어졌지만 다른 방도가 기적같이 생겨나지 않는다면 패배는 불을 보듯 빤한 것이라 답답함에 그저 망연자실 앉아 컴퓨터 속에서 아직도 오염 영역을 넓혀 나가고 있는 바이러스만 원망스레 바라 볼 수밖에 없었다. 저렇게 왕성하게 모든 콘텐츠를 점령하여 오염시켜 버리는 바이러스가 아군이면 얼마나 좋을까 싶었다.

'아! 그렇다!'

하늘은 감당할 만큼 고난을 주시고 하늘이 무너져도 솟아날 구멍이 있다고 했던가? 아무데고 근거지만 있으면 그

중간에 무엇이 어떻게 막혀있든 쌍방 통행이 가능한 바이러스를 이용하면 되겠다는 생각이 불현듯 들었다. 무릎을 꿇자. 그리고 용서를 구하고 화해의 제스처를 보내자. 일단은 세상의 컴에서 바이러스를 처치하여 천상과의 대화의 통로를 다시 재개하자고 하자.

"모든 걸 내려놓겠습니다. 당신의 뜻에 따르겠습니다. 하지만 바이러스 성질에 관해서는 아는 바가 없어 설명을 해봤자 내가 알아듣지 못하니 나는 그저 정(情) 포자를 만들어 공급하는 것으로만 제 임무를 정하기로 하지요."

태계의 곳곳을 여행하는 바이러스, 콘텐츠, 존재, 혼령 등으로 결국은 한 팀이라는 동질감 탓이었을까 한스 박사는 몇 가지 물어보지도 않은 채 그의 경고에 수그러들고 말아야 했다.

실행자는 이 땅을 초토화시킨 주범들이지만 지금은 이곳 블루마블에 포로된 바이러스를 이용하기로 했다. 그네들을 역공격을 하도록 세뇌시키고 그들 속에 인간의 정을 심어 네배흐로 보내기로 계획을 세웠다. 실행자는 그들이 레그나나 닥터 드롤의 마음을 파고들어 인간을 긍휼히 여기도록 가슴을 열어 줄 것으로 확신하고 있었다. 한스 박사에게 정의 포자를 만들어 줄 것을 요청하고 그것을 바이러스에 심는 것을 연구하기 시작했다. 적군인 바이러스를 전향시켜 아군의 스파이나 자폭테러단으로 세뇌시키는 것이 큰 어려움일 것으로 지레 걱정했던 것은 무색할 만큼 그리 어렵지 않게 해결할 수 있었다.

"너희들이 의탁하여 살아갈 몸체가 없으면 생존할 수 없듯이 세상 이치는 음양이 조화를 이룰 때 건실하게 살 수 있는 곳인데 닥터 드롤이 악을 완전히 배제하고 순수 선만을 추구하려는 것은 섭리를 거역하는 것이고 진화 순환하는 자연 이치를 역행하는 것이니 그것을 쳐부셔야 한다. 그 영광된 임무를 너희에게 주겠노라."

자기네들이 살아갈 곳이 파멸될지도 모른다는 말에 바이러스는 금세 실행자의 뜻을 따르겠다고 하는 것이었다. 이제야 우주를 포함한 태계의 모든 게 정상적이 될 수 있을 것 같고 인간들의 계획이 잘 수행되어지려나 보다고 생각이 드는 것이었지만 글쎄? 세상사 한 치 앞을 보지 못해 모르는 것이고 신이 그리 어수룩해서 인간에게 당하기만 하는 것일까?

탄식

"한스 박사, 내가 왜? 세상 만물을 창조한 내가 어떻게? 혼령이 선과 악이 혼재되도록 처음부터 그리 만들었던 내가 어째서 그중 반편인 선만을 고집했겠는가? 음양이 있어 만물은 틀이 맞고 이가 맞물리게 되어 있는 것이지만 애당초 그런 것을 알지 못하게 하면 그것으로 하나의 진리가 완성되는 게 아니겠냐고? 악이라는 게 선과 달리 나중에 초래될 후회나 잘못은 생각지 않고 당장의 욕구를 채우는 것이라 한번 빠져들면 걷잡을 수 없이 만연되는 것이더란 말이지. 온 태계가 거짓과 부정적인 것만으로 가득해지고 선이라고는 씨가 마를 것 같은 징조가 보이더란 말이야. 그냥 두고 보아서는 네배흐 뿐만이 아니라 온 태계가 곧 자멸을 초래하게 될 것이었어. 어쨌든 순수 선이 만들어졌으니 블루마블이나 인간 그리고 다른 모든 만물들은 이제 제 몫을 다한 것 같아. 많든 적든 모든 게 다 오염되어 쓸래야 쓸 수가 없고 천방지축 너무 제멋대로 날뛰고 있단 말이지. 이제 이 블루마블 프로그램은 내 컴퓨터로부터 폐기 처분해야 할 것 같아. 지금부터 나는 이 순수 인간 혼령을 기반으로 새로운 프로그램을 짜서 영원히 악이라고는 존재치 않을 새로운 세계를 열어 보아야겠지."

"닥터 드롤, 당신이 말하는 순수 선의 세상을 만들기 위해 온 우주계를 다 멸망시키겠다는 말입니까? 이 수많은 조물들을 다 파괴해 버리겠다는 것, 그것 자체가 엄청난 악행이 된다는 것을 알지 못한다는 말입니까?"

"모든 탄생에는 뼈아픈 산고가 따르기 마련이니 그런 희생쯤이야 감수해야지."

"감수하다니? 다 없어져 절멸하게 되는 것인데 무얼, 누구를 위해 감수하라는 것인가요?"

"당신들 인간에게 하는 말이 아니야. 내가 만든 작품을 부셔버려야 하는 나 자신의 아픔에 대해 감수하겠다는 것이지…."

한스 박사는 마음이 급해졌다. 그동안 온 우주 만물들의 혼령을 비롯하여 바람, 원소, 기들과 만나 대화를 나누면서 닥터 드롤이 자신의 창조물인 블루마블을 외면하여 등을 돌리고는 순수 선만을 이 세상에 존재케 함으로써 세상의 조화를 깨뜨려 천지만물을 절멸시키고 인간의 종말을 기하겠다는 것을 알아버린 지금, 나 몰라라 고개 돌리고 가만히 있을 수가 없었다. 어떻게 하든지 닥터 드롤을 설득하여 마음을 바꾸도록 해야 했다. 블루마블과 그 만물이 곧 종말을 맞게 된다지 않는가? 블루마블이 내적 외적으로 너무 오염되어 버려서 더 이상 쓸모가 없어진 게 그 주요 원인이라고는 하지만 모든 게 내 손으로 인간의 혼령을 만들어 내겠다는 자신의 허욕 때문에 비롯된 게다 싶었고, 그런 자신의 이기심 때문에 자칫 세상이 없어질지도 모른다고 생각하니 죄스러운 마음은 차치하고 어떻게든 블루마블과 인간들을 구해 내야지 미친 것을 핑계로 나 몰라라 그대로 있을 수가 없었다. 그의 마음을 다독거려 다스릴, 그래서 세상을 피를 말리듯 서서히 없애 버리려는 그의 계획을 포기하게 할 수 있는 방안을 찾아내야만 했다.

"어쩜 저리 냉정하고 매서울 수가 있을까? 무조건적 사랑을 베푸는 신이고 자비의 창조자라더니…."

"그건 서로 간 관계가 존재할 때의 얘기지. 그것이 심적이든, 물질적이든, 상대적인 것이든 아니면 어느 일방의 절대적인 것이든 관계자들 간에 이해가 맞물려 있을 때에만 사랑이니 자비니 하는 것이 성립하고 존재하는 것이지 모든 연을 끊어 버리고 돌아 세워야 하는데 사랑이니 자비니 하는 그런 게 있을 리가 만무하고 있어서도 안 되는 것이지."

"그래도 그동안 서로 간에 쌓여왔던 정이 있고 함께 만들었던 추억과 꺼리가 있을 텐데 어찌 그리 잔인하게 마치 무 자르듯이 싹둑 끊어 버릴 수가 있겠느냐 하는 말이야? 그는 세상 만물을 만든 어머니이고 어머니는 그 자식이 어떻던 무조건적으로 사랑을 베풀기만 한다는데…."

"정? 그게 무언데? 사랑 같은 거야? 그런 것이라면 다시금 말하지만 기대하지도 말아. 어머니의 사랑도 그래. 부모들이야 헌신적이고 무조건적으로 사랑을 베풀기만 한다고 생각하겠지만 그 저변에 무의식적으로 깔려있는 지독한 이기를 간과할 수는 없는 것이야. 조건 없이 자식에게 사랑을 줌으로써 행복을 느끼는 마음, 내 새끼가 훌륭하고 남보다

앞서고 뛰어나서 자기도 모르는 새 갖게 되는 대리 만족, 이 모든 게 아주 고차원적 이기심이고 헌신을 빌미한 이해 관계의 성립인 게야. 신의 자비?! 하루속히 잊어버리고 포기하는 게 나아. 어디 그가 콘텐츠를 만들고 폐기하고 하는 게 한 두 번이야지. 그렇게 만들어 내고 부수고 하는 게 그의 일인데. 컴퓨터 속의 게임에서 무슨 사랑이니, 그 뭐라고 했지? 정이라 했나? 아무런 기대를 할 수 없는 것이야."

"그렇다고 판연히 사라져 없어질 것을 알면서 손 놓고 그저 가만히 보고만 있으라는 것이야?"

"그게 현명한 것이라니까! 네가 나서서 해결할 수 있는 게 라면 OK! 하지만 그게 아니잖아? 이미 모든 건 결정 나 있고 너의 능력으로는 어떤 것도 바꾸거나 고쳐낼 수가 없어."

사고의 전환

먼저 저들이 현실세계라 일컫는 네배흐와 그곳의 거주민인 레그나 그리고 가상세계인 이 블루마블과 인간 사이에 다른 점은 어떤 것이 있는지를 알아보아야 되지 않겠는가? 다른 게 무언지를 알아야 가로막은 것을 없애 버려서 그 세계와 상통할 수 있게 하거나 그것이 인간의 것과 같아지게 우리 것을 고쳐 볼 수라도 있지 않겠느냐 말이다. 다른 점을 찾기에 앞서 네배흐와 레그나에 대해 먼저 알아야 하는 게 아니냐고? 그것도 맞는 말이다. 한데, 네배흐나 레그나에 관한 것은 우리 인간이 컴퓨터 속에 게임을 만들고 가상세계를 만드는 것을 뒤집어 생각하면 되지 않을까?

"결국 우리 컴 속의 콘텐츠가 생각할 때는 우리가 그들의 창조주일 테니 말이야."

"뭐라고? 그러면 창조주가 너무 많아지는 게 아니냐고?"

"당신 유일신 신봉자구나?! 그래 네 말대로 창조주가 여럿일 수는 없어. 크레프터 게임이 한 사람에 의해 만들어지고 벽돌 깨기 게임은 또 다른 사람에 의해 만들어 졌듯이 우리 우주계를 만든 창조주는 하나야. 인간이 알지 못하는 다른 가상 게임이나 시뮬레이션을 만든 개발자 즉 또 다른 창조주가 있는 것인지는 몰라도. 이제 그만 원 포인트로 돌아가자고. 어떤 것이 우리가 신이라고 하는 닥터 드롤과 인간을 연계시킬 수 있을까 하는…."

"혼령인 것 같아."

"우리 몸은 죽어 썩어 없어지더라도 이 세상에서 개개 원소로 남겨지지만 혼령은 없어져 버리잖아? 인간이 죽으면 육신을 빠져 나온 혼령은 네배흐 월드의 어떤 필요에 따라 그곳으로 가는 게 아닐까?"

"그곳에서 차기 수요를 위한 데이터로 저장되거나 그네들을 위한 어떤 용도로 쓰이거나 할 것이라는 말이지?"

"차기 수요로 다시 쓰이는 것은 아닌 것 같지 않아? 새로 태어나는 인간들이 전생에 대해 얘기하거나 알고 있다는 경우는 거의 없으니 말이야."

"그 혼령이 인간의 것이었다고 해서 내세에도 꼭 인간의 것으로 다시 쓰이게 될 절대성은 없는 것 아니겠어? 설사 다시 쓰여 진다고 해도 데이터들의 혼동을 막기 위해 철저히 세탁시켜 버리겠지, 검은 돈을 세탁하여 출처를 모르게 하는 것처럼."

한스 박사는 먼저 바이러스부터 제거해 달라고 했다. 기존의 음양 조화를 무너뜨리고 그로 인해 인류를 비롯한 블루마블상의 모든 생명체가 없어질 땐 없어지더라도 아직 순수하게 남아있는 혼령들마저 오염을 당해 억울한 최후를 맞는 것을 막아 주기 위해서라도 블루마블 종말 프로그램을 가동시키기 전에 바이러스부터 없애버려야 한다고 했다. 닥터 드롤로부터 어렵사리 바이러스 제거 작업부터 먼저 해보겠다는 약속을 받아낸 한스 박사는 곧바로 유배시켰던 바이러스에 오염된 데이터와 콘텐츠들을 분류하여 구제 작업에 들어갔다. 완전한 치료가 가능한 부류와 그렇지 않은 부류로 크게 나누어서 가능한 것으로 분류한 것들은 브레인을 씻어내고 시냅스 속의 저장기억들을 들어냈다.

"박사님, 이 오염된 것들을 어떻게 하려고 이리 분류하고 변형시키나요?"

"으응? 아니 뭐, 특별한 용도를 위해서라기보다는 힘을 약화시키는 것이지요. 신이 모든 바이러스를 다 없애려면 여간 힘이 들겠어요? 할 수 있는 한 우리 인간도 최대한 도와야지요."

"그렇군요. 세가 약해진 바이러스는 아무래도 집진시키기가 수월해 지는 것일 거니까요."

닥터 드롤의 사자는 바이러스를 없애는데 있어 세세한 것에까지 신경을 쓰느라 그러는지 근자에 들어 눈에 띌 정도로 야위고 당황해하거나 작은 일에도 깜짝깜짝 잘 놀라는 한스 박사를 보면서 그 같은 인간만 있다면 블루마블이 참 살기 좋은 곳일 수 있을 텐데 하는 안타까운 마음과 함께 한스 박사에 대한 고마움이 새삼 드는 것이었다.

"환경이 오염되어 가고 있는 것을 왜 닥터 드롤에게 원망을 합니까?"

사자는 볼멘소리를 내뱉었다.

"모든 오염의 원인이 인간들이 개발이니 문명 발전이니

를 내세우며 마구잡이 자연을 훼손하고 무분별하게 쏟아내고 있는 폐기물들에 의해 초래된 것이었는데 이제 와서 심각한 오염으로 힘들어 죽겠다며 신을 원망해서는 안 되는 것이지요. 오히려 처음부터 모든 것을 신에 의탁하고 신의 가르침대로 살지 못했노라 속죄하고 회개하며 기도로서 매달려야 할 판에….”

“잘못된 것에 대해 신을 핑계대거나 원망하는 게 아닙니다. 이왕에 이리 된 것이고 인간이 당신의 구주 닥터 드롤에 의해 창조된 것이라면 그네들이 안전하고 편히 살 수 있게 돌보아야 한다는 것이지요. 권리는 책임을 동반하는 것이니까요.”

“신이 자신의 책임을 다하지 않은 것은 없다고 생각합니다. 완전한 자연환경을 만들어 당신들 스스로 살아갈 수 있도록 했는데….”

“아무리 완전하다고 해도 그 속에 해로운 것이 있을 수 있거나 위험 요소가 있다면 그것을 지키면서 우리들이 그것에 가까이 가지 않게 했어야 하는 것 아닙니까?”

“했지요. 하지만 그러지 말라는 당부를 어기고 악을 가까이 하고 환경을 오염시킨 것은 당신들입니다. 게다가 도저히 그냥 둘 수 없어 이제 그 악을 제거하고 오염된 것을 바꾸려 하니 신을 원망하고 있고요.”

“제거하고 바꾸는 것보다 고치고 치유시켜야 하는 게 선행되어야 한다는 말이지요, 제 말은.”

“이제까지 그렇게 해 왔었지요. 하지만 당신들은 듣지

않고 제 마음대로 했고요. 이제는 그 정도가 너무 심해져서 바꾸려는 것을 원망하며 안 된다는 것은 너무 이기적이고 제 욕심만 생각하는 것이에요."

"어쨌든 그것이 진정 신의 뜻이고 바꿀 수 없는 확고한 것이라면 너무 잔인해요."

"인간들만을 위해 블루마블이나 우주가 만들어진 것이 아닙니다. 물론 인간이 네배흐나 레그나들에게 매우 소중한 것은 사실이지만, 농토가 산성화되어 농사를 지을 수가 없다고 판단되면 몇 해 동안의 수확을 포기하더라도 농부는 그 밭을 파 엎어 버려서 농토를 구해야 하는 것 아니셨어요? 인간의 입장에서는 당신들의 생명이나 안위가 가장 중요하다 하겠지만 닥터 드롤은 하나하나의 데이터와 각각의 콘텐츠가 제 역할을 수행하며 전 우주계가 원만히 운영될 수 있도록 프로그램 전반을 관리하고 시스템에 이상이 없도록 해야 하는 것이니까요. 자칫 우주계 전체가 망쳐지기 전에 그것이 당신들 인간이 아니라 그보다 더 중요한 것이라고 하더라도 위험 원인이 되는 것이라면 없애 버려야 하는 것이지요. 인간이야 언제고 오히려 업그레이드 시켜서 다시 만들 수 있는 것이니까요."

벨리버튼 혼령통로로 네배흐와 블루마블을 연결하여 진행시키는 바이러스 집진 작업은 큰 무리가 없이 잘 수행되고 있었다. 페루의 마추픽추 산상에 전진 기지를 지어 블루마블에서의 작업을 관장하고 네배흐에서는 집진된 바이러스의 치유 여부를 조사하여 가능한 것은 바이러스 클리닉으로 보내어 구제하고 나머지는 봉합하여 구천으로 유기시키기로 했다. 블루마블에서 한번 걸러 주고 네배흐에서 다시 찾아내는 이중 작업을 하여 한스 박사의 주장대로 억울하게 희생되는 콘텐츠가 생기지 않게 했다. 심각하게 오염이 되었다고는 했지만 한스 박사가 사전 작업을 통해 그 세를 약화시켜 놓은 덕인지 의외로 클리닉으로 보내어 구제할 수 있겠다 싶은 데이터들이 많았다.

"그럼 저 수많은 별들이 모두 유기된 바이러스 즉 오염된 악령들이라는 말이에요? 저렇게나 엄청나게 많은 별들 전부가?"

여행자는 죽음을 맞는 인간의 혼이 모두 다 천국이나 지옥을 가는 게 아니라 하늘의 별이 되기도 한다는 수도자의 말을 반문하며 믿으려 들지를 않았다.

"그래요. 저렇게 별이 되어 반짝거리는 것들 외에 스스로 어둠의 신이 된 혼령들도 있지요."

"어떤 것들이 별이 되었고 어떤 것들이 어둠의 신들이 된 것인데요?"

"닥터 드롤이 악에 물든 것들을 다시는 혼령으로 어떤 조물에게도 합체될 수가 없고 밝은 빛 아래에서는 제 모습을 들어내지 못하도록 암흑의 구천에 유기시키려 하자 악령들이 마지막 소원을 청했던 거지요."

"악령의 소원?! 그것이 무엇이었지요? 들어보나 마나 꽤나 무시무시할 것이라 짐작은 되는 것이지만…."

"아니, 틀렸어요. 다시금 말하지만 악은 부정적이고 나쁜 것이라고만 생각하는 선입관을 버리세요. 선과 악은 창조계의 서로 다른 운영 원칙으로 어느 것 하나만이 옳고 나머지는 나쁜 것이 아니라 공존할 때 모든 천지만물이 원활하게 되는 것인데 신들의 다툼 속에 우리가 잘못 인지하고 있는 것도 많으니까요."

"아참, 미안해요. 깜빡했어요. 태어나서부터 아니 그 이전에 벌써 머릿속에 워낙 강하고 단호하게 악은 나쁜 것이라 각인이 되어와 놔서…."

"비록 돌이킬 수 없는 악에 물들었다 하여 혼령으로서의 모든 능력을 다 박탈당한 채 벗어날 수 없는 캡슐 속에 갇혀 구천에 버려지는 것이지만 우주 만물이 살아가는 근본인 기 한 가지만 남겨 달라 애원을 한 것이었지요."

"기? 그게 무엇인데요?"

"만물을 태동시키고 생명을 갖게 하는 원척적인 힘이라 할 수 있는 것이지요. 악에 오염되어 캡슐에 가두어 캄캄한 어둠뿐인 구천에 내쳐지는 것이었지만 악이 잘못된 것이지 혼령 자체로는 그들도 일종의 피해자라는 불쌍한 생각이 들어 닥터 드롤은 그 소원을 들어 주었어요. 우선 밤에만 보이더라도 우주 만물들에게 보이고 싶다는 혼령들과 밤낮 어느 때고 눈에 보이지 않아도 좋으니 항시 인간들의 마음에 새겨지게 되기를 바라던 것들 두 부류로 나누어 하나는 저 하늘의 별이 되게 하고 다른 하나는 어둠 속의 신이 되게 하였던 것이었죠."

"그래도 한 치 앞을 모르는 인간 삶에서 대략으로나마 알아서 대처하고 맞춰서 살 수 있다면 그것도 큰 행운 아니겠어요?"

"그건 그렇지요. 그런 복잡한 것을 피해 보고자 취하는 인간적인 주술로 부적이니 행운 반지니 하는 것이 생겨난 것이기도 하구요."

"주술이라면 무언가 이뤄지기를 바라서 하는 기원 행위를 말하는 것인가요?"

"그렇습니다. 인간이 도저히 이해할 수 없는 고차원의 창조자의 시간, 장소, DNA, 관계 등 너무나 복잡하게 얽히는 인간의 운명 운영을 인간이 알아내어 그에 맞춰 살아가는 것이 불가능하다는 것을 깨달은 우리 선조들이 고안한 행운을 바라고 액운을 물리려는 방안이지요. 한마디로 나쁜 기운이 들어오는 것을 반사시키거나 막아서 불행해지는 것을 피해 보고자 하는 것이지요."

속임수

신과 인간의 혼령 개발권 싸움은 배우들이나 관객 모두 당연히 신의 승리를 점치고 있었다. 하지만 막상 극이 진행되어 갈수록 신의 입장이 난처해 지는 것 같아 보였다.

한스 박사의 간곡한 청으로 바이러스 오염이 그리 심하지 않은 인간을 가려 클리닉해 보자고 약속은 하였지만 한스 박사가 워낙 명석한데다가 인간과 블루마블을 위하는 마음이 남다른 것을 잘 알기에 행여 네배흐에 무슨 다른 속내를 품고 위해를 가해 올 수도 있을지 모르는 것이어서 닥터 드롤은 그를 온전하게 다 믿을 수는 없었다. 한스 박사가 네배흐나 레그나에 도전해 올 만한 게 어떤 것일까를 생각하여 그것에 대한 대비를 해 두어야 했다.

"아무리 그가 뛰어나고 꿈과 코마, 정신 이상 등의 세계를 오가며 우리 네배흐에 대해 많이 알게 되고 연구하여 왔다지만 감히 위해를 가하려 들거나 도전해 수는 없을 거예요."

연구원은 인간 한스 박사가 네배흐에 도전해 술수를 부릴지도 모르니 알아보고 대비책을 세우라는 닥터 드롤의 말에 콧방귀를 꾸었다.

"아니야, 그를 만만하게 보아서는 안 돼. 생각보다는 똑똑하고 야망이 커. 제 손으로 혼령을 만들겠다는 것도 사실은 블루마블과 인간들을 보호하고 네배흐의 간섭에서 벗어나게 하여 그 자신이 블루마블에서 군림해 보고자 하는 의도도 숨겨져 있는 것이었거든."

"제가 해 보았자 이겠지만, 구태여 알아보라시면 아마도 블루마블과 네배흐에 형성되는 풍수지리와 기가 달라 그 차이를 노린 어떤 일이 될 것 같은데요."

"맞아. 나도 계속해서 생각해 보았지만 그것 밖에 없는 것 같아. 혹시 한스 박사가 그런 블루마블과 이곳에 풍수가 같지 않고 다른 기가 흐르고 있어서 그것이 끼치는 혼령 영향력에 현저한 차이가 난다는 것을 모를지도 모르지만…."

뒤로 산을 지고 앞으로 흐르는 물을 안는 곳에 남향으로 위치하여 북망의 악의 기운을 막고 앞에서 끊임없이 솟아나고 있는 물로부터 받는 기로 자손과 부가 번창하며 온갖 번뇌를 물에 실어 흘러가게 하는 배산임수의 풍수와 산의 정기가 물의 유기(流氣)와 어우러지고 때로는 상충하여 심신으로 절대 으뜸의 건강을 지니게 하는 활공기의 원천이 되도록 블루마블을 자리시켰던 것이 기억이 났다. 하지만 인간들의 오감 뉴런이 분리되어 있어 그 뇌파 활동이 극히 미비하여 그 정도면 그들은 엄청나게 기의 혼 영향을 받게 되는 것이지만 합체 뉴런으로 분석하여 종합 사고하는 레그나들은 생활하는 자체가 강력한 기의 흐름인 것이어서 블루마블의 그것과는 아예 비교 자체가 안 되는 극대한 차이를 갖는 것이었다. 하지만 달리 크게 걱정을 안 해도 될 것이라 싶었다. 기라는 것이 느껴져야 강한지 약한지 알게 아닌가? 한데 네배흐의 기는 극한의 고주파여서 인간들의 감각 기능으로는 수급하여 인지하는 자체가 불가능한 것이었기 까닭이었다.

“블루마블로부터 바이러스를 없애기 위해 옮겨 온 혼령들을 검토해 보라고?”

풍수의 방향을 철저히 지키고 흐르는 기의 맥과 통로에 막힘이나 헤저드가 없게 하여 기의 차이를 노려 공략해 올지도 모를 것에는 철저히 대비해 오고 있었고, 그동안 바이러스에 오염된 혼령으로 분류되어 캡슐에 갇혀서 영원히 태계의 구천을 떠도는 형벌을 받느니 깨끗이 없어지겠노라 활활 타는 누스 불길 속으로 뛰어들어 소멸된 몇몇 혼령이 있었던 게 사고의 전부였다. 하지만 그것이 에로드 가스 누출의 원인이 될 수는 없다 싶었다. 보내 온 혼령들의 바이러스 오염 정도를 살피기 위해서는 물리적 측정과 화학적 반응 체크가 필요했다. 필요한 것은 다했고 조사 분류과정에서 문제될 것은 없었다. 그런데 무얼 더 보내 온 혼령을 검토해야 한다는 소린가? 별 시답지 않아 그냥 넘기려는데 혹시나 하며 마음에 걸리는 게 있었다. 정이라는 것이 생각났던 것이다. 레그나와 달리 인간들이 진화되는 가운데 자연발생적으로 생겨났다는 정. 에덴동산에서 물러 나온 이후 생존 경쟁에서 살아남기 위해 서로 물리고 물리는 싸움박질 속에 핏줄, 이웃, 패거리를 형성하며 생겨났다는 정을 각각의 혼령들이 가지고 있었는데 어떤 것은 크고 어떤 것은 작았다. 살아생전 정을 쏟은 크기이리라 대수롭잖

게 생각했던 것이었다. 그러고 보니 근자에 들면서 한스 박사가 부쩍 정에 관한 얘기를 많이 한 것도 같았다.

몇 만의 혼령을 테스트했지만 이상이 없었는데 한 검수자가 의문을 제기했다. 얼마 전에 실험한 혼령의 정에서 네거티브 반응을 보인다는 것이었다. 몇 만의 하나? 별것 아니지 않는가? 하지만 그것 말고는 원인이 될 만한 다른 꼬투리가 없어 실험을 해 보라고 했다. 바이러스로서는 거의 제 기능을 상실한 것으로 분석되던 것이 누스 불길과 만나자 엄청난 화학 반응을 일으키며 가스를 뿜어내었다. 그러니까 누스 자체에서 에로드　가스가 새어 나오는 것이 아니라 혼령 속의 정과 누스의 불길이 만나 일으키는 화학 반응에 의해 가스가 생겨났던 것이었다. 실험했던 혼령에서 정을 떼어 내어 한스 박사가 주장했던 정이란 것이 과연 무엇이며 어떤 영향을 인간에게 미치나 하는 것을 연구하기 위해 그동안 실험을 해 오고 있던 것과 비교했더니 전연 다른 것이었다. 실험에 사용하고 있었던 것은 열정 수치와 심적 안정 수치가 사랑이니 포용 등에 내재된 그것과 비교가 되지 못할 만큼 긍정적인 것에 반해 오염 혼령에서 떼어낸 것은 세뇌된 것으로 보이는 일방 심리 수치만 가득한 부정적인 것일 뿐이었다. 오염 혼령의 세를 약화시키기 위한 블루마블에서의 일차 세탁 과정에서 자살테러범들에게 주입하는 특수 심리 콘텐츠를 백신을 가장하여 일부 혼령들의 정 속에 투여한 것으로 판명되어 졌다. 속았구나 하고 후회를 했지만 뒤늦었다. 이미 만성 악의 가스는 온 네배호를 뒤덮어 가고 있었다. 그렇다고 레그나 혼령 수급에도 계획이 있는 것이라 지금 당장 블루마블을 박살을 내어 버리거나 인간들을 다 죽여 버릴 수도 없었다. 겉으로야 네배흐를 마비시키려던 계획이 들통이 나서 이제 곧 한스 박사에게와 블루마블에 큰 일이 나겠구나 싶은데 엉뚱하게도 한스 박사는 웃고 있었다.

"거 봐! 그리 쉽게 블루마블이나 인간을 놓아 버릴 수가 없는 것이라니깐!"

종말

"블루마블이 파멸될 거라니?"

그는 자연 과학자가 블루마블이 파멸할지도 모른다는 말을 한다는 게 도저히 이해가 되지를 않았다.

"인간이나 현존 생명체가 종말을 맞게 된다는 것이라면 당신의 말에도 조금의 일리가 있을 수 있는 것이지만 블루마블이 파멸할 것이라는 말은 나로서는 이해할 수가 없네. 블루마블상의 만물이 다 절멸되어도 블루마블이 파괴되지 않는 한 그것들을 만들었던 구성 요소들은 블루마블 어느 곳에든 원소로 남아 있어. 그것이 얼마나 길지는 모르겠지만 시간이 지나면 다시 자연 발생적으로 원소들이 합쳐지고 성분을 만드는 요소들이 모여 새로운 존재와 생명체가 생겨나게 될 것이고, 블루마블 역시 오염과 기상 이변 등으로 피폐되고 산하가 뒤바뀌는 천지개벽이 일어나겠지만 블루마블 자체는 그대로 남아 있는 것이니 먼 미래 언제고 다시 새로이 생겨날 생명체가 살아 갈 수 있는 환경이 될 것인데, 어떻게 자연 과학자의 입으로 블루마블이 없어지거나 괴멸되어질 것 같이 얘기를 하는 것인지 이해가 안 된다는 말일세."

"뭐야? 자네는 그럼 인간이 멸종되어 없어지는데도 다른 생명체가 언젠가는 다시 생겨날 것이라서 블루마블의 종말이라 해서는 안 된다는 말인가? 그건 너무 억지 같아. 자네가 무슨 온 우주를 만든 창조주도 아니면서…."

"아니, 창조주라서 그러는 게 아니라 우주계를 두고 창조설이니 진화론이니 토론하던 우리가 종말 얘기가 나오자 갑자기 모든 생각을 인간에 국한시키려 한다는 것은 너무 인간 중심적인 이기적 사고가 아닌가 말이야. 창조자의 입장에서 볼 때는 인간은 수많은 창조물 가운데 하나일 뿐이고 하나의 콘텐츠일 뿐이 아니겠냐고? 그에게는 인간이 멸종되어 없어지는 것이 여러 종의 자기 창조물 가운데 하나가 없어지는 것이나 마찬가지로 아깝기는 하겠지만 그것이 전부이지는 않을 거라는 것이지. 산하가 바뀌거나 아니면 온 블루마블이 물바다가 된다고 하여도 신은 그것에 맞도록 다른 조물들을 만들고 배치하면 되는 것이 아니겠어? 종말은 인간에게 엄청난 두려움일 수 있는 것이지 신에게는 결코 그리 중요 사안이 되지 못할 거라는 말이야. 기도하고 애원한다고 해도 이미 그러기로 마음먹은 것이라면, 그리 하는 것이 신에게 오히려 플러스가 되는 것이라면 인간은 종말을 맞아야지 빠져나갈 길이 없는 것이야."

"그러면 어쩌자는 것인가? 어디 땅이라도 깊게 파고 숨자는 것이야 뭐야?"

"숨을 수도 없어. 혼령 바이러스를 이용하여 혼령계를 흔들어 보려던 것도 발각이 나버렸고. 어찌 할 수 있는 게 없는 것 같아."

"그렇다고 이대로 우리 인간이 멸종될 것이란 걸 알면서 그저 속수무책으로 가만히 당하고만 있어야 한다는 말이야?"

"글쎄, 닥터 드롤이 레그나의 숙주인 우리 인간들을 구제할 수 없을 만큼 오염되었다, 악에 물들었다고 다 없애버리려 하고 있으니 혼령이라도 어딘가에 숨어 있으면서 블루마블이 다시 생명체가 살 수 있는 환경이 될 때 돌아와 살아남을 길을 찾아야만 하는 것인지."

"숨다니 어디에 숨고 다시 살아남는다는 것은 또 뭐야?"

"인체 조직이야 우리가 만들어 낼 수 있는 것이고 혼령은 살아남아야 하는 것이니 모두들 르레로 갈 수밖에 없어."

"르레라니? 그곳은 지옥이 아닌가? 악마가 판을 친다는…. 거기보다는 우주계의 다른 별들도 많으니 그 중 한 곳이 낫지 않아?"

"헷갈려 하지 마. 우리의 몸이 옮겨 가는 것이 아니라 숨어야 하는 것은 혼령이야. 혼령들의 세상인 네배흐, 르레, 구천 같은 혼령계로 숨어들어야 한다니까."

"원죄를 지은 인간이라서 이미 악에 물들었기에 천국인 네배흐로 가려면 순수 선을 주장하는 닥터 드롤에게 나 잡아 잡수 바치는 것이니 거기는 안 될 것이고 그렇다고 부랑자 혼처럼 구천을 떠돌아다닐 수도 없는 것이니 르레에 가는 수밖에 다른 길이 없는 것이구먼."

"자네가 말했던가?! 르레가 결코 우리가 알고 있듯이 악마가 득실대고 유황불이 이글거리는 불구덩이에서 영원히 빠져 나오지 못하고 고통을 받는 그런 곳이 아니라고…. 악과 선이 함께하는 곳이니 그곳이 오히려 유토피아가 아닐까 싶기도 하다고….”

“그런데 생명이 끊어지면 몸에서 이격된 혼령이 무조건 일차로 네배흐부터 가게 되어 있다는데 그러면 닥터 드롤에게 잡혀서 다 없어져 버릴 텐데 어떻게 르레로 갈 수가 있을까?”

“그러게? 죄를 더 지으면 직방으로 르레로 가려나?”

“그런 것은 없는 것이고. 방법을 알아 봐야지.”

더 이상 그를 두고 볼 수가 없었다. 물론 한스 박사가 순수혼령을 만드는데 크나큰 일조를 했다고는 하나 네배흐의 존립을 위협하며 닥터 드롤 자신을 겨누는 직접적인 도전을 해오고 있는 것에는 아량을 가질 수가 없는 것이었다.

이런저런 법적 절차를 따지며 죄를 물을 필요조차 느끼지 않았다. 당장에 요절을 내버려 흔적을 없애는 것 외에는 생각하고 싶지가 않았다.

‘말은 안했지만 사실 그를 얼마나 예뻐하고 아꼈던가? 모든 것을 긍정적이고 진취적으로 생각하던 그이기에 그래 보았자 숙주라는 생각을 하지 않고 많이 좋아하고 기대가 컸는데…. 정면으로 나에게 도전을 하다니….’

사랑이 깊었던 만큼 미움도 커진다고 했던가? 닥터 드롤은 그를 없애더라도 철저히 분해하고 소멸되게 히여 다시는 어떠한 조물로도 합성이 되지 않게 해야 직성이 풀릴 것 같았다. 퇴마사를 불러 처리 방법을 의논했다.

"두꺼비 기름을 그자의 혼에 부어 해파리 녹이듯 그것을 녹인 다음 그렇게 녹아 문드러진 혼령을 지니의 마법병 속에 가두어 넣는 것입니다. 그러고 나서 다시 뚜껑을 잘 막아서 누스의 인력이 달에 그 기를 다 뺏기는 칠월 칠석 아침 7시에 폭발하는 화산 속 끓고 있는 마그마에 던져 넣으면 그 화산이 멈추고 마그마가 굳어서 그 속에 갇히게 되어 영원한 죽음을 맞게 될 겁니다."

얼마나 지난 것일까? 블루마블로부터 한 떼의 나방이 날아오르고 있었다. 어디로 가는지는 모두들 아는 것이겠지만 과연 저들이 무사하게 크레에 다다라 인간의 맥이 끊이지 않고 다시 연명되어질 수 있을 것인지…. 된다면, 그때의 세상에는 선과 악 둘 중 어느 것에 살아가는 가치를 두려고 할까? 그때도 인간들은 창조론과 진화론을 두고 네가 맞니 내가 옳으니 침을 튀기며 설전을 벌릴까?

블루마블의 대기권 외각을 둘러싸고 있는 오염 벨트에 갇혀서 팽창되던 공해 대기권이 무중력권의 자장과 마찰이 일어났다. 자기장 평형이 어긋나며 어마어마한 회오리가 일어나는가 싶더니 원심력이 분산력과 응체력으로 갈라지기 시작했다. 다시 두 힘은 서로 충돌하며 천체 토네이도를 발생시켰고 작은 한 점이 나타나며 서서히 다가들더니 커대한 소용돌이 구멍을 생성시켜 갔다. 스페이스 블랙홀이었다. 은하계 중심에서 뻗어 나와 9개 은하계 전체를 감싸

안는 듯한 거대한 우주 소용돌이는 이제 빛보다 빠른 엄청난 회전 속도로 온 우주 공간 전체를 회전시키기 시작했다. 회전하는 블랙홀 주변으로 자기장 대가 형성되면서 서서히, 너무나 거대하고 두꺼워서 핵폭탄으로도 뚫을 수 없었던 오염 벨트가 긴 가스 기둥으로 되는가 싶더니 스페이스홀로 빨려들기 시작했다. 동시에 블랙홀로 빨려들어간 만큼의 오존 제트류가 스페이스홀로부터 방출되어 우주로 블루마블로 흘러들기 시작했다. 오존 제트류는 엄청난 에너지로 순식간에 오염층을 씻어내듯 정화시켜 나갔다. 누스라 (네배흐의 빛과 에너지 원)을 가려 침침한 어둠으로 싸여있던 블루마블에 다시 밝은 햇살이 비춰지고 블루마블이 막혔던 숨통을 열며 호흡을 하기 시작했다. 경이롭다는 표현밖에는 할 말을 몰랐다. 아니, 할 수가 없었다. 생물이 생겨나고 초목이 돋아나고 물이 일렁거리며 바람이 불기 시작했다. 경이로운 세상이 다시 창조되고 있는 것이었다.

"태양 에너지의 50배가량을 1초에 방출하게 되니 재창조가 끝나려면 5일가량 걸릴 것이고 그땐 다시 인간도 새롭게 태어나게 해야 되겠구먼."

배우들은 그들이 맞아야 하는 종극을 두고 궁금해하고 불안에 말싸움을 벌이기도 했다. 내용이야 별게 없었다. 그저 그들의 앞날이 어떻게 될 것인가 하는 추측하고 걱정하는 것이 전부일 뿐이었다.

"세상에 우연이 과연 존재하는 것일까? 아무런 까닭이나 이유 없이 일어나는 그야말로 금 나와라 뚝딱하면 저절로, 무조건적으로 생겨나는 도깨비 방망이 같은 그런 게 과연 있을 수 있는 것일까?!"

"있으면 어떻고 없다면 어떤데? 뭐가 달라지는데?"

"무엇이 어떻게 달라진다라기보다 궁금해서…."

"배가 부르시구먼. 배에 기름 살께나 끼였나 봐. 우리같이 먹고 살기 바쁜 인간들에게는 그런 거 아무 소용없수다. 그저 어떻게 하면 딸린 식구들이랑 배불리 먹고 행복하게 살 수 있을까 하는 것이 궁금할 뿐이지."

"그래, 배 터지게 먹으면서 돼지처럼 살아라."

"이 친구야, 너무 그렇게 삐딱하게만 생각하려 들지 말고 들어 봐. 손오공이라는 중국 고전 소설에서 손오공이 화산이 폭발해서 생겨나잖아? 그게 과연 작가의 우연한 상상력으로만 쓰인 것일까? 그게 아니라 그 옛날 닥터 드롤에 의해 녹여지고 갇혀졌던 한스 박사의 혼령이 염원하고 염원하여 손오공이라는 몸을 빌려 다시 세상으로 나온 것은 아닌지 하는 것이지…. 세상은 결코 우연이란 없는 것이니 말이야!"

"그게 무어 그리 궁금해? 너나 나나 컴퓨터 속의 데이터에 지나지 않고 그 손오공 또한 가상의 이야기 속 존재에 지나지 않는 주제에."

"사이버 세상의 데이터라고 해도 가상의 존재라고 해도 궁금한 것은 궁금한 것이잖아? 태계나 혼령계, 우주계, 그리고 네이머라는 인간이 살았던 세상 모든 존재들이 진리를 추구한다기보다 나은 삶을 살겠다, 하지만 제 잇속을 챙기려 아득바득거리다가 물방울이 터지고 꿈에서 깨어나듯 어느 순간이 지나면 존재는 없어지고 진리는 바뀌고 물이 마르고 산이 바다가 되어 버리는 것, 그 모두가 결국 컴퓨터 세상 같은 가상이나 영생한다는 혼령 세계의 참이나 다 같아서 다를 게 없다는 말이지. 우리가 사는 이 세상이 곧 가상이고 현실이며 우리가 곧 혼령이고 존재라는 것이지. 내가 곧 선이고 악이며 선이 옳은 것이고 그것이 다시 악으로 옳지 않다는 것이지. 끝없는 순환과 회전의 무한한 원이며 또한 유일한 하나인 것이라는 말이야."

"다 된 것 같구먼. 인간 네이머들은 절멸되었고 순수 선의 혼령들도 확보하였겠다, 블루마블은 다시 창조된 것과 다름없이 리모델링하였겠다, 블루마블로 민족 대이동을 서둘러야겠군. 구태여 자꾸만 기온이 떨어지고 있는 네배흐에서 살아야만 한다고 고집할 필요는 애초부터 없었던 것이었으니 말이야."

엘파 향이 짙게 깔리고 있는 네배흐에는 석양의 빛을 만들고 있는 누스라 빛이 연구실을 나서는 닥터 드롤의 긴 그림자를 끌며 차갑게 빛나고 있었다.

이제 그 옛날 인간들이 블루마블이라 명명했던 곳에는 어떤 네이머가 생겨나게 되는 것일까? 인간들은 모든 게 다 절멸되었다고 하지만 창조자에 의해서든 자연 발생하는 것이든 소멸되지 않는 기, 에너지는 없어지지 않은 채 그대로 남아있는 것이니 그것이 어느 차원에 속하는 것이든지 혹은 어떤 모양새이든 생명체가 생겨나게 될 것이고 존재하게 되리라. 기온이나 기후가 적당한 이곳이니 어린 혼령을 배양할 숙주가 따로 필요하지 않을 것이라서 네배흐 레그나들의 혼령들이 블루마블의 주인이 되는 것일까? 그들 컴퓨터 속 세상이나 시뮬레이션 속의 존재들이 블루마블이 천국이라고 믿게 되고 레그나 천사를 떠받들겠다고 회개하며 밤낮없이 기도하게 되려나?! 그리되면 정말 이 블루마블은 순수하게 맑은 물 같고 해맑은 햇살 같이 깨끗하고 찬란하게 오염되지 않은 채 영원한 생명을 누리는 곳이 될까? 노메드는 어디서 라이랩의 혼령을 구할 수 있을까? 눈독들일 곳이라고는 이곳 밖에 없을 텐데…. 따로 라이랩 혼령을 만들어 낼 새로운 연구소를 차리면 그 뿐이려나? 창조론이나 진화론이나 어느 것 혼자서는 제 주장을 증명해 밝혀내지 못하고 끝내 반 토막 이론일 수밖에 없어 서로 보완하자고 손 내미는 판에 악이나 선은 과연 어느 한쪽이 등 돌려 사라지고 다른 한쪽만이 남겨져서 일인독재를 누릴 수 있게 될까? 천만부당한 말씀으로 시간과 노력을 낭비치 말고 한스 박사의 마지막 팁으로 나방의 몸을 빌려 숨긴 인간 혼령들을 안고서 날아간 혼령들이 스페이스 블랙홀에 의한 블루마블 정화 사업 끝물로 나마 살아남도록 기도하는 게 더 실리적이지 않을까 싶은데. 그건 그렇고, 대 정화 후의 블루마블의 삶은 참 재미가 없지 않을까 걱정이 된다.

우리 인간들과 생각하는 사고나 오감의 인지가 차원적으로 맞지 않아 아무 모양이나 외형이 보이지 않을 거라니 말이다. 보이거나 느껴지는 것이 아무 것도 없는 세상인데 모든 게 다 있다고 할 것이니 답답하여 미치고 환장할 노릇이 아니겠는가?!

"저네끼리야 다 보이고 체감되는 것일 텐데 무슨 걱정이냐고? 그런데 말이야, 우리가 있을 것 아냐?! 우리 인간들이 말이야! 잡초 같은 인간들이라 생명을 보전하여 살아남는 것에는 고래심줄보다 더 질긴 게 우리 인간 아닌가 말이야. 그 나방 속에 웅크리고 있다가 언젠가는 다시 나타날 것이니 두고 보라고."

"그때의 인간은 어떤 모양일까? 한스 박사는 알 수 있을 텐데… 그가 살아 있었어야 하는 것인데. 그는 정말 죽어서 다시는 세상에 나타날 수 없는 것일까? 죽었다면 태어나서 살아오는 동안 아무 것도 자신의 의지대로 할 수 없는 것을 탈피하기 위해 그토록 애를 썼는데 혼령이라도 자유로워야 할 텐데 캄캄한 어둠 속에 갇혀서 꼼짝달싹하지 못하는 것은 아닌지…. 그래도 그라면 결코 절망하거나 포기하지 않고 무언가 가능성을 찾으려고 애를 쓰고 있을 거야. 굳은 용암 속에 갇혔을망정 끊임없이 중얼중얼 셈을 세고 있을 거야."

"천년 안에 구해 주면 어떻게 해주고, 만년 안에 나기게 해주면 어떻게 할 거야."

"바퀴벌레가 살아남을 것이라지만 그들에게는 곤충들의

DNA를 주입시켜 놓았고, 설사 몇몇 바퀴벌레를 골라서 인간의 혼령을 감춰 보려고 시도를 할 수는 있겠지만 그 정도는 신이 이미 알고 대비책을 마련해 놓았을 것이니….”

“아닐지도 몰라. 신이 인간을 만든 이유가 어린 레그나 혼령을 배양하는 숙주로 쓰기 위한 것이라 살아남기 위해 레그나 혼령을 하등의 바퀴벌레에 DNA를 주입시킨다는 것은 꿈이라도 꿀 수 없는 일이라서 모를 수도 있을 거야.”

처형이 되는 날까지 한스 박사는 인간의 혼령이 인간 사후에 네배흐의 닥터 드롤의 눈을 피해 르레로 숨어들 수 있는 방법을 끊임없이 생각에 생각을 거듭했지만 친구들의 궁금증에 대한 답은 죽음의 순간까지도 알아낼 수가 없었다는 것이었다.

“이대로 정말 인류는 멸종되고 만다는 것인가?”

여기저기에서 배우들의 독백 같은 한숨이 새어나왔다.

한스 박사가 두꺼비 기름통에 던져 넣어지는 순간, 그 아주 짧은 순간 동안 하늘을 가르듯한 굉음이 울리는가 싶더니 천지가 요동을 치고 사방에 번개가 쳐댔다. 그도 잠시뿐 갑자기 우산을 펼친 것 같기도 하고 큰 버섯을 세워 놓은 듯도 한 검붉은 연기가 온 하늘을 뒤덮어 나가면서 세상이 칠흑 같은 어둠에 싸여 들어가기 시작했다. 잠시 동안 일 피트 앞을 분간할 수 없는 어둠 속에서 번쩍거리는 번갯불 같은 짧은 섬광이 몇 번 일어나는가 싶더니 무겁고 무서운 침묵이 깔리며 눈에 보이는 것이라고는 이제 어둠만이 남아 있을 뿐이었다.

"이제 다 끝난 것인가? 블루마블 세상천지의 만물이 다 파괴되어 절멸해 버린 것인가?"

닥터 드롤은 눈물을 흘리고 있었다. 그가 왜 우는지 묻지를 않았지만 마치 예상이라도 했다는 듯 캐서린은 그의 눈물에 고개를 끄덕였다.

"순수 레그나를 배양하고자 진력을 다해 만들었던 숙주인 네이머 세계를 스스로 파괴한 것이니 오죽 마음이 아플까? 눈물이 나오는 게 당연하겠지…."

"무슨 말이야? 블루마블의 파괴는 인간 자신들이 내뿜은 공해와 오염으로 인해 스스로 초래한 재해이고 이 절멸은 그것이 누구이었든, 누구에 의해 저질러졌든지 저들 스스로 자폭한 것이라고 보는 게 더 타당한 거 아니야?"

"그러면 이 파괴가 닥터 드롤의 의도에 의한 계획적이라는 것이라는 말이야?"

"당연한 것이지. 한스 박사 하나 처리한다고 블루마블이 다시 순수 선만의 세상이 될 수 있는 보장은 없는 것이고 또 블루마블을 만든 이후 레그나 혼령의 수급에는 많은 도움을 받은 게 사실이지만 그동안 닥터 드롤이 겪은 어려움이나 골머리 썩힌 것을 생각하면 덧정이 없었을 것은 안 봐도 비디오 아니겠냐고? 이차저차 이참에 다 없애 버린 것이지 뭐."

한스 박사가 녹아져 분해가 되고 지니의 병속에 갇혀져서 용암 속으로 던져 지던 날, 그의 마지막을 전송하기 위해 모였던 친구들은 한 명씩 한스의 혼을 담은 병이 든 조그만 관에 키스를 했다. 그런데 키스를 할 때마다 이상스레 귓속으로 날아드는 날벌레에 곤혹을 치러야 했다. 혼령을 병속으로 흘려 넣을 때에도 날아들어 성가시게 하더니 또 날벌레가 날아다니는 것이었다. 날벌레들은 아주 작은 나방이었는데 이제는 떼를 지어 날고 있었다. 모두들 경황중이라 나방을 어쩔 수는 없었지만 성가시게 주변을 날아다니는 나방이 싫은 건 누구나 마찬가지였다.

"저 나방 좀 어떻게 할 수가 없어? 내가 나방을 제일 싫어하거든. 저것들은 아무 쓸모가 없는데 왜 만들었는지 나도 모르겠어. 르레에나 가버려 영원히 보이지 않았으면 좋겠어."

짜증이 난 닥터 드롤이 내뱉은 한마디에 순간적으로 한스 박사 친구들이 시선을 주고받으며 눈을 반짝거렸다. 하지만 닥터 드롤은 그것을 눈치 챌 여유가 미처 없었다. 그것이 닥터 드롤의 눈을 피해 한스 박사가 알려 주는 혼령을 르레로 피신시키는 방법이라는 것을.

막이 내리고

서서히 막이 닫히고 무대는 암전이 되었다. 하지만 극장은 불이 켜지지 않고 있었다. 잠시 멍하니 앉아 있던 관중들이 '끝났나?' 의심쩍어 하며 자리를 뜨려는데 어둠 속에서 혼잣말 같이 중얼거리듯 내레이션이 흘러나오기 시작했다.

"새 세상이 열리고 나서부터 시간의 메커니즘이 어긋나고 바껴 흐름이 10분의 일로 줄었다.100살을 살던 인간을 위시한 온갖 세상 만물들이 따지자면 10년을 사는 것인데 기실 이생에서 새로이 창조되거나 합성되어진 저네들은 전생의 시간을 알 수 없는 것이니 흐름의 속도가 바뀐 것을 인식치 못할 것이고, 이전과 달라진 것이라면 신의 시계태엽 감는 횟수가 눈에 띄게 많아진 것일 게다. 그렇다고 하나님인들 아무리 자신이 그렇게 만드셨다지만 겪다보니 너무 느리다 싶지 않을까? 다른 할 일들이 태산같이 많은데 숨 돌릴 틈도 없이 주구장창 이생의 태엽 감아 주느라 정신이 없으니."

"고마, 지 혼자 둬도 잘 돌아가는 그런 자동 장치 같은 거 없나? 신음이 샐 수밖에. 그러자니 새 세상의 만물들이 슬금슬금 시간을 넘나들거나 빠르게 돌아칠 수 있을 기구나 시스템을 만들어 낼 새로운 문명을 생각하고 고안하게 되는 것을 하나님인들 어쩌라 그러겠어? 그러게 말이야. 그래도, 그렇게 복잡해지고 편리한 것을 찾게 되더라도 악만은 막아 내려 하지 않겠어? 워낙이 순수 선 지향파시니까. 그런데 그가 그리도 악착스레 없애려는 악이라는 것도 말이야, 바퀴벌레를 비롯하여 나방과 함께 전생에서 겨우겨우 생명을 부지하여 이생에로 넘어온, 한스 박사의 친구였던 기이한 몇몇 혼령들은 전생과 이생의 달라진 점을 어렴풋이 알 수 있을 테니 악에 대해서도 조금은 기억할 수 있지 싶은데. 아, 두꺼비 기름에 녹여져 그 태산 어디엔 가에 갇혀진 한스의 혼령도 있었지, 참. 그러지마, 얼핏 보면 깡그리 다 없어져 버린 것 같지만 이 구석 저 구석에 그래도 전생의 잔재가 제법 남겨져 박혀 있을 거야. 그래서 저는 은근히 걱정이 된데. 이생에서야 모든 게 다 순수한 것들이지만 굳이 구별한다면 이전 것들이라 할 수 있는 그것들이 극히 미미하다 하더라도 악의 흔적이 남아 있지나 않을까 해서 말이야. 그래도 어쩌겠어? 두고 보는 수밖에. 그렇다고 다시 다 어찌해 버릴 수는 없는 것 아니겠냐고? 아니, 이제까지 보았던 연극처럼 닥터 드롤인가 하는 신의 마음에 달렸겠지. 깡그리 죽여 없애버리고 다시 만들든 아님 인간을 저들 존재인 레그나 혼령 배양 숙주로 썼던 것 같이 저 수많은 별들 중 어느 하나를 골라서 또 다른 배양 숙주인 네이머로 만들어 보내든지. 그럼 악착같이 살아남아 어디론가 날아올랐던 우리 인간들만 괜한 헛고생만 한 게 되는 것일 테고. 아니지, 만약에 노메드가 득세를 하게 되어 악이 선에 우선하는 세상이 된다면 어떨까 생각해 보는 것이 더 흥미로울 것 같은데. 뭐라고요, 그땐 스튜어트가 대통령이 되어야 한다고요? 왜요? 이 세상 저세상을 다 겪어 보았기 때문이라고요? 에이 그만들 두세요. 누가 선과 악을 구분할 줄 몰라서 이 사단들을 만드나요? 제 속에 든 세상조차 다독이지 못 하면서 더 큰 세상으로만 눈을 세우려 들고, 신들의 다툼에 놀아나고 있는 것을 깨닫기 보다는 한 치 앞을 볼 수 없는 탓에 어느 신이든 붙잡아 편들어 주기를 빌기 바쁜 인간들이기 때문인 게죠. 이제 그만 돌아가시죠. 괜한 이런저런 생각으로 머리 복잡하게 만들어 보았자 우리 인간들이 생명에 관해서 만큼은 할 수 있는 건 쥐뿔도 없는 것이니."

어렵사리 치른 '숙주의 도전' 공연을 끝낸 날, 극단 네배흐의 배우와 스텝들은 막 내린 무대에 다시 섰다. 조명을 다 끄고 소품이었던 외등 하나를 덩그러니 밝힌 채 불어터진 라면에 소주잔을 기울이며 텅 빈 객석을 향해 소리를 질러 댔다.

"다시 올린다면 잘 할게요. 정말 자알 해 볼게요."

한스 박사를 장사 지낸 그 산은 여전히 터지지 않았고 간간히 바람이 허전하게 휘돌아 가는 산비탈로 나비 몇 마리가 날아오른다고 한다.

"그때 몰래 날아올랐던 그 녀석들은 실수 없이 제 명대로 잘 살아 가고 있는지."

신을 심판하겠다고 들이대다가 죽어간 단 한 번의 삶도 연극과 같이 막이 내리고 그네들은 뒤풀이까지 마쳤다. 어디선가 길 잃은 스튜어트 귀신을 달래는 굿소리라도 들림직한 날이었다.

어디에 기도하라는 거울이 있다면 햇빛에 반짝 얼굴을 반사시켜 놀라게 해줄 신을 찾아 나서는 것도 재미있음직한데.

숙주든 기생이든 악이든 선이든 사랑이든 기도든 또 하고 많은 다른 어떤 것이든 혼령이 살아 있어 가능한 이야기인 것이니 그의 생명이 있는 숙주라 일컬어짐에 마냥 기뻐하라고 한다면 누구의 목소리라고 독자들은 그것을 듣고 싶은가?

| 그리고… |

어긋난 사랑

네배흐의 삶을 보여 준다는 무대에서는 머디우와 수제이의 사랑을 공연하고 있었다. 발길을 돌리던 관중들은 다 끝났다고 배우들끼리 뒤풀이까지 하고서는 새삼스레 또 무슨 공연이냐며 툴툴거리면서도 하나 둘 도로 자리를 잡고 앉았다. 나레이터가 너무 안쓰러워 무대에 올리지 않으려고 했던 것을 혼령과 인간 사이에 사랑이 맺어질 수 없는 까닭이랄까 싶어 뒤늦게 올리는 것이라고 너스레를 떠는데 극의 제목이 '어긋난 사랑'인 것으로 보아 무언가 이루지 못하거나 깨어져야 하는 슬픈 내용이 아닐까 짐작하게 하고 있었다.

닥터 드롤의 생명공학 연구소를 머디우가 찾아왔다. 블루마블에 생명체를 보내는 것에 대한 박사의 의견을 묻고자 방문한 것이었다. 비서 캐서린이 회의 중이라며 드롤 박사의 집무실에서 기다리라고 했다. 고풍스러운 분위기가 압도하는 박사의 집무실은 몇 번 방문한 적이 있었는데도 혼자 들어오기는 처음이라 그런지 머디우는 왠지 쭈뼛거려졌다. 창으로 누스 볕이 방안 가득 따사로움을 드리우고 있는 것이 그나마 포근함을 느끼게 하고 있었다.

같은 길을 걷는 바이오 학자로서 자신도 언젠가는 드롤 박사같이 모든 레그나 혼령을 위해 도움이 되는 큰일을 할 수 있다면 하는 바람이 들며 방안을 둘러보았다. 책상 위에 놓여 있는 작은 액자 속에 자신의 사진이 들어 있는 것이 보였다. 사진이나 기록들은 모두들 뇌파 컴에 저장해 두고 언제든지 주파수를 맞추기만 하면 볼 수 있는데 굳이 액자에 사진을 넣어 둔 것도 이상했지만 자신의 사진을 드롤이 가지고 있는 게 이해하기가 더 어려웠다.

닥터 드롤이 이런저런 참고 자료를 보여 주고 블루마블에 대해 설명해 주었지만 머디우에게는 제대로 들리지가 않았다. 머릿속이 자기 사진이 들어 있는 액자로 가득할 뿐이었다. 하지만 뭔지 모를 비밀스런 것이 있는 듯하여 물어 볼 수가 없었다.

"엄마, 닥터 드롤이 내 사진을 가지고 있어요. 엄마하고 무슨 연관이 있는 건가요?"

여체의 직감이랄까?! 다그치는 머디우에게 에칼그는 한동안 말을 할 수가 없었다. 하지만 말을 안 한다고 감춰질 수 있는 것이 아니었다. 그녀는 결국 자신과 드롤의 사랑에 관한 것과 머디우가 드롤과 자신의 이체 증식으로 태어났다는 것을 말해 주었다. 머디우는 마른하늘에 날벼락 같은 얘기여서 한동안 혼란한 심정을 주체할 수가 없었다. 하지만 얼마간의 시간이 지나자 자신이 다른 레그나와 달리 드롤과 에칼그 사이의 태생이라는 것에 이끌려 머디우는 업무가 아니더라도 이따금씩 드롤을 만나러 갔다. 처음엔 그저 호기심에 가곤 했는데 만날수록 새로운 마음이 생겨나는 것을 느낄 수 있었다.

"이런 게 혈육이란 겐가?!"

만나야 '어! 왔니'하며 온화한 미소 한 번 뿐 바빠서 제대로 얘기조차 나눌 수 없지만 드롤 연구소 앞을 지날 때면 자석에 당기듯 머디우의 걸음을 멈추게 했다.

"박사님, 저 또 왔어요. 방해한 건 아니기를 바라는데…."

"아니, 방해라니? 결코 그렇지 않아요. 머디우가 올 때마다 내가 바빠서 오히려 미안한 걸. 그래, 건강하지?"

그날도 바쁜 건 매 일반인 것 같았는데도 날 달리 드롤은 많은 얘기를 들려주며 시간을 내어 주었다. 돌아오는 길에 머디우는 한참을 생각해야 했다.

"왜였을까? 뭔가 예전과 다른 박사님의 행동이었어. 당황해 하는 것도 같았고…."

머디우는 그게 싫었다. 자기가 드롤에게 손님 대접을 받은 듯해서 영 심기가 편치 못했다. 자기를 아주 남으로 취급하는 것 같아 속이 뒤틀렸다.

"무얼 생각하느라 아빠도 몰라보고 지나가는 게야?"

한참을 왜 드롤 박사가 그랬을까 의문에 빠져 걸어가고 있는데 아빠 노메드가 어깨를 쳤다.

"드롤 박사가…."

무심결에 그의 이름을 말해 버렸다.

"드롤이 왜? 그를 만났니? 무엇 때문에 만났는데?"

"아니요, 그저 지, 지나가다 부딪쳤다고요."

"근데 너 왜 그리 당황하니? 나한테 뭐 말 못할 게 있나 보구나."

"아녜요, 그저 드롤 박사님이 저를 보더니 너무 당황해 하는 것 같아서…."

노메드는 자신과 닥터 드롤의 관계를 알지 못한다고 엄마 에칼그에게 들었기에 머디우가 닥터 드롤을 만난 것이 그리 난처해 할 것도 아니었는데 머디우는 제풀에 중얼대듯 불어 버렸다.

"에칼그, 요즈음은 머디우가 자주 닥터 드롤을 만나러 와."

"글쎄, 내가 도통 함께 해 주지 못하니까 아쉬운 가봐. 저하고 그이 하고의 관계를 아는지 아니면 혈육이라서 당기는 것인지…."

친구지만 얘기로 불거지는 게 싫어 캐서린에게도 머디우가 알고 있다는 것을 말하지 못했었다.

"근데 에칼그, 조금 이상한 것 같애."

캐서린의 얼굴빛이 달랐다. 에칼그는 어릴 적부터 함께 자라 온 친구 캐서린의 표정만 보아도 좋은 일인지 그렇지 않은 것인지를 이제는 알 수 있었다. 오늘 그녀의 얼굴은 뭔가 심각한 것을 말하려는 눈치인 게 틀림없었다.

"뭐가 이상한데? 노메드가 무슨 일을 꾸미기라도 한데?"

"아니야. 그게 아니라 머디우와 수제이가 사랑에 빠진 것 같아…."

안될 일이었다. 탄생이 다르게 출생하였지만 둘 모두 드롤의 피를 받은 남매인데…, 머디우에게 노메드는 그녀가 드롤의 피가 섞여 있다는 것을 전혀 모른다고 입조심까지 시켰었다. 그걸 알고 있는 머디우가 수제이를 사랑하는 사이인 것 같다니…, 믿기지가 않았다. 믿을 수가 없었다.

'안 돼, 둘이 불행해질 것이 빤한데…, 불행은 결국 악의 꾐에 빠져들게 될 거야. 어떻게든 막아야 해. 이 젊은이들이 안 된다고 하면 사랑에 눈먼 젊은 혈기로 당장에 노메드를 찾아 갈 것이고 머디우의 출생 비밀을 모르는 노메드로서는 얼씨구나 허락하고 말텐데…, 이걸 어떡하지?'

에칼그로서는 여간 난감한 일이 아니었다. 수제이를 어디 먼 곳으로 보내자고 드롤에게 얘기해 볼까도 생각했지만 그게 그리 간단치 만은 않은 것 같았다.

'드롤이 블루마블 프로젝트를 수행하는데 수제이의 도움이 절대적으로 필요하고 그가 있어야 할 텐데….'

수제이를 만났다. 사내아이라 말을 직설적으로 해도 그리 크게 당혹해하지 않을 것 같았고 말귀를 알아들으리라는 기대에서였다.

"너희 둘이 서로 다른 부모를 가지고 있지만 사실은 같은 닥터 드롤의 피를 받은 자식이란다."

"에칼그가 노메드와 만나기 전에 제 아버지 닥터 드롤의 부인이었다는 것을 알아요. 머디우가 그때 태어난 것도 알고요. 하지만 이제 각자 남이 된 것인데 뭐가 문젠가요? 실제 닥터 드롤의 피가 머디우 몸속에 흐르는 것도 아닌데…."

수제이는 이미 모든 것을 알고서 시작한 것이라며 덤덤하게 에칼그의 말을 받았다. 하지만 그는 머디우가 에칼그와 닥터 드롤 간의 이체 생식으로 탄생하였다는 것은 모르는 것이 틀림없었다. 어떻게 해야 하나? 망설임이 들지 않을 수가 없었다. 만약 머디우가 이체 생식으로 태어난 것을 노메드가 알게 되고 이웃 레그나들에게 알려지면 여간 시끄러워질 것 같지가 않았다. 하지만 어쩌랴?! 그런 염려 때문에 남매가 부부가 되게 할 수는 없었다.

"사실 머디우는 나와 닥터 드롤이 이체 생식으로 태생시킨 아이라서…."

어렵사리 말을 꺼내기는 하였지만 젊은 두 사람의 사랑이 자신들의 지난 사랑의 흔적 때문에 무너지게 되어야 한다는 미안함과 죄스러움이 들어 말끝을 제대로 맺을 수가 없었다.

수제이도 놀람이 매우 컸던 모양이었다. 현기증이 나는지 비틀거리며 창가로 가더니 여름이라는 계절에 맞지 않게 옷을 겨우 적실 듯 비가 내리고 있는 바깥을 내다볼 뿐 한참이나 말을 잇지 못하는 것이었다.

조심스레 그의 등을 도닥이며 마음을 진정시켜 주려는데 수제이가 가만히 팔을 밀쳐 냈다.

"아무 말도 하지 않을게요. 누구에게도, 머디우에게도 절대 말하지 않을게요. 저희들 이대로 갈 수 있게 해주세요. 간청 드립니다."

수제이는 눈물을 뚝뚝 흘리며 에칼그 앞에 무릎을 꿇고는 애걸했다.

"수제이, 이것이 말을 안 하고 감춘다고 될 수 있는 것이 아니잖니? 제발 머디우를 잊고 새로운 짝을 찾도록 하렴."

"그럴 수 없어요. 머디우가 없는 내 삶을 생각할 수가 없어요. 생각하기도 싫단 말이에요."

"수제이, 사랑이라는 것이 꼭 만나서 함께 살아야만 이뤄지는 것이라고 생각하지 마라. 어쩜 사랑은 세상에서 이뤄지지 않았다고 말할 때 오히려 더욱 아름답게 이루고 있는 것일 수도 있으니까. 내가 얘기를 하나 들려줄까? 나는 몹쓸 병에 걸려 그 치료 끝에 어쩔 수 없이 노메드의 아내가 되었다는 것을 너도 들었을 것이야. 하지만 나는 아직도 닥터 드롤의 사랑을 느끼고 받고 있단다. 그것이 어떤 불륜적인 관계를 갖고 있다는 것이 아니라 이루지 못했기에 더 생각나고 아쉽기에 더 애틋한 가슴으로 그 사랑에 항시 젖어 있을 수 있다는 것이지."

에칼그의 말이 길어지는데도 수제이는 묵묵히 듣고 있었지만 표정이 점점 슬퍼지는 게 뚜렷이 보였다.

"처음 헤어져야 했을 때는 마치 청천벽력이 이는 것 같았지. 하지만 닥터 드롤이나 나나 지금은 담담히 대화를 나누고 서로의 마음을 얘기할 수 있단다. 그렇다고 정이 식은 게 아니야. 나는 우리들의 사랑이 승화되었다고 믿고 있지. 너네도 지금이야 가슴을 도려내듯 아픔이 있겠지만 그렇게 승화된 사랑을 했으면 해."

"싫어요. 에칼그나 아버지야 이성적이고 단정한 성품을 지니셔서 그리 될 수도 있을지 모르겠지만 저는 그렇지 못해요. 아가페적인 사랑이라는 것 저는 모른다는 말이에요."

"꽃을 가까이서 만지며 보고 싶은 것이야 누구나의 바람이겠지만 누가 보아주지 않고 저 멀리 떨어져 있다고 해서 꽃이 아닌 게 아니야. 꽃은 어디에 있어도 꽃인 게지. 나의 곁에 두고 나만을 바라보게 하겠다는 것은 나의 욕심만 채우려는 이기심일 뿐이야."

"하지만 꽃은 결국 누군가 그것에 다가서서 그 아름다움을 인정해 줄때 진정한 의미의 꽃이 되는 것 아닌가요?"

에칼그의 말을 끝까지 진지하게 듣기는 하였지만 수제이는 끝내 비명같이 소리를 지르며 바깥으로 뛰쳐나가 버렸다. 처진 수제이의 등을 바라보며 젊음의 혈기로 무슨 일을 저지르지나 않을까 걱정이 되었지만 그런 그를 에칼그는 멍하니 지켜볼 뿐 어찌할 바를 알 수가 없었다.

나뭇잎 색깔이 한층 더 푸르러진 사과농장으로 길게 뻗은 길로 빗줄기가 점차 세어지고 있었다.

"인간세상이나 혼령 세상인 네배흐나 뜻하지 않는 사랑의 충돌이 있고 부모의 자식에게 바라는 절대적인 정은 다르지 않게 보이는데 이 일을 어떻게 해야할 것인지 두 청춘이나 부모들 속이 타들다 못해 잿더미가 될 것 같지 않습니까?"

또 내레이터가 끼어들어 관객을 제가 바라는 대로 끌어가려고 말머리를 이끌었다.

에칼그는 며칠을 고민을 하며 궁리를 해보았지만 방법이 떠오르지 않았다. 어쩔 수 없이 드롤을 찾아갔다.

사실 드롤이라고 무슨 특별한 해결책이 있을 거라고는 기대를 한 것은 아니었지만 그가 아직 모른다면 알려야 했다. 드롤도 적잖이 놀라는 눈치였다. 서로의 마음속에 각인되어 영원히 지워지지 않을 두 연인은 만남 내내 별 말이 없었다. 두 젊은이에 대한 걱정이야 더 할 수 없이 컸지만 딱히 좋은 방도가 있는 것이 아니었으니 무슨 얘기를 할 수 있었겠는가?! 드롤은 정히 말을 듣지 않으면 둘 중 하나를 블루마블에 보내어 서로 만나지 못하게 해야겠다고 무겁게 입을 떼었다.

"수제이가 반드시 당신 연구에 필요한 것 아닌가요? 그를 보내 버리면 당신 일에 어려움이 생기지 않나요?"

"그러니 어쩌겠소? 다른 방도가 없는데…. 연구야 어려움을 좀 더 감수하면 되는 것이겠지만 사랑하는 두 젊은이의 앞날이 수렁으로 빠져들게 방관할 수는 없는 노릇 아니겠소?"

하지만 그도 만만치가 않은 것이 아무런 꼬투리도 없이 무슨 명목으로 잘 나가는 젊은이를 유배지 같은 블루마블로 보낸다는 말인가? 오히려 다른 엉뚱한 입방아를 불러들일 것 같았다. 돌아서는 드롤을 보며 에칼그는 하얀 주먹을 불끈 쥐었다. 드롤의 말을 잠자코 듣기만 했지만 에칼그도 드롤의 마지막 말이 무슨 뜻인지를 알고 있었다.

'그가 어떤 인물이든 지금의 나는 노메드의 아내, 수제이와 드롤은 그의 경쟁자, 내 마음의 기둥으로 변하지 않은 채 내 가슴을 뜨겁게 하고 있는 드롤, 나와 그의 분신인 사랑하는 딸 머디우 그리고 그 애를 사랑하는 수제이 어느 누구 하나 소중하지 않지 않은데 정녕 그네 둘의 사랑은 안 되는 것인가?!'

에칼그의 눈빛이 다시 차갑게 반짝거리고 있었다. 머디우가 악령이 스민 나방 애벌레를 블루마블에 유기하여 블루마블을 악령화시키려 했다는 고발장이 날아든 것은 그로부터 며칠이 지나지 않아서였다. 사실 아무 것 아니랄 수 있는 극히 작은 사안일 뿐이었다. 그것도 시간이 한참이나 지난 케케묵은 지난 일인데 새삼 들춰내야 할 이유가 없었다.

'태초에 악령 나방 애벌레를 블루마블에 유기시킴으로 인해 오늘 날 만연되는 악의 씨가 되게 하였다.'

이것이 머디우의 죄목이었다. 그 벌로 블루마블로 추방되어 인간들을 교화시키라는 것이었다.

"인간을 교화시키는 것이라면 기꺼이 가서 그들을 선으로 이끌어 주고 싶다. 하지만 내가 지은 죄에 대한 벌로 그 곳엘 가야한다는 결정은 재고해 주기 바란다. 내가 애벌레를 블루마블에 유기시켜 악이 생겨나기 시작한 것이 아니라 태계의 모든 만물들은 그것이 영이든 블루마블의 생명체이든 우리 레그나들까지 포함하여 모두 선과 악을, 세상의 절대 진리인 음양 혼재에 따라 선과 악을 동시에 갖게 되어 있지 않은가?"

"내가 유기시킨 애벌레에 의해 악이 새로이 생겨 난 것이 아니라 인간을 창조할 때, 인간을 좀 더 빨리 현명하게 하기 위해 함께 보내졌던 사과 열매를 인간이 먹고 난 뒤부터 내재되어 있었던 악이 고개를 내밀었기 때문이었지 않은가?"

"악령은 누구에 의해 퍼뜨려지는 것이 아니라 그것이 설득에 의해서건 강제되어서건 스스로 받아들이기 전에는 온 블루마블이 악으로 가득하다 할지라도 인간 몸속으로 들어가지 못하지 않느냐?"

아무리 어필을 해도 소용이 없었다. 머디우가 블루마블로 가야한다는 것은 이미 결정이 나 있었던 것이었다.

"이체 증식으로 태어난 머디우가 자체 분리체 태생인 수제이와 사랑에 빠질 경우 그들의 2세는 지능이 매우 낮고 외양이 흉측한 돌연변이형 기형이 되게 돼. 그것은 우리 레그나들이 아름다움과 추함을 분별하게 되는 원인이 될 거고 나아가서는 선악을 구별하게 될 것이야. 이건 선택이 없이 오로지 선만이 존재하는 것으로 알아 오고 있는 네배흐를 뒤흔드는 엄청난 사건이 될 수밖에 없어. 그네들 둘을 갈라놓아야 해. 방법은 머디우를 아주 먼 곳으로 보내는 것뿐이야."

닥터 드롤로서는 머디우를 블루마블로 보내야 하는 것이 가슴이 찢어지는 아픔이었지만 그것보다는 머디우와 수제이가 함께 불행해지는 것을 먼저 막아야 했고 그들로 인해 이제껏 자기가 추구해 온 네배흐의 선령화가 어그러지게 할 수는 없었다.

머디우가 나방을 유기하여 블루마블에 악령을 퍼뜨린 죄로 벌을 받게 되었다는 얘기가 퍼지기 시작한 지 며칠이 지난 어느 날부터 머디우가 보이지 않았다. 수제이는 머디우가 에칼그나 드롤에 의해 어딘가에 숨겨진 게 아닐까 네배흐의 여러 곳을 찾아다니며 수소문하여 보았지만 아무도 아는 이가 없더니 끝내 그녀가 블루마블로 보내졌다는 사실을 듣게 되었다.

집행처에 확인해 보았다. 다르지 않았다. 수제이는 당장 그곳으로 가야 했다. 그곳이 사고의 제한을 받고 레그나 영으로 거듭나기 위해 엄청난 시련과 고행을 겪어야 하는 곳이라는 것을 들어 알고는 있었지만 그야말로 그녀를 다시 만날 수 있다면 악의 소굴이라는 르레인들 못 갈 것이며 얼음 굴인들 마다하랴 싶었다.

자기가 떠나고 난 뒤에 혼자서 블루마블 프로젝트를 수행하느라 닥터 드롤이 겪을 어려움이 걱정이 안 되는 것은 아니었지만 그가 머디우를 사랑하는 마음과는 비교할 수가 없었다. 당시의 마음으로는 자기가 머디우를 찾기 위해 사라져서 내일 당장 네배흐 전체에 종말이 온다고 해도 떠나는데 주저함이 없을 것 같았다.

어렵사리 유아 영을 블루마블로 보내는 편에 편승을 할 수가 있었다. 이제 네배흐에서 블루마블로 오가는 통로인 페루벨리버튼 계곡만 잘 통과하면 되는 일이었다. 블루마블의 인프라 조건상 대부분의 영이 활동을 멈춰 버리고 뇌파 뉴런이 분리되며 작동 수치가 떨어져 네배흐에서의 모든 일들을 기억 못하거나 알 수가 없고 사고 자체가 유치해 진다지만 어떠랴 싶었다. 다른 모든 것은 다 잃어도 그녀를 만날 수만 있다면 괜찮을 것 같았다. 하지만 차원이 달라서 머디우를 만나야 그녀나 수제이 누구도 서로를 알아보지 못하게 될 것이라는 것은 미처 알지 못했다.

갑작스레 피가 역류하는 못된 병에 걸려 치료 인자를 찾다가 노메드의 몸에서 생체 백신을 찾은 의사의 권유로 급하게 처치를 받고 나서 에칼그는 경악을 금할 수가 없었다. 노메드가 자기 생체 백신의 값으로 에칼그 자신을 원했기 때문이었다. 어쩔 수 없이 노메드의 부인이 되어야 했던 에칼그, 아내이자 조수였던 드롤의 곁을 떠나며 에칼그의 가장 친한 친구인 캐서린을 소개했지만 십수 년이 지나는 지금까지도 드롤은 싱글을 고수하여 지내며 캐서린을 조수 이상은 근접치 못하게 했다.

드롤이 혼자 사는 걸 고집하고 있는 것을 캐서린으로부터 듣고 있는 에칼그는 어쩔 수 없는 병 때문이었지만 미안함과 죄책감으로 연민을 떨칠 수가 없었다. 그의 피가 섞여 있는 머디우라도 그의 곁에 남겨 놓을 수 있었다면 드롤이 좀 덜 외로울 텐데….

모계 중심인 네배흐의 법에 따라 그녀를 드롤에게서 떼어 함께 올 수밖에 없었던 것에 에칼그는 당연히 외로울 텐데도 묵묵히 자기 일을 하고 있는 드롤 생각에 가슴이 시렸다.

호송천사는 연신 고개를 갸웃거렸다.

"이상하다. 분명 새롭게 태어나는 어린 생명이라 한 것 같았는데 시간이 한참을 지났는데도 태어난 아기가 없으니…, 내가 뭘 잘못 알았나? 그럴 리가 없는데…. 그러고 보니 당신도 생성된 지가 제법 된 것 같기도 하고."

"이상하기는 뭐가 이상하다는 거예요? 저기 저 수술을 받고 있는 병사의 몸으로 가는 거 아닌가요?"

신생 영이 아니라 도망쳐 나오는 것이라 켕기는 마음을 감추며 수제이는 미처 호송 천사가 가부 대답을 하기도 전에 수제이 일병의 몸속으로 들어앉아 버렸다.

"어라?! 아닌데. 그 쪽은 이미 목숨이 끊어진 인간인데…."

수제이 영이 들어와 앉은 곳은 전상으로 막 숨진 병사의 몸이었다. 사망진단을 받고서 다른 환자에게 기증하기 위해 장기를 적출하고 있던 것을 수제이가 수술을 받는 것으로 잘못 알고는 들어앉아 버린 것이었다. 심한 전상으로 실려 왔던 수제이 일병이 다행히 그 시간에 이미 사망하여 그 영이 네배흐로 불려가고 있는 중이어서 수제이 영과의 충돌은 없었지만 결국 수제이는 본의 아니게 수제이 일병으로 살게 되는 형세가 되어 버려 이따금씩 수제이의 잠재의식과의 마찰은 피할 수가 없게 되었다.

예수와 지혜(JESUS & WISDOM), 교회 이름 치고는 좀 특이했다. 수제이의 횡설수설하는 것이 치명적인 부상의 후유증이겠지만 어떤 종교적인 맥락이 수제이의 말에 이따금씩 섞여 나오는 것 같다는 한스 교수의 말에 수제이의 어머니는 아들이 군 입대 전까지 매우 열성적으로 교회에 나갔던 것을 생각하고는 설교 말씀을 들으면 혹시 차도가 생겨나지 않을까 하여 아들을 알아듣든 못하든 매주 교회에 보내 줄 것을 바랐다.

떠밀리다시피 교회를 들어서다가 문간에서 만난 목사는 이름이 머디우라고 자신을 소개했다. 수제이는 어슴푸레한 것이 확실하지는 않았지만 그녀를 어디서 본 듯하다는 생각이 들었다.

“제가 목사님이 여성이라서 유혹한다고는 생각지 말아 주세요. 하지만 부상 탓인지 그것이 언제 어디서였는지는 기억이 확실치 않지만 어디선가 목사님을 만났고 매우 가까운 사이였을 거란 생각이 드는데 혹시 목사님은 제가 기억나지 않습니까?”

"아니오, 저는 이곳에서 태어나서 줄곧 여기서만 생활해 오고 있고 하나님을 의지하며 개인적인 일로 남성이라고는 만난 적이 없어요. 당신은 매우 매력적이지만 제게는 전에 당신을 만나 본 행운이 없었던 것 같아요. 아마도 전장에서 막 돌아 와서 모든 사람이 다 반가워서 그런 생각이 드는 것일 거예요."

'전상 후유증이 이렇게나 심한 것인가? 내겐 분명히 어디서 오랫동안 만났던 사이인 것 같은데….'

머디우 목사의 친절하고 자상한 설명을 들으며 그렇겠지 여기려 했지만 수제이에게는 그것이 단순한 부상 후유증으로 오는 착각이 아닌 것 같다는 생각이 머리를 떠나지 않았다. 그런 생각이 뇌리를 감싸고 있는 탓일까? 머디우 목사를 만난 이후부터 보거나 가본 적이 없는 엉뚱한 것들이 생생한 그림으로 그것도 머디우 목사인 듯한 사람과 함께 지내는 것이 끊임없이 떠오르고 있었다. 수제이에게는 그런 전혀 생각해 본적이 없는 일들이 계속하여 떠오르는 것이나 자신이 그녀를 만난 적이 있다는 생각들이 그리 간단히 자신을 떠나지 않을 것이라는 생각이 들고 있었다.

"꿈을 꾸고 있는 것인가? 어디서 이런 생각들이 비롯되는 것일까? 흔들리는 영상같이 선명하지는 않지만 내용은 하나하나 매우 또렷한 게 틀림없이 내가 겪었던 일 같은데 실타래 같이 엉켜 풀어내지를 못하겠으니…."

"싱거운 소리 그만하세요. 제가 하나님을 섬기는 목사의 직분을 가진 사람입니다만 당신이나 제가 하나님의 세상으로부터 온 것 같고 우리 두 사람이 그곳에서 서로 사랑했던 사이가 아니었을까 추측된다고 말씀하시는 것은 도저히 이해가 안 되는 것뿐이군요. 환자 분이라 더 말은 않겠습니다만 교회의 다른 신자들에게 오해의 소지를 남기고 싶지 않으니 앞으로는 어느 누구에게도 제발 그런 요상한 말을 하여 돈독한 믿음을 혼탁하게 하지 않았으면 감사하겠어요."

안개 속에 갇힌 듯 모든 게 흐릿하기만 하여 어느 것 하나 또렷하게 생각되어 지지가 않고 그 흐릿한 것들마저도 각각 흩어져서 전혀 연결이 되거나 복합되어 지지 않아 불확실하고 답답한 것은 변함이 거의 없었지만 그래도 이것저것 떠오르는 토막들을 얘기하며 애써 둘의 관계를 확인하려던 수제이에게 머디우 목사는 평소의 온화함은 찾아 볼 수 없을 만큼 차갑게 내뱉었다. 하지만 수제이는 포기할 수가 없었다. 아니라고 자르듯 단정 짓는 머디우 목사와의 옛 관계가 궁금하기보다는 거의 매일같이 꿈속에서 만나고 있는 네배흐니 레그나, 드롤, 영, 숙주, 선, 악 등들이 그저 단순한 꿈인 것만이 아닐 것이라는 생각으로부터 자유로워 질 수가 없었다. 답답해 미칠 지경이었다. 자신은 진지하게 그런 꿈에 본 것들을 얘기하고 의견을 들으려 하는데 아무도 그것을 말하는 자신을 정상적으로 대하지 않고 전상으로 인해 정신이 어떻게 된 환자 취급을 하려 들고만 있으니 말이었다.

"당신은 운이 지지리도 없는 가 봅니다. 네배흐에서의 사랑은 맺어서는 안 되는 것이기에 깨어져 상대 조각을 멀리 떠나보내야 했고 영의 숙주인 인간이 되는 것을 감수하고서라도 그 깨어진 조각을 찾겠다고 네배흐에서의 모든 행복을 다

버리고 블루마블로 왔는데 그마저 제대로 되지 않은 채 엉뚱한 주검 속으로 들어가는 바람에 인간들 간에 갖는 텔레파시 지능이 생기지 않아 옛사랑을 만났으되 서로 알아보지 못하고 교감할 수 없으니…."

몇 가지 장기를 들어낸 탓에 자주 혼수상태에 빠지기에 그것이 꿈이었는지 또 혼수에 빠졌던 동안이었는지 분간이 되지는 않았지만, 자기를 이곳으로 데려왔던 수호천사는 수제이를 불쌍한 눈빛으로 보고 있었다.

"방법이 없을까요? 머디우가 나를 알아보고 나의 사랑을 알게 할."

"힘들 거예요. 우리 레그나들은 서로 비교하지 않고 외모나 체력 같은 것도 가리지 않은 채 순수하게 마음만을 가지고 과거와 미래를 오버랩시켜 보고 그것이 크게 어긋나지 않으면 사랑을 시작하지만, 인간들은 이제 생식으로 번식하기에 보다 나은 종족 번식을 위해 서로 비교하고 견주어, 수컷은 좋은 씨를 보유할 수 있어야 해서 골격, 체력 등에서 보다 뛰어나야 하고 암컷은 그 씨에게 튼실한 배양처를 제공해야 하기에 외모, 건강이 좋은 상대를 구하려 들지요. 미안한 말이지만 당신은 지금 한쪽 눈, 다리 하나를 절고 얼굴은 화상으로 일그러져서 인간 여성에게는 전혀 호감을 얻을 수 없는 모습이랍니다."

"아니지요, 머디우는 레그나 였잖아요?"

"그렇게 기대하지 마세요. 머디우가 인간이 되면서부터 지능은 제한을 받고 하나로 연계되어 있던 기억이나 사고의 뉴런이 분리되어 복합적 사고를 하는 레그나의 습관은 다 잃어

버린 채 당장의 눈에 보이는 것만으로 평가를 하는 단순하고 얄팍한 지능과 사고력을 가졌을 뿐인 그저 평범한 인간 여체일 뿐이니까."

"이건 너무 심해요. 내가 제이슨이라는 병사의 주검 속으로 들어온 것은 실수라구요. 그 실수를 사전에 다 알고 있었을 당신께서 막아 주었거나 이미 벌어진 일이라 어쩔 수 없는 것이라면 가엽다고 위로해 주지는 못할망정 오히려 거 보란 듯이 비웃고 있는 것은 너무 심한 것 아니에요? 네배흐에서 추방되어 평생을 고난과 시련이 연속되는 블루마블로 보내진 것만으로도 맺지 않아야 할 사랑을 한 죄의 벌은 충분했지 않은가요?"

"그건 하지 말았어야 할, 닥터 드롤이 바라던 최후의 보류였고 어떤 일이 있어도 지켜져야 할 약속이었어요. 창조주는 에덴동산에 얼핏 보면 쓸데없을 선악과를 왜, 처음부터 두지 않았더라면 되었을 것을 두어서 태초 인간인 아담과 이브가 그것을 먹게 했을까요? 너무 인간을 믿었기에 자기가 하지 말란 것을 하게 될 줄은 미처 몰라서? 아니에요. 그건 인간과 닥터 드롤 간의 약속이었어요. 낙원에서 창조주와 함께 살아가기 위해서는 절대 사서는 안 되는 티켓이었어요. 마찬가지로 머디우와 당신의 사랑도 순수 선을 지켜 내려는 닥터 드롤이 절대적으로 막고 있던 금기였지요. 당신들은 그것을 깨뜨린 것이기에 그 벌은 혹독할 수밖에 없는 것입니다."

"도와주세요. 호송천사의 말대로 지은 죄가 큰 것을 알고 깊이 뉘우치고 있습니다. 하지만 그것이 비록 머디우가 이미 인간이 되어 버려 외관상으로만 보아서 그녀가 나를 내치게 될지라도 한 번만 그녀가 나를 알아보게 해 줄 수는 없는 것인가요? 제발."

"내가 죄인임을 인정하고 매일같이 회개하며 기도해 보세요. 닥터 드롤은 누구나, 어떠한 큰 죄를 지었더라도 회개하고 돌아오면 용서하고 받아 주는 분이니까, 비록 그것이 언제일지 얼마나 오래 걸릴는지 모르는 것이지만 반드시 용서받을 수 있으리라는 믿음을 가지고 진심으로 기도하노라면 언젠가는 당신의 기도가 닥터 드롤에게 닿을 것이고 그때에는 당신에게 기회를 주실 지도 모르는 것 아니겠어요."

또 속죄, 회개, 기도 타령이냐는 생각을 하며 수제이는 짜증이 나서 귀를 막아버렸다.

수제이는 머디우와 함께 무릉도원에 있었다. 따사한 햇살이 두 사람의 걸음을 따라오며 비추고 있었고 속이 훤히 들여다보일 만큼 맑은 그리 깊지 않는 강이 도원을 감돌아 흐르고 있었다. 강에는 하얀 비늘을 뽐내며 물고기들이 펄떡이고 있었고 강가 도원에는 극락조와 봉황이 노루, 사슴, 거북 등과 어울려 둘을 에워싸며 노래를 하고 바람을 희롱하고 있었다. 햇살 아래 잎을 청초하게 빛내며 서 있는 나무들은 크고 탐스런 과일들을 주렁주렁 달고 있었고 다람쥐들이 분주히 오르내리며 과일들을 두 사람 앞에 가져다주었다.

머디우의 어깨를 감싼 채 그 강가에 앉아 있는 수제이는 손바닥으로 전해 오는 머디우의 체온을 느끼며 무엇으로 이보다 더 행복해 질 수가 있을까 생각했다. 문득 이건 꿈이다 하는 생각이 들었다. 깨지 말아야 할 텐데, 깨어나고 싶지가 않은데, 언제까지나 이곳에서 머디우와 함께 이렇게 있고 싶은데…, 꿈이 깨고 있었다. 잠에서 깨어나고 있었다.

"안 돼, 조금이라도 더 이대로 있을 수 있게 조금만 더 있다 깨어나고 싶어. 그렇게 될 수 있게 해 줘."

하지만 꿈은 깨 버렸다. 꿈이 사라진 눈앞에는 무릉도원도 극락조도 머디우도 탐스런 과일도 그 어느 것 하나 남겨져 보이는 게 없었다. 하지만 그리 아쉽지가 않았다. 분명 과거 언젠가 그런 곳에 그녀와 함께 있었던 것 같은 기억이 그를 흥분시키고 있었다. 안개 속에 가려진 채 전혀 감이 잡히지 않던 기억이었는데 비록 꿈이었지만 되살아나고 있는 듯했다. 이제 곧 많은 것들을 생각해 낼 수 있을 것이고 그녀와의 옛일을 알 수 있으리라. 생각만 하여도 가슴 뛰는 일이 아닐 수 없었다.

"가끔은 믿음의 원천이 천상으로부터가 아닌 우리 인간 삶에서 기원된 것이 아닐까 생각합니다. 아무리 모든 걸 다 아시는 하나님이라 하더라도 우리의 삶을 자세히 꿰뚫고 있다는 게 너무 신기하기 때문입니다. 하늘나라에는 아무런 고통이 없이 영생과 평안만이 있다고들 하지만 거기도 우리 인간 세상처럼 희로애락이 있기에 하나님이 이렇게 우리 마음을 다 아실 수 있는 건 아닌가 하는 생각도 하구요."

머디우 목사는 혼란스러운 마음을 정리하고 있었다. 수제이가 사망했다는 소식과 함께 그의 관이 머디우 집 앞에서 움직이지 않는다는 것이었다. 관이 움직이지 않는 것은 죽은 이의 혼이 이곳을 떠나지 못하는 미련이 남아 있다는 것이었다. 생전에 제이슨(수제이) 일병이 목을 매고 있었지만 거들떠보지도 않은 머디우에 대한 미련이 있어 그러는 것일 것이라는 것이었다. 그리 애를 끓이던 제이슨의 짝사랑을 모르는 이가 없었으니 모두들 머디우를 보고 어떻게 좀 해보라는 것이었다. 머디우는 처음엔 내가 왜 싫었다. 아무리 죽은 자에 대한 표현일 뿐이라지만 아직 미혼인데다가 자신은 많은 신자들을 상대해야 하는 목사가 아닌가?! 그동안 제이슨의 끈질긴 방문과 구애를 받아 왔지만 조금도 마음의 동요가 있었다거나 내킴이 없었다. 그도 그럴 것이 그의 외관은 전상으로 인해 너무나 심하게 상해 있었다. 왼쪽 다리를 절어 거동이 여의치 않고 포탄 화상으로 얼굴은 일그러져 제대로 정면으로 응시할 수 없을 정도였다. 한 마디로 흉측했다. 아무리 인간관계에 있어 외모보다는 심성이 더 중요하다지만 그의 외관은 너무 심해 보는 것조차 싫었다. 솔직히 너무 냉정하게만 대해지는 자신의 행동에 약간의 미안함이 들기도 했지만 그때마다 머디우 자신이 세상의 모든 이를 포용하고 그들의 모든 아픔을 다 껴안아야 하는 목사라 하더라도 그것은 성직이든 어떻든, 어디까지나 직업적인 것이지 사적인 사랑을 두고 하는 말은 아니라 고집했다.

그날 저녁 그녀는 꿈을 꾸었다. 많은 사람들이 논과 밭에서 땀을 흘리며 일하고 있는데 들과 산에는 산짐승과 날짐승의 뒤를 쫓아 활과 창을 든 사냥꾼이 달려가는 것이 보였다. 마차 한 대가 흙먼지를 일으키며 달려 와서는 여행객들과 우편물을 부려 놓고는 다시 휑하니 가버렸다. 조금 떨어진 곳으로 개울이 흐르고 개울 속에서 오리 떼와 아이들이 물놀이에 정신을 팔고 있었다.

어느 것 한 가지도 낯설지 않고 오래 동안 접해 오고 알고 지낸 것 같아 마치 고향에 돌아온 것처럼 모두가 정겨웠다. 거기에 제이슨이 있었다. 꿈속에서 만난 제이슨은 모든 사지 육신이 멀쩡했다. 그런데 그가 울고 있었다.

"당신은 아름답고 신실한 목사님이라 당신이 가시는 곳이 천국이라 생각하고 따라왔는데…. 이런 곳이 천국이라고는 기대하지도 생각지도 않았어요. 가만히 앉아 생각만으로 눈만 깜박거려도 원하는 게 이뤄지는 그런 곳일 줄 알았지요. 이제 곧 제다리가 잘려 나가고 얼굴도 화상을 입어 몸 쓰기나 일이라고는 아무런 것도 못할 텐데…, 잘못 온 것 같아요. 혹시 목사님이 뭔가 잘못한 게 있어서 천국이 아닌 다른 곳으로 온 것은 아닌가요?"

"이곳이 천국인지 혹은 제가 지은 죄 때문에, 인간이라면 누구나 원죄가 있고 또 죄를 짓기 마련이니까요. 다른 곳으로 온 것인지는 몰라도 천국이라고 해서 반짝거리기만 하는 동화속의 세상 같지는 않을 거라고 생각해요. 영생안락을 누리는 축복된 곳이겠지만 거기서도 충실히 땀 흘리며 일하면서 사는 곳이 아닐까 싶군요."

제이슨은 이제 멀리 떠나 다시는 그녀를 귀찮게 하지 않을 것이니 행복하게 잘 살라고 했다. 마지막이라는 말에 그저 인사 정도로 어디로 가느냐고 물었더니 또 그 알아듣지 못할 이상한 얘기를 늘어놓는 것이었다.

"거짓말을 마음대로 할 수 있는 곳으로 갈까 해요. 이제부터는 매일같이 거짓말을 늘어놓아야 하거든요. 거짓말을 해서 코가 커졌던 피노키오가 내게 거짓말을 하면 내 다리가 다시 자랄 거라고 가르쳐 주었어요. 거짓말을 한다고 어떻게 잘린 다리가 다시 자라나고 화상으로 일그러진 얼굴에 새살이 돋을까 믿지를 않았지만 그리 되기만 하면 저도 당신께 사랑을 받을 수 있겠구나 싶어 밑져야 본전이다 하는 심정으로 장난삼아 거짓말을 해 본 게 이렇게 말짱해 졌어요. 그런데 이제는 더 이상 이곳에서는 살아서는 안 될 것 같아요. 다리와 얼굴을 이렇게 멀쩡하게 지닐 수가 있으려면 나는 매일같이 거짓말을 해야 하고, 내가 거짓말을 하여 다리가 다시 자랐고 얼굴이 고쳐졌다는 게 알려지면 모두가 예뻐지고 늘씬해 지려고 거짓말을 해댈 테니 이 세상이 난장판이 되어 무서운 곳으로 바뀔 것이기 때문에 내가 여기 있어서는 안 될 것 같아요. 그것보다도 더 이곳을 떠나야 하는 까닭은 사지 멀쩡하니 이곳에 살자면 매일같이 저렇게 뛰어 다녀야 하고 일을 해야 하잖아요?! 죽기 전에도 정말 죽으라고 일을 했는데…, 그런 가운데서도 어려움과 고단함을 참고 견디며 기도하면 아무 것도 하지 않고도 영생안식 할 수 있는 천국으로 간다기에 그리 믿었었는데 이건 아닌 것 같아요. 떠나야 하겠어요. 어디 거짓말을 해도 나무라지 않고 일을 안 하고 판판 놀 수 있는 그런 곳을 찾아갈 수밖에….”

“가 버리세요. 그런다고 내가 그런 얼굴이 괜찮고 다리를 절어도 좋으니 나랑 여기에서 같이 살자고 붙잡을 것 같아요? 어림없어요!”

짜증을 부리다가 잠을 깼던 것 같았다. 의식 속에 잠재되어 있던 기억의 조각들이 은연중의 제 바람대로 연출되어 지는 것이 꿈이라던 며칠 전에 읽었던 책이 생각났다. 신자의 한 사람으로 그를 포용할 수는 있지만 이성으로서는 그를 꺼려하는 것이 결국 자신도 목사이기 전에 한 평범한 여자에 지나지 못하는구나 하는 생각에 마음이 아팠지만 보기 싫다니까 꿈속까지 나타나 못살게 구는구나 생각하는 것으로 떨쳐 버렸다.

나도 여잔데, 한 단순한 여자일 뿐인데 뭘. 장례예배를 준비하다가 처음으로 주변에 떠도는 그에 관한 얘기를 들었다. 부활한 예수니 사랑을 찾아 천국을 마다하고 이곳으로 왔느니 인긴의 종말을 심판하러 온 신의 사자였느니 횡설수설하던 전상으로 인해 정신이 약간 어떻게 되었던 사람이었지만 너무나 착하고 좋은 사람이었다며 아쉬워하며 무슨 미련이 저렇듯 그를 떠나가기가 싫게 만들었을까 웅성거리고 있었다. 관은 여전히 눌러붙은 듯 움직이지 않고 있었다.

꿈속까지 따라와 인사를 하는 그의 끈질김을 기억하고는 머디우 목사는 가슴이 찡해 오는 것을 참을 수가 없었다.

"그래, 그렇게 직접적인 이해관계가 없으니 그의 외모도 정신 이상도 아랑곳없이 모든 사람들이 객관적으로 보며 그의 참 가치를 알고 사랑하며 떠나는 것을 아쉬워하는구나. 나는 제이슨을 너무 이해가 깔린 시선으로만 보았고 개인적인 관계로만 생각하여 그를 너무 차갑게 마치 징그러운 벌레 대하듯 했는데…."

"그가 나에게 사랑을 고백하지 않았더라면 그를 어떻게 대했을까? 차라리 단순한 신자와 목회자로서만 만났더라면 마음이라도 따뜻이 대해 줄 수 있었을 텐데…."

작은 후회가 가슴을 파동치게 했지만 이미 지난 일, 어쩔 수가 없었다.

닫혔던 관을 다시 열고는 머디우는 진정으로 제이슨의 아픔과 섭섭함을 달래며 그의 얼굴에 키스를 했다. 보기만 해도 질겁하며 물러설 정도로 흉측해 하던 얼굴을 보고 섰는데도 마음이 포근해지고 그렇게 사랑스러울 수가 없었다. 하관을 하고 흙을 덮는 사이로 머디우는 하얀 국화 한 송이를 던져 넣었다. 줄기 끝에 묶은 리본이 바람에 잠시 팔락이나 싶더니 흙속에 가려져 버리고 쏴아 하는 맑은 바람 같은 것이 하늘로 날아오르는 것 같았다.

"미안해요. 천국에서 다시 만나면 사랑할게요."

수제이는 머디우가 없는 네배흐로 돌아가야 한다는 것이 너무 싫고 두려웠다. 호송천사는 수제이 하나로 블루마블과 네배흐 간에 이제까지 잘 지켜져 오던 혼령의 배양, 교체 업무가 뒤틀어지게 내버려 둘 수 없다는 닥터 드롤의 지시라 데려 갈 수밖에 없다며 다시 블루마블로 돌아가게 해달라는 수제이의 청을 딱 잘라 거절해 버렸다.

어떻게든 가지 않아야 했다. 네배흐에 돌아가면 받게 될 따가운 시선도 싫고 이제는 철저히 감시를 받게 될 테니 다시 블루마블로 달아나 온다는 것은 꿈도 꾸지 못할 일일 것이다 싶었다. 이미 사고와 지능이 인간의 그것으로 되어버려 머디우가 자신을 알아보지도 거들떠보아 주지도 않지만 주일마다 교회에서 설교하는 그녀를 바라보는 것만으로도 행복해 왔는데 그 행복을 잃고 네배흐로 돌아가야 하는 것은 수제이에게는 너무나 참담하고 슬픈 일이었다.

호송사자가 숨이 끊어져서 신체로부터 혼이 분리되었으면 누구나 블루마블을 떠나야만 한다고 하여 도리 없이 유체 이탈되어 올랐지만 수제이는 막막하기만 했다. 금기를 깨고 머디우를 찾아 사랑 도피를 감행했던 죄수의 몸이라 네배흐로 돌아가 보아야 받아 주지 않을 것이고 그렇다고 블루마블보다 더 자기중심적이고 힘이 우선한다는 트레로 갈 수는 더더욱 없는 노릇이었다. 얼마 동안을 한 많은 인간 영들이 떠돌아다니는 구천에서 홈리스 생활을 해보았다. 앞으로 영생을 살아갈 영들이 무엇이 그리 급하고 바쁜 건지 곁눈질조차 주지 않은 채 걸음만 재촉하고 누구 하나 말 걸어오는 이가 없어 여간 심심하고 외로운 것이 아니었다. 결국 평생 외로움을 겪느니 죗값을 받는 게 낫겠다는 각오로 네배흐로 돌아갔지만 수제이의 출현으로 네배흐의 혼령 관리처에서는 얼마 전에 데려온 아이 몸속의 혼령이 수제이의 그것과 중복되었다는 것을 뒤늦게야 알게 되었고 그것 모두가 수제이의 고의적 짓이었음이 들어나게 되었다. 닥터 드롤은 수제이가 네배흐에 발을 들이지 못하게 명하였다.

"아무리 사랑을 위한 것이었다고 하여도 악에 물든 자를 네배흐에 들일 수는 없다."

"그냥 있게 해달라고 할 때는 절대 안 된다며 끝내 블루마블을 떠나게 하여 안타까운 생이별을 겪게 하더니 이제 벌을 받겠다는데도 들일 수 없다고?"

머리끝까지 화가 치민 수제이는 다시 블루마블을 생각했다.

"죄를 미워하는 것이지 사람은 미워하지 않는다는 곳이 블루마블인데 못갈 것도 없지. 아니, 그보다 바이오 한스 박사에게로 돌아가서 인간이 자체적으로 혼령을 만드는 것을 도와?! 그것 괜찮은 생각인데! 인간들로부터 존경도 받고 닥터 드롤에게서 받은 수모도 갚을 수 있고…."

쥐도 달아날 곳을 두고 쫓으라 하듯, 사방이 막힌 채 궁지로 몰려 버린 수제이가 닥터 드롤에게서 등을 돌리고 말았다.

부랴부랴 블루마블로 돌아왔지만 제이슨은 이미 장례를 끝내고 화장까지 치른 것을 알게 되었다. 수제이는 또 다시 방황을 해야만 하는 신세가 되고 말았다. 하지만 마음 한구석으론 자위가 드는 것이었다.

"비록 나를 알아보지는 못하지만 사랑하는 머디우 근처에서 떠돌 수 있으니 다행한 것 아닌가!"

하지만 그의 기대를 깡그리 부러뜨리는 일이 머디우에게 일어났다는 것을 수제이가 알게 되기까지는 그리 오랜 시간이 지나지 않아서였다.

수제이가 떠나고 얼마 지나지 않아서부터 정확한 병명을 알 수 없이 시름시름 앓던 머디우 목사가 생을 마감했다. 머디우의 숨이 끊어지면서 그녀의 몸으로부터 혼령이 이격되어 나왔다. 혼령은 이제 네배흐로 돌아가서 그동안 잊고 있었던 그리운 이들을 다시 만나리라는 기대로 벅차올랐다. 그녀의 혼령은 이제 인간 세상의 일은 아무 것도 기억하거나 알지를 못할 것이었다.

네배흐에 도착한 그녀는 여간 난감한 게 아니었다. 천문 입구에서 네배흐로 들어갈 수가 없다며 제지를 당한 것이었다. 자신은 블루마블에서 정상적인 죽음을 통해 이격되어 이리로 온 혼령이라며 왜 못 들어가게 하느냐 따져 물었다. 머디우가 블루마블에서 인간으로 환생되기 그 이전에 네배흐에서 지은 죄 때문이라고 했다.

"그것은 블루마블로 퇴출되어 긴 세월을 그곳에서 수형 생활을 하는 것보다도 더 어렵게 유배 생활을 했으니 이미 끝난 것 아니냐?"

그동안 머디우가 네배흐에 있었다면 법적 구속력이 있는 기소 기간이 지났겠지만 그동안 네배흐를 떠나 있었기에 법적 공소 시효 시간으로 적용이 되지 않아 아직 죄인의 신분이라는 게 그 이유였다. 불공평했다. 자기들이 그곳으로 유배를 보내지 않았던가?! 이제 와서 그 긴 시간동안을 인정할 수 없다니… 자기들 눈에는 블루마블의 생활이 새로운 곳에서 새로운 환경을 맞아 흥미롭게 유유자적 사는 것으로 보일지 모르겠지만 다른 혼령들처럼 아무것도 모르는 유아기에 와서 그 문화와 환경에 적응해 산 것이 아니라 성인이 되어 천상의 문화가 뼛속까지 배인 상황으로 블루마블로 보내져 말 설고 물 설은 곳에서 그야말로 악전고투하며 그 긴 세월을 인고의 나날로 보냈는데 그것을 형기로 계산해 줄 수 없다니…. 억울하고 분통이 터질 일이었지만 다른 방도가 없었다.

누군가가 네배흐로 돌아갈 수 있다고 해도 고통스러울 것이라고 했다. 자기를 위로하는 것이라 생각하며 체념한 채 이런저런 블로그를 떠돌아다니고 있는데 하나같이 들리는 얘기가 있었다. 네배흐가 옛날 그 네배흐가 아니라는 것이었다. 오로지 순수 선만을 고집하는 닥터 드롤로 인해 네배흐의 삶이 얼음장보다도 더 차갑고 예리해져 버렸다고 했다. 기왕에 선과 악을 함께하여 성장했던 레그나들에게는 더없는 고난의 시간이 되고 있나고도 했다.

"감성이나 감정은 눈곱만큼도 허용되지 않아 사랑이니 포용은 꿈도 꾸지 못하는 그야말로 삭막한 삶을 이어갈 뿐인 게지."

"조금이라도 감성이 섞여 이성적 판단을 하지 않으면 언제 르레나 구천으로 퇴출될지 몰라 하루하루 살얼음판을 걷듯 불안한 심정으로 살아가고 있는 것이야."

블루마블에서의 기억을 다 잃었다고는 하지만 인간 삶에 동화되었던 것인지 머디우가 더욱 이해할 수 없는 것은 불안한 생활을 하고 있는 레그나들의 사고방식이었다. 불안해하고 두려워하고 있지만 모두들 닥터 드롤을 걱정하고 있는 것이었다. 순수 선만이 존재하는 세상을 만들어 내기 위해 비록 많은 수의 레그나들을 네배흐로부터 추방시키고 있지만 자신이 만든 인간들을 자기 손으로 형벌을 내려야 하는 닥터 드롤 당사자의 심정은 오죽하겠느냐, 참 가치를 구하기 위한 얼마간의 희생은 피치 못하는 것 아니냐며 닥터 드롤을 두둔하고 있는 것이었다.

"유난히 나비를 좋아하며 아끼는 분이었는데…."

혈연이 다시 그를 생각나게 한 것이었을까? 갑자기 그리움이 심하게 파동쳤다. 어떻게 변했을까? 아직도 그 특유의 환한 웃음을 항시 웃고 있을 거라는 생각이 들었다.

"나비와 나방이 그 종류가 다른 것이지만 둘 다 사랑을 받기에 충분하다할 만큼 예쁘고 아름다운 것 같아. 오랜 시간을 애벌레로 보내다가 탈바꿈을 하여 성충이 되어서는 채 한 달이 되지 않는 기간을 사는 동안 꽃들을 맺어 주고 해충을 없애는데 사력을 다하다가 제 생을 끝내는, 그저 아낌없이 주기 위해 왔다가 가버리는 헌신적 삶, 아가페적인 사랑이 너무 아름답지 않니? 나는 그런 것이 선의 표본이 되어야 한다고 생각해."

네배호의 시간이 얼마나 흘러갔는지 어림잡을 수가 없었지만 아직도 닥터 드롤이 했던 말이 머디우의 귓전을 생생하게 울리고 있었다.

"종말에 모두를 심판할 때, 내 너희를 들어올리리라. 이 뜻이 무얼 내포하겠냐고? 닥터 드롤이 역도 선수도 아닌데 그 많은 인간들을 정말 들어올리겠다는 것을 아닐 테고. 천사들을 위시하여 날개 가진 나비, 나방 같은 것들만이 구원을 받을 수 있다는 뜻 아니겠냐고?"

생물 실험실이었나? 닥터 드롤의 나비 예찬론을 들으며 수제이가 머디우 귀에 대고 소곤거리는 말에 고개를 웅크린 채 둘이 함께 키들거렸던 게 문득 떠올랐다.

"아, 그래, 수제이가 있었지!"

불현듯 그가 그리워졌다. 가슴이 두근거리며 마치 그가 눈앞에 있는 것 같은 반가움이 들었다. 기억 한 쪽에 간직되어 있는 것을 별반 깨닫지 못하고 있다가 기억에 들자 아, 그런 이가 있다고 저 혼자 기뻐하고 반기는 그런 반가움이었다. 그 기억 데이터가 잠재되어 버린 채 블루마블의 인간으로 사는 동안 끊어져 잊히고 색 바래져 비록 진한 유화같이 강렬하게 기억을 때리는 것은 아니었지만 안타까움 속에 애틋하게 간직된 것이기에 미소가 지어지며 머디우의 마음을 들뜨게 하는 수채화로 다가오고 있었다.

"어떻게 되었을까?"

여기저기 서지 사이트를 뒤적였더니 여태 인간의 몸속에 있다는 것을 확인할 수 있었다. 레그나인 자기와 대화가 되는 것으로 보아 인간 삶의 형태로 말해 코마 상태나 심신 미약자 몸 안에 있을 게라 여기며 한껏 마음이 들떴다.

하지만 어쩜 이토록 걸음이 어긋날 수가 있을까! 수제이가 인간의 몸을 떠나 다시금 영으로 돌아갔다는 사실을 늦게서야 알게 된 머디우는 억장이 무너지는 것 같은 실망감이 들었지만 어찌할 방도가 없었다.

"그저 지나 버린 사랑이라고 기억이나 간직할 수밖에…. 연이 거기까지 뿐이었나 봐."

문득 엄마 에칼그가 수제이를 만나지 말라며 했던 말이 기억났다.

"사랑이라는 것이 꼭 만나서 함께 살아야만 이뤄진 것이라고 생각하지 마. 어쩜 사랑은 세상에서 이뤄지지 않았다고 말할 때 오히려 더욱 아름답게 이루고 있는 것일 수도 있으니까."

수제이도 뒤늦게야 머디우가 네배흐로 들어가지 못하고

구천을 떠돌고 있다는 것을 알게 되었다. 가슴이 찢어지는 얼마간을 보내다가 자살을 택하기로 했다. 혼령들이 스스로 목숨을 끊는 경우 구천을 헤매고 다녀야 한다는 것을 익히 알고 있는 수제이이었기에 자살을 할 경우, 자신도 영락없이 구천의 부랑아가 될 것으로 머디우를 만날 수 있을지는 기대하기가 어렵겠지만 어둠의 망망대해 같은 구천을 혼자서 헤매고 다니게 할 수 없었던 것이었다.

수제이는 억지로 구천으로 들어와 무한정 떠도는데도 어떠랴 싶었고 비록 한 치 앞을 보지 못하는 어둡고 막막한 곳이지만 그래도 머디우와 같은 곳에 있다는 것만으로도 행복해질 수 있었다. 언젠가는 사랑하는 그녀를 만나리라는 막연하지만 기대를 가질 수 있다는 것도 수제이에게는 행복한 일이었다.

"구천은 얼마나 넓을까요? 네배흐와 블루마블을 오가며 안타까이 쌓이기만 했던 수제이와 머디우의 한을 펼쳐 놓기에 부족하지 않을 만큼 광활했으면 싶다는 염원이 들다가 불안해집니다. 두 영혼이 함께 못 다한 사랑을 찾아 구천을 헤맬 것인데 너무 넓으면 영영 만나지 못하지 않을까 걱정이 드는 탓이지요. 구천에도 어디 까치가 있어 오작교를 놓아주지는 않을는지 기도나 해볼까 싶은데 환청이 들립니다."

-또, 또 그 기도 타령이냐고-

내레이터의 멘트가 공허하게 무대 주변으로 흩어지는데 바람인지 만나지 못하는 연인들의 애틋함인지 울음소리가 들렸다.

〈끝〉